Элизабет Кейз

Негодник

РОМАН

ИЗДАТЕЛЬСТВО
МОСКВА

УДК 821.111(73)
ББК 84 (7Сое)
К33

Elizabeth Keys
THE WICKED ONE

Перевод с английского О.В. Хитрука

Компьютерный дизайн Ж.А. Якушевой

В оформлении обложки использована работа, предоставленная агентством Fort Ross Inc.

Кейз, Э.

К33 Негодник : роман / Элизабет Кейз; пер. с англ. О.В. Хитрука. — М.: АСТ: АСТ МОСКВА, 2008. — 285, [3] с.

ISBN 978-5-17-055408-9 (ООО «Издательство АСТ») (С.: Очар.)
ISBN 978-5-9713-9660-4 (ООО Издательство «АСТ МОСКВА»)
Оформление Е.Н. Волченко

ISBN 978-5-17-055472-0 (ООО «Издательство АСТ»)(С.: Очар.(м)84)
ISBN 978-5-9713-9661-1 (ООО Издательство «АСТ МОСКВА»)
Оформление Ю.М. Мардановой

Коннел Делейни — соблазнитель, ловелас и покоритель сердец! В этом уверены решительно все. И хотя доказательств ни у кого нет, ни одна уважающая себя женщина не рискнет близко подойти к этому красавцу.

Несчастный Коннел даже не пытается объяснить, что в этих слухах нет ни слова истины, ему все равно никто не поверит.

И уж тем более Бетани Дойл, недавно приехавшая в Ирландию из Америки. Молодая вдова должна старательно оберегать свою репутацию, иначе пострадает не только она сама, но и ее маленький сынишка.

Однако чем больше старается Бетани избегать Коннела, тем сильнее влечет ее к этому человеку, охваченному пламенем страсти...

УДК 821.111(73)
ББК 84 (7Сое)

Всем, чье сердце тоскует по острову сказки и волшебства.

Да благословит вас Господь!

ПРОЛОГ

Графство Килдэр, Ирландия
1844 год

— Ты убил своего брата.

«Убил?» Слово иглой пронзило и без того наполненное болью сердце.

«Нет». Коннел Делейни попытался приподняться, несмотря на давящую на грудь раскаленную гирю. Единственное, что он смог выдавить, — это слабый хрип. Сил хватало только на прерывистое дыхание — мелкими, резкими глотками, — но и это было нелегкой задачей.

— Ну, и что теперь с тобой делать? — Скрипучий голос дяди Бреннана доносился словно откуда-то издалека.

Мысли Коннела путались; во рту же была нестерпимая горечь. Проклятие — если бы только открыть хотя бы один глаз! Борьба вымотала его, и он вконец обессилел.

На нем лежало плотное покрывало, и все же ему было холодно, нестерпимо холодно. Что произошло? Что сейчас с ним происходит?

Неожиданная мысль — мысль, холодящая еще более: горечь во рту — это не желчь, а кровь.

Да, кровь.

Громко стуча каблуками, к постели подошел еще кто-то. Кто-то бодрствующий вместе с дядей Бреннаном.

Коннел снова попытался открыть глаза, попытался дернуться или хотя бы издать звук, чтобы показать присутствующим, что он еще с ними. Но ничто не помогало избавиться от теснившего грудь ощущения смерти.

— Он обезумел от гнева...

«Финн».

— Пытался разложить передо мной все события по полочкам, как он обычно это делает.

Человек, которого Коннел всегда считал не двоюродным, а родным братом, оставался верен своей натуре — старался вывернуться, переложив всю вину на другого.

— О чем ты только думал, затеяв дуэль с Коннелом? — резко перебил сына дядя Бреннан. — С ума ты сошел, согласившись? Ведь он гораздо лучший стрелок, чем ты, Финн. И тут не важно, кто из вас более виновен. Теперь из-за вашей дурости я теряю вас обоих.

«Из-за дурости?.. Дуэль! Розалин!..» Вспомнившиеся обрывки событий словно холодными кусочками льда обложили сердце. Рози умерла. Обманутая в своей невинности. Обманутая в своей вере в помолвку. Он не смог защитить ее и не смог отомстить. Мысль эта толкнула Коннела дальше — во тьму.

— Это был несчастный случай, — запротестовал Финн. — От горя он потерял голову. Мой пистолет дал осечку...

— Лжец! — раздался громкий голос Джека, и Коннел снова очнулся; он знал: Джек — его единственный друг в этой комнате.

— Все, хватит! — рявкнул дядя Бреннан. — Мы любыми способами должны выйти из этой... Из этой печальной неразберихи. Джек, посмотри-ка, нет ли поблизости лошади доктора Райана. Коннела надо спасти во что бы то ни стало. Доктор должен сделать все, что в его силах.

Пусть по крайней мере продлит жизнь этому парню насколько возможно.

— Коннелу стреляли в спину! — Голос Джека дрожал от ярости.

Джек Брениген, не упускавший случая поскандалить, мог только испортить и без того трагически начавшийся вечер.

— Вот что, Бреннан Делейни... На этот раз семья не позволит вам скрыть выходку Финна. Здесь не одна семья вовлечена. Малышки Рози...

— Мы можем обсудить это позднее! Сейчас Коннелу нужен доктор! — перебил Джека дядя Бреннан. — Приведи сюда Райана и проследи, чтобы он взял все, что нужно.

В другое время Коннел обязательно попытался бы вмешаться в перепалку. Но в данную минуту он едва чувствовал собственное тело — лишь время от времени ощущал присутствие боли. Да, он был слишком слаб, чтобы возразить или спорить.

— Это еще не конец! — прокричал Джек, словно отвечая на его мысли. Он протопал к двери и вышел. А может быть, это конец?..

— Но, отец, неужели ты не понимаешь?.. — Голос Финна, напряженный и нерешительный, прозвучал еще ближе, и Коннелу показалось, что он почти физически ощущал страх кузена. Да, конечно же, тот паниковал — в этом не могло быть сомнений.

— Помолчи. Нет времени притворяться, — заявил дядя Бреннан, и Финн не посмел что-либо возразить. — С Кэри я все улажу. С Джеком Бренигеном — тоже. А ты должен убраться отсюда подальше. И побыстрее. Одному Богу известно, сколько еще протянет Коннел. Как бы там ни было, я не хочу, чтобы моего сына повесили за убийство.

Коннелу очень хотелось отдернуть руку, когда Финн пожал ее своими потными пальцами. Но Коннел не смог этого сделать — словно уже и агония закончилась.

— Увы, Розалин умерла. А теперь вот Коннел...

Голос Финна звучал совсем тихо — так он всегда говорил, когда хотел загладить свою вину. И сейчас он, наверное, понурился. Наверное, даже опустился у кровати на колени, полный раскаяния, — должно быть, впечатляющая получилась картина.

Перед Коннелом вдруг возникло печальное женское лицо. Бедняжка... Милая Рози... А ведь все могло бы сложиться иначе, разгляди он вовремя всю глубину ее отчаяния. Если бы он дал Рози уверенность, которой ей так не хватало, если бы предоставил защиту, которой она заслуживала, после того как, набравшись наконец мужества, сделала свое признание. Его снова захлестнуло чувство вины, но, увы, было уже слишком поздно.

— Коннел разделит с тобой вину. Я позабочусь об этом, — сказал дядя Бреннан и подтолкнул Финна к выходу. — По крайней мере ему придется на собственной шкуре испытать жизнь в позоре. Вот тебе деньги, Финн. Пока Джек и доктор будут заняты здесь, ты должен отправиться в путь. Отплывешь на первом же корабле, отплывающем из Дублина. Отправляйся в Америку. И вот письмо к моему старому другу, который поможет тебе там. Никто не должен знать, где ты находишься, пока я не дам тебе знать, что можно спокойно возвращаться.

— Прости меня, Коннел. Мне правда очень жаль. — Как часто в детстве Финн произносил эти слова — и вот теперь он этими же словами провожает его, Коннела, в могилу.

В следующее мгновение дверь затворилась, и Коннел остался в полном одиночестве. Окруженный кромешной темнотой, он уже чувствовал объятия смерти.

Глава 1

Графство Килдэр, Ирландия
1855 год

«Нечестивец».

Репутация, которую он создал себе за прошедшие десять лет, отдавала полынной горечью. Держа стакан в руке, Коннел Делейни в задумчивости наблюдал, как за далекие холмы Килдэра садилось угасающее солнце.

Тяжело вздохнув, он с усмешкой пробормотал:

— Да, действительно нечестивец.

Бумаги, разбросанные по столу за его спиной, совершенно ничего не объясняли, не доставляли удовлетворения, на которое он рассчитывал, начиная много лет назад свое исследование. В бумагах этих содержались только давно известные факты, и, просматривая их, Коннел то и дело вздыхал.

Он как раз отхлебнул из стакана, когда мальчишка от поверенного доставил ему пакет из Бостона. Но Коннел по-прежнему созерцал раскинувшиеся перед ним поля и луга Гленмид. Созерцал свое поместье.

Внезапно из холла донесся стук башмаков, и минуту спустя дверь кабинета с шумом распахнулась — у порога стоял Джек.

— Что там с кузнецом? — спросил Коннел не оборачиваясь. Он был не готов взглянуть в лицо своему дяде. Пока не готов.

— Вообще-то все в порядке, — ответил Джек. Пожав плечами, добавил: — Но мне кажется, тебе не очень понравится счет, так что лучше сам взгляни на некоторые пункты, пока кузнец не уехал.

Тяжелые шаги и звон льда о донышко стакана свидетельствовали о том, что Джек налил себе виски из графина. Коннел невольно улыбнулся. Джек никогда не стучался, перед тем как войти, и никогда не дожидался предложения выпить — то есть пренебрегал условностями. Честность, бесцеремонность, порядочность — эти отличительные черты его характера были присущи и другим родственникам Коннела по материнской линии.

— Я вижу, ты уже закончил со счетами, — пробурчал Джек. — Что-то слишком уж быстро...

Гроссбухи, которые Коннел обычно проверял довольно долго, все еще были разбросаны по столу за его спиной, но о них он уже давно не думал. В очередной раз вздохнув, Коннел помотал головой; ему вдруг показалось, что с того часа, когда он проснулся утром, прошел целый год.

— А каковы новости от твоего поверенного? — спросил дядюшка после минутного молчания. — Думаю, не такие уж они и важные. Я прямо сказал об этом Дженне О'Туя, которую ты зачем-то послал за мной в конюшни.

Коннел молча отхлебнул из своего стакана. Виски пробежало горячей волной по всему телу и словно вывело его из оцепенения. Коннел сомневался, что экономка хотя бы приблизительно представляла себе, насколько важное известие он получил. Ведь получены были долгожданные ответы. Да-да, долгожданные. Но как ни странно, ни малейшего удовлетворения он не чувствовал. Интересно, почему? И разве не к этому он стремился все эти годы?

— А письмо из Америки? — спросил Джек. — В нем про Финна? Или оно от самого Финна?

Коннел кивнул, но не проронил ни слова.

— У меня есть что ему сказать, — проворчал Джек, нахмурившись. — И имей в виду: он не имеет права претендовать на что-то в Гленмиде. Его претензии закончились в тот самый день, когда он предал тебя с твоей девушкой и выстрелил тебе в спину. Он измазал тебя всего дегтем своих «подвигов» на долгие годы, и у него не хватит наглости что-то требовать.

— Нет-нет. — Коннел покачал головой. — Конечно, нет. — Он наконец-то обернулся и посмотрел на дядю. За прошедшие десять лет когда-то черные волосы Блэк Джека Бренигена изрядно поседели, но, несмотря на это, он оставался все таким же энергичным и обладал все тем же громовым голосом. — Дело в том, что Финн уже никогда не потребует, — добавил Коннел с грустной усмешкой.

Джек молчал, глядя на него с удивлением, и Коннел, сделав еще глоток виски, сообщил:

— Моего кузена уже нет в живых. Финна застрелил человек, заставший его в постели своей жены. Это произошло несколько месяцев назад. Так что теперь я стал единственным хозяином Гленмида.

На какое-то время воцарилось молчание. Затем Джек, даже не пытаясь изобразить огорчение, воскликнул:

— Слава Богу! — Сделав глоток виски, он с ухмылкой продолжал: — Полагаю, дьяволу придется изрядно потрудиться со своим вертелом, прежде чем он «вознаградит» Финна за все, что тот натворил. — Шумно выдохнув, Джек осушил свой стакан до дна.

— Одному человеку такого не натворить, — напомнил Коннел. Допив остатки виски в собственном стакане, он заявил: — Разумеется, я не оправдываю Финна. Но не забывай: встречу за моей спиной назначили двое.

— Многим можно было бы предъявить обвинения! — в негодовании прокричал Джек. — Во-первых — Бреннану Делейни! Этот грязный клеветник помог своему сынку сбежать в Америку и избежать встречи с палачом. Скажи, почему ты никогда не пытался восстановить свое доброе имя и...

— Я не мог, — пробормотал Коннел. Он тяжело вздохнул и прикрыл глаза. — Смерть Розалин была слишком высокой платой. Не следует вспоминать о ее грехах.

Даже сейчас, десять лет спустя, Коннел все еще испытывал боль в груди, вспоминая о девушке, с которой собирался обвенчаться. Он не мог ее простить, но твердо решил, что не станет чернить ее имя ради спасения собственного, так как это было бы предательством по отношению к ней. Хотя в графстве могли неверно истолковывать их историю, Коннел все же считал, что вполне заслуживал репутацию, закрепившуюся за ним после смерти Рози.

— Ты напрасно себя винишь, парень. Она сама сделала свой выбор. — Голос Джека смягчился. — Не надо брать всю ответственность на себя. Ты заслуживаешь лучшей доли. Если бы люди узнали правду...

— Хватит, Джек. Перестань, — прервал Коннел. — Главное, что теперь я — последний Делейни в Гленмиде. Самый последний. Заслуживаю я того или нет, но я воспользуюсь возможностью, которая мне предоставилась. Как только будут выполнены все формальности, я смогу расширить конюшни, и теперь никто не сможет мне помешать.

— Ты ведь не хочешь сказать, что примешь предложение Джеймса Кэри? Нет-нет, только не сейчас, когда ты так близок к окончательному погашению займа.

Джек внимательно посмотрел на племянника. Тот потянулся к графину и, снова наполнив оба стакана, заявил:

— Конюшни принадлежат мне, и я поступлю так, как считаю нужным. Разумеется, я беру на себя и весь риск.

— Да, конечно, — кивнул Джек. Не сказав больше ни слова, он осушил свой стакан.

Со дня получения известия о смерти Финна прошло несколько недель. Хотя в Гленмиде вроде бы ничего не менялось, в воздухе уже витали перемены. Время от времени, чтобы отвлечься от своих забот, он с утра до вечера самозабвенно скакал по зеленым холмам и заливным лугам на Тигане — горячем и норовистом жеребце, одном из красивейших в Гленмидских конюшнях. Так было и в этот день.

Тени удлинялись, тропинка впереди уже начинала темнеть, и мысли Коннела были такими же мрачными. Он прекрасно понимал, что ему, теперь единственному хозяину Гленмида, придется отказаться от значительной части, пусть даже всего лишь на несколько лет. Ужасно неприятно было это признавать, но он не смог бы сразу рассчитаться со всеми долгами. И если рассчитывать только на собственные силы, то покупка породистых лошадей, требующих дополнительных пристроек к конюшням, а также дальнейшая программа по разведению нескольких пород затянутся лет на десять. Конечно, дело того стоило, однако предчувствия его были созвучны опасениям, высказанным Джеком, когда тот уезжал в Англию за лошадьми.

— Будь осторожен, если что-то дается тебе чересчур просто, слишком легко. Имей в виду: за все надо платить. И платить непременно придется, так что будь готов.

Старая пословица, одна из тех, которыми в их детской комнате служанка отчитывала пойманного на какой-либо шалости Финна, неожиданно всплыла из глубин памяти Коннела. Ужасно похоже на постоянные предупреждения Джека.

Приблизившись к дому, Коннел натянул поводья и, придержав жеребца, окинул взглядом конюшни. Благодаря финансовой поддержке Джеймса Кэри, с которым его связывала многолетняя дружба, ему удалось расширить поместье и неплохо наладить хозяйство. И все же его постоянно преследовало чувство тревоги — то и дело возникало ощущение, что на пути у него расставлены какие-то ловушки, что кто-то следит за каждым его шагом и вот-вот нанесет удар...

«Все, хватит! — одернул себя Коннел. — Тебе не о чем беспокоиться». И действительно, у него не было ни малейших причин для беспокойства. У него имелось соглашение с джентльменами, которых подыскал Джеймс для финансирования его проекта. Коннел, почти не раздумывая, принял их предложение, и сейчас Джек скорее всего уже возвращается из Англии с новым табуном.

Коннел легонько похлопал жеребца по шее и направил его к конюшням. Заметив у входа в дом чью-то черную кобылу, он невольно нахмурился — в кабинете его ждали бумаги, срочно требовавшие подписи, и сейчас ему было не до визитеров.

Подъехав к конюшням, Коннел спешился и бросил поводья выбежавшему ему навстречу конюху. Пересекая двор, он заметил чьи-то дорожные сумки и саквояжи, лежавшие в дальнем углу галереи. Но чьи это вещи? Неужели Джеймс привез к нему одного из главных инвесторов, желавшего проверить, правильно ли расходуются средства? Проходя мимо багажа, Коннел замедлил шаг и внимательно осмотрел его. Все сумки и саквояжи были покрыты толстым слоем дорожной пыли, так что вряд ли эти вещи могли принадлежать человеку, имевшему дела с Джеймсом Кэри. Но чьи же они в таком случае?

Отворив парадную дверь, Коннел услышал доносившееся из кладовки ворчание Дженны — та говорила о нашествии мышей и о «полнейшем отсутствии порядка» По-видимому, она наконец-то нашла себе помощников, которые должны были закончить начатое дело. Экономка была весьма решительной женщиной, так что не было оснований сомневаться: она непременно добьется своего. Наверное, следовало сказать Дженне о том, что кладовку надо хотя бы время от времени проветривать. Впрочем, этот разговор можно было отложить, потому что главное сейчас — побыстрее покончить с делами.

Окинув взглядом холл, Коннел крикнул:

— Джеймс, ты?!

Ответа не последовало, однако из гостиной, расположенной напротив кабинета, доносились голоса, и оставалось лишь надеяться, что Дженна сумела принять гостей соответствующим образом. Коннел давно уже привык к холостяцкой жизни и чувствовал себя вполне комфортно; экономке не составляло труда содержать в порядке несколько комнат, убирать в которых ей приходилось гораздо реже, чем наполнять графин виски, — всего-то и требовалось изредка вытирать пыль в комнате, где проводились деловые встречи.

Сняв перчатки и шляпу, Коннел бросил их на стол в холле и направился в комнаты, чтобы присоединиться к гостям. На диване, стоявшем в самом конце холла, он увидел темно-синий плащ и дорожную дамскую шляпку. Выходит, Джеймс привез к нему даму? Но зачем? И кто она, собственно, такая?

— Ох, благодарю вас, сэр... — послышался мелодичный женский голос. — Я абсолютно уверена, что мне самой ни за что не удалось бы это сделать. И я не смогла бы развести огонь в камине.

Кто бы ни произнес эти слова, но говорила точно не Дженна О'Тул. Незнакомка говорила по-английски с каким-то странным акцентом, причем акцент казался довольно приятным, а голос — необычайно волнующим.

— Ничего удивительного, — раздался голос Джеймса Кэри. — Разжечь торф — непростая задача для того, кто никогда с этим не сталкивался.

«Кто же эта дама? — думал Коннел, невольно замедляя шаги. — И зачем Джеймс привез ее сюда? Договариваясь о визите, он ничего не говорил мне о ней».

Какое-то время дурные предчувствия удерживали Коннела в коридоре. Наконец, приблизившись к двери гостиной, он осторожно приоткрыл ее и увидел Джеймса, стоявшего у камина. В этот момент его собеседница, шурша модными юбками, поднялась со стула. Джеймс вовсе не отличался высоким ростом, однако он был на голову выше этой женщины.

— Мы дома очень редко топим, — с некоторым сожалением в голосе сказала гостья. — Поэтому я не умею разводить огонь в камине.

Коннел по-прежнему стоял у приоткрытой двери. Он видел профиль незнакомки, освещенный ярким пламенем камина, однако не мог разглядеть ее лицо. Отблески огня играли на ее золотисто-каштановых волосах, собранных на затылке. На ней было платье из шотландки в черно-синюю клетку. Платье казалось несколько поношенным, но оно прекрасно подчеркивало все достоинства ее фигуры — несмотря на миниатюрность, эта женщина была очень хорошо сложена.

— Я ваша должница, — продолжала незнакомка, с улыбкой глядя на Джеймса.

Коннел же вдруг подумал о том, что такой нежный женский голосок уже давно не раздавался под сводами этого дома. Скорее всего Джеймсу тоже пришла в голову подобная мысль — глядя на собеседницу, он улыбался ей в ответ. А может, это его любовница? «Нет-нет», — сказал себе Коннел, тотчас же отбросив такую возможность. Столь прекрасная дама вряд ли могла стать игрушкой в чьих-либо руках. Она казалась воплощением скромности и порядочности — тех качеств, которые Коннелу уже давно не приходилось встречать. И конечно же, такая женщина не позволяла прикасаться к себе никому, кроме мужа. Но что же она делала в обществе Джеймса Кэри? Что ее с ним связывало?

Тут Коннел наконец сообразил, что его раздумья слишком уж затянулись. А ведь ответить на все свои вопросы он мог даже очень просто — следовало лишь войти и представиться. Какие бы цели ни преследовали эти двое своим визитом, он, Коннел, являлся здесь хозяином, а обязанность хозяина — поприветствовать своих гостей.

Распахнув дверь настежь, Коннел вошел в гостиную.

— Приветствую, Джеймс! А ты тут неплохо устроился.

Проклятие! Коннел тотчас же почувствовал, что в голосе его прозвучал упрек. Вероятно, он слишком много времени провел в одиночестве и совсем разучился вежливо разговаривать с людьми.

Гости почти одновременно повернулись к двери, и на губах дамы снова появилась улыбка. Однако улыбка ее сразу же померкла, а рот чуть приоткрылся. Впрочем, Коннела не очень-то удивила ее реакция — такое же выражение появлялось и на лицах местных женщин, когда они встречались с нечестивцем. «Но почему?.. — спросил себя Коннел. — Ведь она явно приехала издалека и, следовательно, ничего обо мне не знает...»

— А вот и хозяин прибыл, — пробормотал Джеймс, пытаясь изобразить улыбку.

— Надеюсь, я не помешал, — сказал Коннел и тут же пожалел о своих словах. Да, наверное, он действительно разучился говорить с людьми.

Однако следовало отдать должное незнакомке: на лице ее не дрогнул ни один мускул, хотя щеки все же тронул легкий румянец. Сделав глубокий вдох, гостья приблизилась к Коннелу и проговорила:

— Мы просто не слышали, когда вы прибыли, мистер... Делейни.

Когда незнакомка произносила фамилию Коннела, в голосе ее прозвучала некоторая неуверенность. Коннел же смотрел на нее и сам себе удивлялся: никогда еще ему не доводилось испытывать столь быструю смену ощущений при общении с женщиной, умудрявшейся быть одновременно привлекательной и загадочной.

Дама едва заметно улыбнулась и протянула хозяину руку:

— Очень приятно с вами познакомиться, мистер Делейни.

Тут взгляды их встретились, и у Коннела перехватило дыхание; глаза незнакомки были необыкновенно голубыми, и Коннелу почудилось, что он вот-вот утонет в глубине этих озер.

Снова улыбнувшись, гостья неожиданно сказала:

— А у вас глаза карие.

Коннел взглянул на нее с удивлением:

— Вы очень наблюдательны, мисс...

— Миссис, — поправила дама, однако не представилась. Коннел взглянул на нее вопросительно, но гостья хранила молчание.

Итак, она замужем. Впрочем, что в этом удивительного? О такой красавице как о драгоценном подарке судьбы мечтал бы любой мужчина. Но какой же муж мог позволить своей жене нанести визит человеку с репутацией нечестивца — пусть даже в сопровождении известного своей безупречной репутацией Джеймса Кэри? При мысли о том, что мужем может оказаться сам Джеймс, у Коннела засосало под ложечкой.

— Позвольте мне вмешаться. — Джеймс криво усмехнулся и, покосившись на даму, продолжил: — Я хотел бы представить вас нашему хозяину — владельцу Гленмидских конюшен Коннелу Делейни. Коннел, позволь представить тебе миссис Делейни. Она приехала к тебе из Америки. Я подъехал почти сразу же, как только нанятая миссис Делейни карета доставила ее из Дублина.

Выходит, это жена Финна?

Выходит, эта загадочная женщина принадлежит ему? Да, сомнений быть не могло. «Она приехала к тебе из Америки», — все еще звучало в ушах Коннела.

И он тут же вспомнил о том, что ему, Коннелу, предстоит остаток жизни доживать в одиночестве. И все из-за отвратительной истории, устроенной Финном. Увы, у нечестивца не может быть жены, и его дети никогда не заполнят Гленмид. Из-за Финна он обречен на роль отверженного, на роль отшельника. А вот его бывший кузен сумел создать себе новую жизнь с красавицей женой. Несправедливость создавшегося положения ошеломила Коннела.

Снова заглянув в небесно-голубые глаза гостьи, он пробормотал:

— Значит, вы... вы жена Финна? — Сообразив, как глупо прозвучал его вопрос, Коннел на мгновение потупился.

Гостья кивнула:

— Да, я вдова Финна. — В голосе ее прозвучала грусть, и она, пристально посмотрев на Коннела, вернулась к камину.

Жена Финна... Его вдова, всё еще оплакивающая мужа, однако сбросившая траурные одеяния гораздо раньше, чем того требуют приличия. Хотя очень может быть, что в Америке в этом смысле все совершенно по-другому.

Коннел внимательно посмотрел на гостью. Чего еще она ожидала? Почему приехала сюда?

Приблизившись к Коннелу, Джеймс тихо проговорил:

— Вот так неожиданность, а?.. Но почему ты никогда не говорил о том, что у Финна осталась вдова? Почему не говорил о том, что она хочет приехать сюда?

— Я и сам только сейчас узнал о ее существовании. — Коннел сокрушенно покачал головой. — В газетах ни слова не говорилось о жене. По крайней мере — о жене Финна.

— Ты ей веришь?

— А с чего ей лгать?

«Может ли такая женщина быть лгуньей?» — промелькнуло у Коннела. Пожав плечами, он спросил:

— Зачем ей лгать? И что могло заставить женщину совершить в одиночестве такое долгое путешествие из Америки лишь с тем, чтобы рассказать здесь небылицы? Ведь она вполне могла бы написать мне письмо.

— Уверен, что ты прав, — ответил Джеймс. Он всем своим видом давал понять, что у него нет ни малейших оснований сомневаться в правоте Коннела.

Немного помолчав, они посмотрели на женщину, стоявшую к ним спиной. Но та, казалось, их игнорировала. Более того, создавалось впечатление, что ей сейчас хотелось находиться где угодно, только не в этой комнате. Но зачем же она тогда пересекла океан? Неужели только для того, чтобы представиться родственнику покойного мужа? «А может, эта дама и впрямь дерзкая обманщица, преследующая какие-то корыстные цели?» — подумал Коннел.

— Вероятно, мне следует оставить вас наедине, чтобы вы могли познакомиться поближе, — громко сказал Джеймс. Хлопнув Коннела по плечу, он добавил: — С нашими делами мы можем разобраться и в другой день. Конюшни никуда не денутся, а новая партия лошадей еще не прибыла.

Молча кивнув, Коннел снова задумался. А может, эта дама хочет предъявить свои права на долю Финна в Гленмидских конюшнях? При мысли об этом Коннел чуть не задохнулся от гнева. Схватив Джеймса за рукав, он сказал:

— Подожди, не уходи. Я хотел спросить тебя кое о чем. К тому же я сказал Дженне, что ты сегодня обедаешь у нас. Она собиралась приготовить твои любимые блюда. Мне очень не хотелось бы разочаровывать и ее тоже.

— Почему «тоже»?

В этот момент женщина повернулась к ним лицом, но Коннел не видел нужды понижать голос. Мельком взглянув на гостью, он громко проговорил:

— Потому что мне придется огорчить вдову Финна. Полагаю, что она напрасно проделала такое путешествие. Только Делейни мужского пола может претендовать на эти земли.

За дверью послышались шаги.

В следующее мгновение дверь распахнулась и раздался веселый женский голос:

— Что ж, а теперь я готова выпить чаю. Странно, что здесь почти ничего не изменилось. Во всяком случае, детская такая же, какой я ее запомнила, — немного пыльная. Мы с Дженной О'Тул устроили там нашего парнишку, и он заснул — словно в этой детской и родился. Дочка Дженны посидит с ним, пока кто-нибудь из нас не вернется.

«Нашего парнишку»? Эти слова содержали в себе возможности, неприятно поразившие Коннела. Несколько секунд он молча смотрел на улыбающуюся женщину с копной рыжих с проседью волос. Потом тоже улыбнулся и направился к двери.

— Бриджет Дойл! — Он заключил в объятия полную миловидную женщину. — Вот уж не ожидал когда-либо снова увидеть тебя.

Бриджет ответила Коннелу не менее крепким объятием.

— Ужасно рада видеть вас, господин Коннел. Не думала, что когда-нибудь вернусь сюда из Каролины.

Коннел отступил на шаг, чтобы как следует рассмотреть женщину, когда-то спасшую его от смерти.

— Ох, Бриджет, я и забыл, что ты уехала в Америку. Помнил только, что ты внезапно оставила нас.

В то лето, когда Коннелу исполнилось пять лет, Бриджет была в Гленмиде служанкой. Мать Коннела тогда тяжело болела, и только приветливая улыбка Бриджет, придуманные ею игры и причудливые истории, которые она рассказывала, могли хоть как-то развеять мрачную атмосферу, царившую в доме. А потом отец Бриджет отправил ее к своему брату, жившему в Америке. Это случилось вскоре после того, как ирландские Дойлы полностью разорились во время Великого голода. И Коннел совсем забыл о существовании Бриджет. А теперь он снова ее увидел — немного располневшую, но по-прежнему приветливую и веселую.

— Что же тебя привело в Гленмид? — спросил Коннел. — И о каком парнишке ты говорила? О своем?

Надежда на то, что у Бриджет есть сын, быстро улетучилась, но Коннел должен был задать этот вопрос. То, что Бриджет и стоявшая у камина женщина — родственницы, было совершенно очевидно: Коннел сразу же отметил схожий взгляд ярко-голубых глаз и рыжие волосы.

Правда, у Бриджет волосы были чуть рыжеватые, а у вдовы Финна светлые — ярко-огненные.

— Нет, я не была замужем, — покачала головой пожилая женщина. — Что же до мальчика, так это мистер Росс Бреннан Делейни. Его назвали в честь дедов — твоего дяди и моего брата Росса Дойла. Братец довольно давно уехал из здешних мест, а пять лет назад и вовсе покинул сей бренный мир. Но он продолжает жить в блеске глаз своего внука, и это — вне всяких сомнений.

Коннел невольно вздохнул. Его опасения подтвердились. У Финна имелся сын по имени Росс. И этот Росс Делейни — наследник своего отца, имевший законное право на часть Гленмида. Следовательно, визит вдовы Финна вовсе не являлся обманом, попыткой выдать себя за другую.

Отступив от Бриджет еще на несколько шагов, Коннел процедил сквозь зубы:

— Что же, рад тебя видеть. Похоже, впереди у нас множество дел.

— Да, конечно. — Бриджет одарила Коннела сияющей улыбкой, и в глазах ее мелькнули озорные огоньки, напомнившие Коннелу далекое детство. Увы, в настоящий момент он чувствовал себя ужасно старым. — Я смотрю, ты уже познакомился с моей племянницей Бетани.

— С Бетани? — переспросил Коннел. Ему вдруг очень захотелось опять оказаться на спине Тигана и продолжить скачку по бескрайним холмам Килдэра, не зная, что ждет его за очередным склоном.

— Нас только представили, тетя.

Голос жены Финна раздался прямо за спиной Коннела, и он невольно вздрогнул от неожиданности. Когда же она успела отойти от камина?

— Мистер Кэри был очень любезен и помог мне разжечь здесь огонь, чтобы не так холодно было дожидаться хозяина. — Легкий акцент не смог скрыть едва заметного осуждения в интонациях Бетани. Она обошла Коннела и обняла Бриджет за плечи. — Тетя, почему бы тебе не сесть у огня? А я пока пойду на кухню и посмотрю, не найдется ли там для тебя чая.

— Не волнуйся на мой счет, — покачала головой Бриджет. — Ты не меньше меня устала с дороги. Я ведь строго наказывала тебе посидеть спокойно и попытаться собраться с мыслями, не так ли?

— Я вполне могу сходить на кухню, — вызвался Джеймс. — А вы пока можете сесть поближе к огню и получше познакомиться с Коннелом. Уверен, у вас есть немало тем, которые вам надо обсудить по-семейному.

— Я мог бы предложить что-нибудь более существенное, чем чай, — пробормотал Коннел, пытаясь выиграть время.

— Это было бы очень мило с вашей стороны, мистер Кэри. — Бетани улыбнулась Джеймсу и, подобрав юбки, грациозно опустилась на стоявший у камина диванчик.

— Большое спасибо, сэр, но Дженна О'Тул уже сказала, что она принесет поднос с чаем прямо сюда, — сказала Бриджет. Усевшись у огня рядом с племянницей, она вопросительно уставилась на Джеймса: — Так вы Кэри?

— Прошу прощения, тетушка Бриджет, но мне следует представить вас друг другу, — в смущении пробормотала жена Финна. — Это мистер Кэри. Мистер Джеймс Кэри. Кажется, сосед.

— И многолетний друг семьи. — Джеймс изобразил легкий поклон.

Коннелу же хотелось придушить друга за то, что тот вел себя как на великосветском приеме.

— Рада познакомиться с вами, сэр. — Бриджет пристально всматривалась в Джеймса. — А вы не тот серьезный мальчик, который то и дело приезжал сюда из-за реки? Я однажды провела здесь несколько месяцев, присматривая за господином Коннелом. Как называлось поместье ваших родителей, мистер Кэри?

— Оук-Бенд, мисс... Дойл.

Джеймс немного смутился, и это весьма порадовало Коннела. Было очевидно, что Джеймс оказался в затруднительном положении, то есть не знал, как вести разговор с бывшей служанкой.

Тут Джеймс перевел взгляд на Бетани, и Коннел тоже посмотрел на молодую гостью. Бетани была очень хороша собой и, конечно же, могла привлечь восхищенные взгляды многих мужчин. К тому же Бетани всего несколько месяцев назад потеряла мужа, и это делало молодую вдову еще привлекательнее.

— Ах да, теперь я вспомнила, — прервала неловкую паузу Бриджет. — Кэри из Оук-Бенда. У вас еще была маленькая и очень хорошенькая сестричка, верно?

Это стало последней каплей. Коннел Делейни метнулся к стоявшему в буфете графину с виски, к которому стремился с первой минуты пребывания в этой комнате.

— Розалин умерла... несколько лет назад. Я... мы... нам все еще ужасно ее не хватает.

Это заявление Джеймса болью пронзило грудь Коннела, заставив с новой силой ощутить свою вину за ту роль, которую он сыграл в этой истории. Он плеснул виски в стакан и с жадностью выпил, с удовольствием ощутив растекающееся по телу тепло.

— Прошу прощения... — пробормотал Джеймс, пытаясь улизнуть. — С вашего позволения я присоединюсь к хозяину в его возлияниях. — Джеймс принял протянутый ему Коннелом стакан и одним глотком осушил его, затем сказал: — Вечная память Финну.

— Да, вечная. — Коннел тоже допил виски. — Хотя мне до сих пор приходится отвечать за то, что он натворил.

Джеймс бросил взгляд в сторону камина, у которого сидели женщины, потом снова посмотрел на приятеля:

— Что ж, мне, наверное, пора. Полагаю, тебе будет чем заняться сегодня вечером. Я вернусь с бумагами, с которыми нам надо поработать, через день-два. Надеюсь, за это время у тебя появится шанс... кое-что распутать.

Коннел не мог винить Джеймса за желание уйти. Господи, с каким удовольствием он тоже поехал бы к Джеймсу в Оук-Бенд! Непременно поехал бы, если бы только он мог! Молча кивнув в знак согласия, Коннел опять открыл графин, чтобы налить себе очередную порцию. Услышав звон стакана, вдова Финна обернулась. Сначала взгляд ее остановился на руках Коннела, потом она посмотрела в его лицо, и он прочел в ее красивых глазах опаску и осуждение.

«Проклятие! — подумал Коннел. — Миссис Делейни глубоко ошибается, если думает, что одного ее косого взгляда достаточно для того, чтобы заставить меня отказаться хотя бы от одного из моих замыслов». И не важно, какое требование миссис Делейни выдвинет, пользуясь именем сына. Если уж он, Коннел, решил, что выпьет по второму разу, то непременно выпьет.

И по третьему.

Глава 2

Сцена появления в гостиной Коннела снова и снова вспоминалась Джеймсу, возвращавшемуся в свое поместье. Было совершенно ясно, что его соседом овладел ужас, и это не могло не радовать Джеймса, ибо все шло именно так, как он задумал. Выходит, труды его не пропали даром.

Вдова Финна оказалась довольно хорошенькой и милой. Немного наивной, конечно, и совсем не интриганкой. С этой точки зрения она была до скуки предсказуема, и ею можно было легко манипулировать. К тому же очень легковерна, если оставалась замужем за Финном все эти несчастные годы. А в том, что они были несчастными, Джеймс ни секунды не сомневался. Правда, он никогда не мог представить, что эта женщина действительно решится бежать со своим щенком в Ирландию. Но все ее надежды начать здесь жизнь без скандала были обречены на провал.

Джеймс криво усмехнулся, вспомнив, как вдова Финна Делейни пожала ему руку. Наверное, у нее была очень неплохая фигура, но сейчас ему следовало подумать совсем о другом.

Джеймсу вдруг вспомнился тот пронзительный взгляд, которым миссис Делейни посмотрела на Коннела, взгляд, от которого у него, Джеймса, почему-то пробежали по спине мурашки. А ответный взгляд Коннела только подтвердил: необходимо было проявить бдительность и побыстрее реализовать все задуманное.

Спешившись, Джеймс передал жеребца конюху и поднял воротник, поскольку вечерний туман уже начал наполнять воздух прохладой и сыростью. Джеймс вовсе не собирался отказываться от удобного случая — он вполне мог использовать то обстоятельство, что вдова Делейни годами находилась под пятой мужа. Да-да, он обязательно насладится красотой вдовы, но сейчас ему следовало заняться совсем другими делами. Предстояло подумать о будущем Гленмида, так как сегодняшние события явно требовали определенных изменений в его планах. Задача состояла в том, чтобы использовать приезд вдовы Делейни в своих интересах. Джеймс любил такие задачи.

Приблизившись к дому, он стремительно поднялся по ступеням и прошел в холл, на ходу снимая перчатки и даже не взглянув на дворецкого, готового принять его плащ и шляпу.

— Сэр...

— Что случилось, Моррисон? — Джеймс остановился и свирепо посмотрел на располневшего слугу. Не приведи Господь сейчас кому-нибудь из слуг обращаться к нему с разговорами. Особенно слуге, разжиревшему на службе.

— Прошу прощения, сэр. — Моррисон поспешно поклонился. — Сэр, я подумал, вам следует знать, что в передней гостиной находится женщина.

— Какая женщина? — Джеймс вскинул брови.

— Не знаю, сэр. — Моррисон явно нервничал. — Она сказала, что хотела бы сделать вам сюрприз. Она была очень настойчива и требовала, чтобы ее впустили. Эта женщина приехала с багажом.

В подтверждение своих слов дворецкий кивнул в угол холла, где высилась довольно внушительная гора саквояжей и дорожных сумок, сиявших кожей и сверкавших застежками.

— Очень любопытно, — пробормотал Джеймс, остановившись у лестницы. Бросив взгляд в зеркало, он пригладил усы и спросил: — Она ждет в гостиной?

Дворецкий утвердительно кивнул:

— Да, сэр.

— Спасибо, Моррисон. Отнесите это в мой кабинет. — Джеймс передал дворецкому пакет с бумагами, которые собирался взять в Гленмид. — Я позвоню вам, Моррисон, если вы еще мне понадобитесь.

— Очень хорошо, сэр. — Дворецкий отвесил очередной поклон и, с облегчением вздохнув, отправился исполнять поручение.

Джеймс же, проводив Моррисона взглядом, невольно нахмурился. О чем думал этот болван, позволяя незнакомой женщине благополучно устроиться со всеми удобствами в гостиной? И почему он даже не удосужился узнать ее имя? Хотя... Джеймс еще раз окинул взглядом груду багажа в углу. Затем осторожно открыл раздвижные створки двери и прошел в гостиную.

Взгляд его тотчас остановился на стоявшей у камина женщине с хрустальным бокалом в руке. Ее густые темные волосы были уложены в элегантную прическу. Яркое дорогое платье, сшитое по последней моде, облегало стройную фигуру. Воздух же наполнял аромат жасмина.

— Вивиан! Ты очень кстати! — Джеймс заставил себя улыбнуться, затем добавил: — Но две вдовы за один вечер — это довольно необычно...

Бросив взгляд через плечо, Вивиан поставила бокал на каминную полку, затем повернулась к хозяину. Покрой ее платья удачно подчеркивал пышные формы груди и тонкую талию. Девически свежая кожа цвета слоновой кости прекрасно контрастировала с черным одеянием вдовы. А карие глаза и полные алые губы придавали Вивиан очарование созревшего запретного плода.

— И это все, что ты можешь сказать мне в качестве приветствия? — Она соблазнительно надула губки. — Я истомилась по тебе, и время, проведенное без тебя, показалось мне вечностью.

Вот так с ней всегда — Джеймс мгновенно почувствовал влечение.

Он быстро пересек комнату и без лишних слов заключил гостью в объятия. У Вивиан перехватило дыхание, когда Джеймс, приподняв ее подбородок, поцеловал сочные, призывно приоткрытые губы. Она ощутила приятный привкус первоклассного виски и почувствовала себя как дома. И не важно, как именно она сюда приехала — по приглашению или без него. Обняв любовника за плечи, Вивиан прильнула к нему всем своим роскошным телом. Джеймс же легонько укусил ее нижнюю губу и тотчас от нее отстранился.

— Рада тебя видеть, — проговорила Вивиан с хрипотцой в голосе. Достаточно было небольшой искры, чтобы зажечь в ней огонь страсти. И так было всегда. Отношения между Джеймсом и Вивиан базировались на этом ощущении желания и опасности. И это нравилось им обоим.

— Но что ты тут делаешь? — спросил он, немного нахмурившись. — Неужели в Бостоне уже наступил мертвый сезон?

— Ах, дорогой... — Вивиан медленно оправила платье и лукаво улыбнулась. — Просто соскучилась. Неужели не понятно?

Джеймс ощутил прилив страсти, но тут же взял себя в руки. Нет, еще не время. Вновь приподняв ее подбородок, он проговорил:

— Вивиан, ответь на мой вопрос. Я тебя не ждал. Почему ты здесь?

— Тебе так неприятно мое присутствие? Минуту назад мне казалось иначе. Мне нужно было повидаться с тобой.

Губы Вивиан растянулись в соблазнительной улыбке, и Джеймс лишь с огромным трудом удержался — ему хотелось заключить ее в объятия и покрепче прижаться к ней.

— Дорогая, сначала я хочу услышать твой ответ. — Он провел большим пальцем по ее губам. — А потом мы сможем поговорить о... обо всем остальном.

Вивиан на мгновение прикрыла свои чудесные карие глаза, и Джеймса в очередной раз ужалило желание. О да, сегодня ночью он даст ей все, что нужно. И чем дальше, тем больше.

Но сначала пусть ответит на вопросы. Вивиан знала, что перечить ему — себе дороже. Он взял ее за плечи и легонько встряхнул:

— Отвечай же...

— Что ж, хорошо. — Она тихонько вздохнула. — Я приехала потому, что потеряла все. Все, что было у меня, пока был жив Шерман. Увы, все отобрали у меня его мерзкие отпрыски.

— Кого ты имеешь в виду?

— Натана и Фредерика. Неужели не понимаешь?! — В голосе Вивиан прозвучало раздражение. — Ты же знаешь, они никогда не принимали меня. И достаточно открыто давали это понять, хотя и старались изо всех сил, демонстрируя свое уважение к отцу. Бедный Шерман никогда ничего не понимал. Я и не заметила, когда они все это устроили. И как я только пропустила этот гнусный заговор?!

— Вивиан, объясни, в чем дело. Только кратко и без эмоций.

Отойдя от Джеймса, Вивиан протянула свои длинные изящные пальцы к камину.

— Шерман поделил все свои деньги, бизнес и дом в равных долях между сыновьями. Мне он оставил только мою одежду и украшения, которые купил мне за эти годы. А в придачу — пожелание найти себе другого мужчину, которого я бы осчастливила так же, как в свое время осчастливила самого Шермана. — Вивиан повернулась к Джеймсу; во взгляде ее светилось плохо скрываемое раздражение. — Не сомневаюсь, будь у этих мерзавцев хоть малейшая возможность претендовать на мои драгоценности, они не постеснялись бы поснимать все с моих пальцев. Сняли бы все до последнего колечка! Но я ведь заработала этот дом! Я превратила эту развалину в настоящий дворец!

«Вот так дела. Итак, старый козел и его отродье в конце концов оставили Вивиан с носом. Вот уж в самом деле — день сюрпризов».

Расправив плечи, Вивиан вскинула голову и заявила:

— И естественно, я отправилась прямиком к тебе, моя любовь. Хотя для этого мне и пришлось продать изумрудное ожерелье, чтобы иметь деньги на дорогу от Бостона. Во всей этой истории только одно хорошо: теперь мое замужество больше не препятствует нам быть вместе. — Вивиан провела пальцем по подбородку Джеймса. — И ты уж точно задолжал мне кое-что за... задания, которые я выполняла для тебя несколько последних лет.

— Ты так считаешь? Стоит ли напомнить тебе, сколько удовольствия тебе доставляли эти... задания? Почти такое же, полагаю, какое получал я, читая твои отчеты об их выполнении.

Вивиан залилась краской смущения. Шагнув к Джеймсу, она проговорила:

— Хватит играть со мною, мой милый. Поверь, я была в отчаянии. Ты же знаешь, как я плохо переношу морскую болезнь. И все же я приехала. Приехала, потому что у меня не было другого выбора.

— Я знаю. — Джеймс провел по щеке Вивиан. — Дорогая, я действительно очень тебе сочувствую. А смерть Шермана... Она никак не вписывалась в мой план.

В прекрасных глазах Вивиан заискрились блестки слез, но было неясно, относятся ли эти слезы к памяти об ушедшем в мир иной Шермане или же к чему-то другому. Никогда нельзя было с уверенностью сказать, что руководит душевными порывами этой женщины. И эта особенность делала Вивиан чрезвычайно привлекательной.

— Ладно, дорогая. Как бы там ни было, ты здесь, и это самое главное. — Наклонившись, Джеймс нежно поцеловал Вивиан в губы.

Она ответила на его порыв и всем телом прильнула к нему. Растущее желание заставляло биться их сердца все чаще. Губы Вивиан снова раскрылись навстречу губам Джеймса. На какое-то краткое мгновение ему захотелось воспользоваться расположением Вивиан немедленно, здесь же, в гостиной. Но стоило Джеймсу представить изумление, которое появится на румяном лице дворецкого, если тот, зайдя в гостиную, застанет своего хозяина и безымянную даму в пароксизме страсти, как он отказался от своей затеи.

Оторвавшись от губ Вивиан, Джеймс увидел, что черты ее милого лица напряжены. Вивиан горела тем же страстным желанием, что и он.

— Возьми меня, — прозвучал ее призывный шепот. — Что же ты медлишь, Джеймс? Ах, поцелуй же меня, поцелуй...

— Сейчас, дорогая. — Он снова поцеловал любовницу, потом тихо проговорил: — Итак, запомни: ты моя родственница.

Очередной поцелуй.

— Моя... кузина, — продолжал Джеймс и невольно усмехнулся: ему показалось, что придумано неплохо. — Так вот, ты приехала из Америки. — Он прошелся ладонями по соблазнительным округлостям ее тела. — Только надо будет придумать тебе другое имя.

— М-м-м... — простонала Вивиан. Потом вдруг спросила: — О чем ты говоришь? Я не понимаю.

— Нам необходимо придумать разумное объяснение твоего пребывания в моем поместье, дорогая. Ведь ты будешь жить в моем доме без компаньонки, которые обычно сопровождают молодых девушек.

Стараясь увидеть, что написано на лице Джеймса, Вивиан немного отстранилась от него. Затем, помрачнев, пробормотала:

— Но я...

— Тсс! — Джеймс приложил палец к губам любовницы. Возможно, Вивиан приехала сюда, чтобы обсудить возможность их женитьбы, но у Джеймса имелись свои планы, связанные с необычайной привлекательностью Вивиан. — Я все тебе объясню. Сейчас же только запомни, кто ты такая.

— Твоя кузина, — прошептала Вивиан.

— И нам надо извлечь тебя из этого траурного тряпья.

— Тогда отведи меня наверх.

— Терпение, терпение и еще раз терпение, дорогая. — Джеймс улыбнулся, довольный той простотой, с которой Вивиан всегда принимала неожиданные изменения обстоятельств. Разжав объятия, он повел любовницу к двери. — А сейчас, дорогая кузина, давай позовем прислугу и поместим тебя в подходящих апартаментах. После столь долгого путешествия не хотела бы ты осмотреть свою комнату? Мне кажется, сегодня я лягу пораньше.

Вивиан хихикнула, а Джеймс, потянувшись к колокольчику, вызвал Моррисона.

Спустя час Вивиан с помощью слуг обосновалась в отведенной для нее комнате, расположенной в том же крыле, что и покои Джеймса, только на противоположной стороне. Экономка Джеймса миссис Малруни прекрасно знала свое дело.

Джеймс рассказал экономке о том, как несправедливо повела себя фортуна по отношению к Вивиан в первый же год после смерти ее мужа. В результате миссис Малруни очень посочувствовала «бедняжке» и лично принесла в ее комнату поднос с чаем и тостами. На подносе имелся и графинчик с шерри, поставленный предусмотрительной экономкой на случай, если вдове понадобится более действенное снотворное средство. Они распаковали только дорожную сумку, в которой находились ночные принадлежности Вивиан. Прочий багаж мог подождать и до утра.

— Благодарю вас, миссис Малруни. Я помогу кузине устроиться, а потом выпью бренди у себя в кабинете. Не пришлете ли вы и туда поднос? На сегодня это все.

Вивиан играла свою роль в этом представлении, понуро сидя на краешке дивана и теребя кружевной носовой платочек.

— Да, сэр. Всего хорошего, миледи.

Экономка сделала реверанс и, облегченно вздохнув, поспешила удалиться. Отведенные Вивиан апартаменты состояли из просторной гостиной, обстановка которой должна была развеять любые возможные подозрения миссис Малруни. Джеймс позаботился о том, чтобы пожилая экономка не знала о небольшой спальне, находившейся в глубине гостиной, — туда допускался только дворецкий. Выждав минуту-другую, Джеймс запер дверь на задвижку и провел Вивиан в спальню, предусмотрительно закрыв на защелку и эту дверь.

— Иди ко мне... кузина. Я знаю, чего ты хочешь. Я всегда это знаю. Покажи, как ты скучала по мне. Распусти волосы.

Вивиан привычным движением вытащила из прически заколки, и роскошные черные волосы рассыпались по ее плечам. С дразнящей улыбкой на сочных губах она шагнула к Джеймсу...

* * *

В какой-то момент, оторвавшись от любовницы, Джеймс вдруг обнаружил, что за окном непроглядная темень, а шторы на окнах не задернуты. Если кто-нибудь из прислуги вздумал совершить вечерний моцион, он мог видеть их игры как на ладони. Вивиан обернулась к нему с сияющим лицом — было очевидно, что она вполне довольна происходящим. Но Джеймс, погруженный в свои мысли, молчал, и она, снова улыбнувшись, проговорила:

— Знаешь, а это твое приветствие было гораздо лучше предыдущего.

Джеймс рассмеялся:

— Очень рад, дорогая, что тебе понравилось. Может, ты предпочтешь мое исключительное внимание?

— Кстати, об исключительном внимании. — Вивиан тоже засмеялась и поцеловала Джеймса в шею. — Кто это — вторая вдова, про которую ты упоминал внизу?

— Дорогая, об этом — позже.

Джеймс улыбнулся: он испытывал особое удовольствие от полной покорности Вивиан его воле. Он бы мог провести с ней всю ночь, если бы не пересуды, которые могли возникнуть среди прислуги. Одно дело — увидеть что-то мельком в незашторенное окно, и совсем другое — открытое пренебрежение условностями. Разумеется, он должен был покинуть половину Вивиан, но у него еще оставался час-другой. Джеймс снова обнял любовницу, и она спросила:

— Если об этом позже, то что же сейчас?

— Видишь ли, у меня есть еще несколько свежих идей, которыми я хотел бы поделиться с тобой. Возможно, ты найдешь их интересными.

Любовники обменялись долгим и страстным поцелуем.

— Ах, дорогой, я обожаю твои «интересные идеи»! Расскажи мне про них.

— Обязательно. Вот первая.

«А потом, утром, можно будет взяться за настоящую работу», — подумал Джеймс.

Глава 3

«Было чудовищной ошибкой приезжать сюда. Как и все, что я делала в моей жизни».

Дурные предчувствия, терзающие душу Бетани Делейни, сопровождались таким глубоким разочарованием, которое она ни за что бы не хотела испытать вновь. И как только ей в голову могла прийти мысль, что Ирландия и Гленмид могут принести что-нибудь, кроме несчастий?

Бетани взглянула на маленькую фигурку сына, спавшего под мягким стеганым одеялом в противоположном конце просторной детской, и поплотнее закуталась в шерстяную шаль.

Росс спал на кровати, принадлежавшей когда-то его отцу. Бетани с трудом проглотила подступивший к горлу комок, утешая себя обманчивой надеждой.

Несмотря на кошмар своего замужества, Бетани никогда не считала сына одной из многих своих ошибок. Росс был единственным светлым лучиком в холодном мраке прошедших лет. В свете стоявшей на столе лампы Росс казался еще младше своих семи лет, особенно из-за сгустившихся вокруг теней.

Бетани дрожала, несмотря на жаркий огонь камина. В памяти ее всплыло выражение лица Коннела Делейни в тот момент, когда он узнал о существовании маленького племянника. Тогда он стал так похож на Финна, что ей пришлось выдержать нелегкую внутреннюю борьбу — хотелось броситься в детскую и, схватив на руки сына, бежать без оглядки.

— И о чем я только думала, тетушка Бриджет? Неужели хотела пройти весь этот бесконечный путь, не задумываясь о возможных последствиях?!

— Спокойно, айшон!

«Айшон» на гэльском языке — «маленькая птичка»; этим ласковым словечком Бриджет называла Бетани, сколько та себя помнила. Потянувшись из стоявшего у камина кресла, тетка накрыла ладонью руку Бетани. Бриджет — младшая сестра отца Бетани — была единственной в жизни опорой.

— Да, это был по-настоящему мучительный путь через всю Атлантику и Северное море. Но теперь мы благополучно прибыли в новое семейное гнездышко. Увидишь — все наладится. Мы приехали домой.

«Домой?»

Бетани присела на краешек стоящего у окна стула и вздохнула, искренне желая разделить уверенность тети. Водрузив ноги на пуфик, она прикрыла пальцы подолом ночной сорочки. Вполне подходящий наряд для теплой Северной Каролины, но плохо подходящий к ирландским холодам. Ирландия оказалась ужасно холодной и неуютной. Совсем не такой, какой надеялась увидеть ее Бетани.

Прислонившись лбом к оконному стеклу, она почувствовала мерные удары дождевых капель по внешней стороне окна. Первые гнетущие впечатления, испытанные Бетани после позорной смерти мужа и потери дела, благополучно загубленного Финном, начинали забываться, стоило ей вспомнить про хозяина Гленмидских конюшен.

Коннел Делейни был как две капли воды похож на ее покойного мужа, но Финн никогда не говорил жене об этом. Да и вообще, Финн очень много лгал ей, например, о том, что его кузен Коннел трагически погиб более десяти лет назад. Бетани в очередной раз поежилась. Что же теперь ее ждет? Коннел Делейни появился в ее жизни подобно призрачному предвестнику — прямолинейный, хмурый и немногословный. Ах, если бы у нее была хоть капля здравого смысла, она бы забросила весь свой багаж в первую попавшуюся карету и покинула Гленмид-Мэнор, прежде чем первые лучи солнца коснутся горизонта.

— Я понимаю, тетя, что ты счастлива, вернувшись домой, в графство Килдэр. Но все, что удалось мне здесь увидеть, — это серое небо и будущее, полное неясных обещаний. И мне следовало это предвидеть, а не колебаться, поддавшись воспоминаниям отца или рассказам Финна о том, как он сожалеет, что сам бросил своего отца много лет назад, а тот умер в одиночестве. — Бетани опять вздохнула. — Нам надо было ехать на запад — в Калифорнию. Или на север. Куда-нибудь подальше от Уилмингтона. В более безопасное, чем здесь, место.

— Ты прекрасно знаешь, что никогда не стала бы рисковать будущим нашего мальчика, отправившись в путь через прерии, кишащие дикими индейцами и еще более дикими переселенцами.

Представления Бриджет о кошмарных последствиях подобного путешествия, пусть всегда и слишком преувеличенные, заставляли холодеть душу Бетани.

— Несчастье, случившееся с твоим мужем, с тем же успехом могло произойти и на Севере. А отчету, который ты нашла в бумагах Финна, свидетельствующему, что его отец — все еще хозяин Гленмида, едва исполнился год. Откуда ты могла знать, что они последуют в могилу друг за другом так скоро?

Отблески огня из камина играли в волосах Бриджет. Тетя покачала головой, и ее мягкие, тронутые сединой локоны рассыпались по плечам и по спине. В тусклом свете угольков Бриджет выглядела гораздо моложе. Создавалось впечатление, что одно лишь пребывание здесь вернуло в жизнь Бриджет что-то такое, о чем она очень долго тосковала. Ощущение этой перемены в тете наконец-то согрело душу Бетани.

— Уверена, что ты права. Но кузен Финна ведет себя так, словно мы проделали наш путь с одной целью — вырвать у него изо рта последний кусок.

Замужество Бетани, ее сын, само ее существование — казалось, все стало неприятным сюрпризом для последнего представителя семьи ее покойного мужа. Бетани провела пальцем по холодному оконному стеклу и вспомнила жаркий огонь осуждения, пылавший во взгляде Коннела Делейни, выслушавшего их с Бриджет рассказ.

— Он немного шокирован — только и всего. — Как видно, Бриджет тоже все это время размышляла над реакцией Коннела на их появление. — Несомненно, все это — из-за крови, которая развела его и твоего бывшего мужа. Дженна О'Тул намекнула мне об этом под большим секретом, пока мы протирали пыль в детской. Завтра я вытяну из нее всю историю.

Перед решительностью Бриджет миссис О'Тул не имела ни малейших шансов. Достаточно было вспомнить, как в свое время сама Бетани никак не могла принять решение — ехать ей в Ирландию или не ехать.

— Нисколько в этом не сомневаюсь. Но кровь или не кровь, а Коннел дал ясно понять, что не в восторге от того, что мы решили здесь остаться. Как будто у нас есть какой-то выбор, пока не будут решены вопросы, связанные с правом Росса на наследство.

— Увидишь, он решит этот вопрос. Еще в детстве Коннел Делейни отличался тем, что всегда умел поступать правильно. Уверена: он вырос честным человеком — полная противоположность своему кузену.

Честный человек? Бетани оставалось только надеяться. Годы, прожитые с Финном, научили ее весьма настороженно относиться к семейству Делейни.

— А этот мистер Кэри... Кажется, он тоже заинтересован в том, чтобы мы остались. — Бетани попыталась отвлечься от мыслей о Коннеле Делейни.

Встреча лицом к лицу с привидением, чья мнимая смерть часто упоминалась в бессвязных рассказах напивавшегося Финна и чье реальное существование оказалось настоящей катастрофой, ужасно смущала Бетани и путала мысли. Сознание того, что при встрече с кузеном Финна ни в коем случае нельзя показывать страх или слабость, постоянно держало в напряжении.

Коннел очень походил на Финна, но в то же время отличался от своего двоюродного брата. Коннел был более худощавый и мускулистый. Крепче сложен и выше ростом. Представляясь, Бетани подошла к Коннелу достаточно близко, чтобы почувствовать, что и пахло от него както по-другому — во всяком случае, совсем не так, как от Финна И все же Бетани твердо решила, что больше не допустит ошибки и не обманется насчет Коннела, как когда-то обманулась с его кузеном.

— Кэри из Оук-Бенда всегда были излишне щепетильны и высокомерны, — фыркнула Бриджет, поднимаясь из кресла-качалки, чтобы поправить уголья в камине. — Они просто помешаны на условностях. Особенно если те касаются ситуации, когда молодая женщина, пусть даже вдова, появляется в доме холостяка. Им даже не важно, что ты — Делейни, поэтому имеешь полное право остановиться здесь. И я их не устраиваю в качестве твоей товарки, несмотря на то что мы с тобой вместе долгие годы.

Освободившись от гнетущих размышлений, Бетани поднялась со своего места у окна и порывисто обняла тетку.

— Ах, тетушка Бриджет, это бесконечное путешествие вконец меня измотало. Мне просто хотелось бы избавиться от чувства, что я ужасно сглупила, сменив одно несчастье на другое.

По спине Бетани пробежали мурашки, когда в воображении ее всплыли лица Финна и его кузена, столь похожие, что сливались в одно. Что же послужило причиной разрыва в их семье? Кто был виноват? Финн, чье обаяние вмиг улетучилось, стоило ему жениться? Или Коннел, который с самого начала производил неприятное впечатление?

— Все уладится. — Бриджет в ответ обняла Бетани и взглянула на маленькое существо, свернувшееся калачиком на кровати. — Не так уж все безнадежно. В конце концов, у нас есть наш мальчик.

— Верно, — согласилась Бетани, взглянув на спавшего сына, уютно устроившегося под стеганым одеялом. — Ведь наш Росс — единственно хорошее, что дал мне Финн.

— Единственно хорошее, что вообще когда-либо произошло от него, — фыркнула Бриджет. — Да простит меня Господь, что я нехорошо говорю о покойном, но этот человек...

В это время Росс пошевелился. Темные ресницы мальчика дрогнули, и он, заморгав, потянулся. Бриджет тут же прикусила язык, но Бетани и без того прекрасно знала продолжение, что могла бы сказать тетушка про ее покойного мужа. Это была обычная тема их разговоров, и Бриджет в таких случаях не очень-то стеснялась в выражениях.

— Мы все еще здесь, мама? — В голосе смотревшего на Бетани Росса все еще звучала усталость. Глубокие темные круги залегли под голубыми глазами, которые так любил отец Бетани. Все же на мальчике сильно сказывались долгий морской переход из Уилмингтона в Дублин и двухдневная тряска в карете до Гленмида.

— Да, радость моя. — Приглаживая взъерошенные волосы Росса, Бетани почувствовала тепло его щеки. — Мы приехали сюда как раз перед чаем. Кучер внес тебя сюда, а ты даже не проснулся, потому что полночи перед этим не спал и очень устал.

Любопытство в глазах Росса уже погасло, и он снова откинул голову на подушку, уставившись в погружающееся в темноту пространство. Бетани налила в чашку молоко с медом, и Росс выпил его совсем без аппетита, несмотря на то что пропустил и полуденный чай, и ужин Осушив чашку, мальчик вздохнул и сонным голосом проговорил:

— Папа рассказывал, что там, где он вырос, было много лошадей. Ты ведь разрешишь завести мне лошадь, мама? Ты обещала.

Лошади — еще одна постоянная тема для разговоров, которые в последнее время приходилось вести Бетани.

— Хорошо, раз уж мы договорились. Посмотрим, нельзя ли будет достать для тебя пони, Росс. Хочешь еще молока? Или, может быть, смородиновый бисквит, который прислала тебе экономка?

Росс отрицательно покачал головой и закрыл глаза. Немного помолчав, вдруг спросил:

— Мама, мы ведь дома? Нам ведь нечего бояться? Нам не надо больше убегать?

— Нет-нет, дорогой, бежать больше не надо. — Глаза Бетани наполнились слезами. Сын был еще слишком маленьким, чтобы спрашивать о подобных вещах. — Теперь мы дома, и нам больше ничто не угрожает.

Бетани прикрыла одеялом плечи засыпающего сына и поцеловала его в щеку. Она все же надеялась, что сделала правильный выбор, решив привезти Росса в Ирландию и сказав ему правду об их новом доме.

Однако образ Коннела Делейни по-прежнему смущал душу Бетани, наполняя неуверенностью. Откровенно говоря, пугала ее не только суровость, с которой их принял Коннел, и даже не сходство его с покойным мужем. Гораздо больше пугала ее, Бетани, реакция на эту схожесть. Когда Коннел вошел в комнату, у нее возникло ощущение, будто все прошедшие годы вдруг стерлись и она, еще девочка, снова впервые увидела отцовского гостя, только что приехавшего из Старого Света.

Внешность Финна и его ирландский акцент каким-то волшебным образом претворяли все, что он говорил, в высокую поэзию. И даже то обстоятельство, что Бетани выросла в доме, где говорили на том же языке, совсем не лишало Финна Делейни необычайной привлекательности. Бетани была очарована вниманием, которое уделил ей Финн во время своего первого визита. Он оказался первым взрослым мужчиной, всерьез разговаривавшим с ней и проявившим к ней интерес.

В то время Бетани мечтала о Старом Свете, откуда приехал Делейни; Европа казалась ей чарующей и необычайно привлекательной. Но потом она поняла, чего Финн добивался. Оказалось, что он расставил ловушки для наивной Бетани, женитьба на которой вводила его в процветающий бизнес ее отца, прочно обосновавшегося в Новом Свете.

Бетани погладила спящего сына по щеке. Внешне Росс очень походил на отца. И на вновь обретенного кузена Финна. Бетани предстояло подготовить Росса к потрясению, которое сын испытает, увидев разительную схожесть Коннела со своим отцом, которого мальчик просто обожал, хотя Финн был для него скорее товарищем детских игр, чем родителем. Бетани уменьшила огонь в лампе и отошла от кровати, на минуту задержавшись, чтобы еще раз внимательно посмотреть на Росса. Она отчаянно пыталась уверить себя в том, что делает все возможное, чтобы обеспечить будущее сына.

Когда прошедшим днем Бетани смотрела на точеный профиль Коннела, его широкие плечи и волевой подбородок, у нее возникло впечатление, что она видит Финна до того, как тот начал вести беспутный образ жизни и стал потакать всем своим слабостям. При этом сердце Бетани бешено скакнуло куда-то в пустоту, и ей стоило немалого труда удержать душевное равновесие. Она чуть ли не вцепилась в Джеймса Кэри, словно они были близкими друзьями, а не познакомились всего за несколько минут до прихода Коннела.

Разумеется, ощущение шока должно постепенно уйти — по мере того, как она привыкнет к внешности Коннела Делейни. Если же не привыкнет, то ей придется избегать его общества — видеться только в случае крайней необходимости.

Тем временем Бриджет задремала в своем кресле-качалке, свесив голову на грудь. Судя по всему, она явно не желала идти в постель раньше племянницы. Бетани поправила уголья в камине и, следуя совету мистера Кэри, сунула еще несколько кусков торфа. Бетани все еще не была готова остаться совершенно одна в темноте, в незнакомой постели. Возможно, ей стоило забраться в кровать к Россу и заснуть в обнимку с сыном. И казалось, что будет гораздо лучше, если ребенок эту ночь проведет в ее объятиях. Хватит быть доверчивой девчонкой, которую можно соблазнить улыбкой. Нет, теперь Бетани будет уверенной в себе женщиной, способной защитить благополучие своего сына. И подтверждением тому — сегодняшний день.

Мысли ее снова и снова возвращались к встрече с Коннелом Делейни. В глубине души эмоции вспыхивали ярким пламенем, стоило вспомнить ощущения от присутствия Коннела. Настороженность — несомненно. Страх — определенно. Но при этом появилось какое-то странное возбуждение, которого она, Бетани, не испытывала уже много лет.

«Глупости все это! — говорила себе Бетани. — Да-да, глупости!»

— Что это было, айшон? — раздался сонный голос Бриджет, мгновенно прервавший размышления молодой женщины. Было несправедливо заставлять свою тетю бодрствовать лишь потому, что она, Бетани, никак не может успокоиться в Гленмиде.

— Ты готова идти в постель, тетушка? Мне кажется, тебе неудобно будет спать в кресле-качалке.

— Я ничуть не устала. Немало ночей я провела в этой самой комнате. — В подтверждение своих слов Бриджет широко зевнула, затем поднялась из кресла. — А вот тебе надо бы отдохнуть. Проснувшись, наш парнишка будет вне себя от радости, когда увидит в загоне всех лошадей разом.

— Точно, — прошептала Бетани. Она присматривала себе местечко на узкой детской кроватке рядом с Россом, заранее сетуя на то, что этой ночью ей вряд ли удастся хорошо отдохнуть. — Не сомневаюсь, что Росс проснется с первыми лучами солнца и потребует отвести его на конюшни.

— Слава Богу, что завтра дочка Дженны О'Тул займет место в спальной комнате для прислуги. В ее молодом возрасте все еще приходят в голову фантазии бегать ранним утром на конюшню.

Бетани закуталась в шаль и тихо проговорила:

— Тетя, я хочу отнести на кухню кувшин и пустую чашку Росса. Принести тебе что-нибудь?

— Нет, деточка. Все, что мне сейчас нужно, — это удобное мягкое местечко, где я могла бы преклонить голову. — Бриджет легонько хлопнула Бетани по плечу, успокаивая племянницу. — А кухня рядом с гостиной. Ты найдешь дорогу? Или тебе посветить?

— Думаю, в кухне должен быть свет. Миссис О'Тул сказала, что оставит лампу на малом огне на камине.

— Тогда пожелаем друг другу спокойной ночи. — Сладко зевнув, Бриджет открыла дверь в спальню напротив той, что предстояло занять Бетани на время их пребывания в Гленмиде. — Возьмешь что надо — дай знать, когда будешь подниматься обратно. И говори нормальным голосом, а не шепчи, как сейчас. Я точно слышала, как мастер Коннел протопал по ступенькам и отправился в другое крыло несколько часов назад. Но конечно же, я буду прислушиваться — на случай, если мальчик снова проснется.

Бетани еще раз взглянула на Росса, затем собрала посуду и стала осторожно спускаться по главной лестнице. Мастер Коннел... Тетя так просто говорила о Коннеле Делейни... Про Финна она так не говорила. Впрочем, и Финн почти не пытался понравиться Бриджет после того, как соблазнил ее племянницу и женился на ней. Проработав два года в магазине отца Бетани, Финн, пользуясь своим очарованием, соблазнил Бетани именно в тот момент и в том месте (Бетани поняла это позже), когда был точно уверен, что связь их раскроется. Увы, она оказалась дурочкой — восторженной и очень наивной, позволившей Финну вольности, от которых сама в конце концов была поставлена в невыносимое положение. Уступки в самые важные моменты и адские муки от страха быть брошенной дорогого стоили Бетани. Перед их свадьбой Бриджет постоянно упрекала Бетани. Бетани же впоследствии постоянно бранила себя за глупость. В бесконечной череде ночных кошмаров только Росс оставался для нее спасительной соломинкой.

Правая рука Бетани что есть сил вцепилась в холодное дерево перил, левая же крепко сжимала небольшой кувшин и чашку. К счастью, мягкие ковровые дорожки приглушали ее шаги.

Спустившись с лестницы, Бетани в кромешной темноте направилась в сторону кухни. Протянув вперед свободную руку и растопырив пальцы, она пыталась избежать столкновения с притаившимися в темноте предметами. Ах, если бы эта осторожность помогла ей справиться с прочими ловушками, поджидающими их в этом поместье в будущем!

Сделав около двадцати осторожных шагов, Бетани нащупала перед собой дверь. Если верить Бриджет, дверь эта вела в кухню. Стоило Бетани почувствовать, что спасение совсем близко — буквально под рукой, как в животе у нее заурчало от неожиданного приступа голода. Толкнув дверь, она шагнула вперед и зажмурилась от ударившего ей в лицо света, заливавшего комнату. Оказалось, что вместо приглушенного света настольной лампы кухня ярко освещалась двумя огромными светильниками, стоявшими на каминной полке, а также лампой, находившейся на длинном дощатом столе в центре комнаты. По столу были разбросаны бумаги, и здесь же стояли грязные тарелки с остатками еды и чашки.

Осмотревшись, Бетани проговорила:

— Здесь есть кто-нибудь?

Тишина. Неужели кухню оставили в таком виде до утра? В доме ее отца ни одна служанка не позволила бы себе оставить на ночь такое пиршество для грызунов. Тем более — разжечь еще и все светильники.

— Эй, кто-нибудь! — громко прокричала Бетани.

И снова ответом ей была тишина. В комнате было натоплено. Огонь пылал в огромном очаге, использовавшемся, несомненно, для приготовления пищи. Впрочем, скоро его должна была заменить уже установленная в глубине кухни плита, поблескивавшая металлическими боками. Свисавшие с потолка пучки травы наполняли воздух острым запахом меда — первый знакомый запах, который ощутила Бетани в этой холодной, незнакомой и страшной стране.

Хотя царящий вокруг беспорядок не шел ни в какое сравнение с тем, что творилось в доме у Финна, Коннел, возможно, обладал теми же дурными привычками, что и его двоюродный братец. Ночные набеги Финна на кладовую вызывали частые перебранки между тетей и экономкой отца, и той в конце концов приходилось всякий раз проскальзывать в кухню сразу после того, как в ней побывает Финн, чтобы успеть до утра убраться там. Но какими бы ни были обычаи в этом доме, казалось неправильным оставить здесь грязную посуду и уйти.

«Мне, конечно, не в первый раз приходится разгребать такой беспорядок», — думала Бетани. Более того, она давно уже поняла, что уборка кухни в доме очень неплохо успокаивает. А что, если уборка и в этом доме успокоит ее таким же образом?

Шагнув к мойке посуды, Бетани почувствовала босыми ногами приятную мягкость тряпичного коврика. Стоявший на столе сыр, присыпанный укропом, источал чудесный аромат. Желудок Бетани вновь напомнил о себе. Да-да, она, конечно, вычистит все кухни в Гленмиде, но прежде перекусит. Перед тем как наброситься на хлеб, Бетани отрезала себе кусок сыра и уже собралась отправить его в рот, но тут послышался мужской голос:

— Не стесняйтесь, чувствуйте себя как дома.

Полное сарказма замечание заставило Бетани резко обернуться. В следующее мгновение она увидела появившегося перед ней Коннела Делейни. Брови его были чуть приподняты, а под мышкой он держал перетянутую бечевкой пачку с какими-то бумагами. И снова поразительное сходство Коннела с ее мужем сковало Бетани страхом и заставило сердце биться быстрее.

Коннел был все еще в бриджах для верховой езды, но куртку и шарф успел снять. Под тонким полотном льняной рубашки угадывались могучие плечи и сильные руки — руки, привычные к физическому труду, и это было очень не похоже на Финна, избегавшего тяжелой работы.

И тут Бетани вдруг сообразила: хозяин дома одет, а ее тело прикрывали лишь тонкая хлопчатобумажная ткань ночной рубашки да шерстяная шаль. Вспомнив об этом, Бетани покраснела. Впившись пальцами ног в тряпичный коврик, она в смущении пробормотала:

— Видите ли, Дженна... Миссис О'Тул сказала... Она предложила... — Бетани осеклась; в эти мгновения она ненавидела себя за нерешительность.

— Ах вот в чем дело, — протянул Коннел. — Но здесь действительно нет ничего из того, что предложила вам Дженна О'Тул. — Коннел шагнул к Бетани. Свет ламп отражался в его темных глазах. — Этот дом — мой, миссис Делейни. Ваши права на него, как и на любую его часть, следует еще доказать.

Тон, которым была произнесена фамилия Бетани, казался таким же холодным, как сталь ножа, который она продолжала держать в руке. Стоило Бетани взглянуть на Коннела, как тут же чувство страха сменилось гневом.

— Вы действительно считаете меня способной на обман?

Коннел пожал плечами:

— Все возможно.

Бетани вздохнула и вновь заговорила:

— Думаете, я проделала весь этот путь только для того, чтобы соврать? Полагаете, что я только для этого потащила своего ребенка через океан?

Коннел положил пачку бумаг на стол и, наклонив голову, внимательно посмотрел на собеседницу и приблизился к ней еще на шаг. Бетани же боролась со жгучим желанием отступить.

— Ну разумеется, не затем, чтобы, вооружившись ножом, ограбить мою кладовую. — Коннел взглядом указал на нож, который Бетани по-прежнему сжимала в руке. Она тут же опустила нож. И в этот момент, к ее ужасу, желудок снова дал о себе знать. Она в очередной раз покраснела.

— Ах, я извиняюсь...

Впервые губы Коннела тронула легкая улыбка.

— Скорее всего это мне следует просить у вас прощения. Ведь оказалось, что я не очень-то гостеприимный хозяин. Меня крайне удивило ваше присутствие здесь. В это время я обычно тоже обхожу свой дом.

— И все же прощения должна просить я. За то, что выступила тут... в роли привидения. — Бетани тоже попыталась улыбнуться.

Коннел смотрел на нее напряженным взглядом — словно хотел прочитать ее мысли.

— А почему вы уехали из Америки так скоро после смерти мужа? — спросил он неожиданно.

Насколько откровенной следует быть с этим едва знакомым человеком, почти не скрывавшим свою враждебность? И действительно ли ему интересны истинные причины, заставившие ее броситься в неизвестное?

— Я полагаю, что сейчас не время и не место рассказывать вам свои житейские истории.

— А мне кажется, для откровенного разговора по душам лучшего места и времени и не придумаешь.

В тоне Коннела Бетани почувствовала попытку успокоить ее.

Он приблизился еще на шаг. От исходившего от него запаха веяло какой-то удивительной надежностью и безопасностью. Если бы Бетани могла отступить еще на шаг назад, она непременно так и поступила бы, но спина ее уже почувствовала острый угол раковины.

— Уверен, что вы меня понимаете, — продолжал Коннел. — Ваш приезд и его цель явились для меня по меньшей мере неожиданными. Я только несколько недель назад узнал о смерти Финна, а до этого более десяти лет о нем ничего не слышал.

— Да, конечно, — кивнула Бетани. — И вдруг приезжает незнакомая дама с сыном и заявляет о своих претензиях на часть наследства, право на которое принадлежит исключительно вам, верно? — Она попыталась взглянуть на ситуацию глазами Коннела. — Я приехала очень не вовремя!

— Да, именно так. — Коннел поджал губы и взял нож из руки Бетани. — Полагаю, что вы приехали напрасно. Если, конечно, я правильно понял цель вашего визита.

Бетани невольно вздрогнула. Она вдруг почувствовала, что Коннел Делейни, хотя и был очень похож на ее мужа, вблизи воспринимался совершенно по-другому.

— Так как же? — продолжал он. — Поделимся той частью наших печальных историй, которая касается Финна? Поищем точки соприкосновения? — Его взгляд, казалось, насквозь пронизал Бетани.

— Ну... если вы настаиваете... — Она старалась говорить непринужденно и молилась о том, чтобы Коннел не почувствовал в ее голосе ни малейшей дрожи, ни малейшего напряжения. — Скажите, почему Финн уехал из Ирландии? Почему покинул Гленмид и никогда не думал о возвращении сюда?

Бетани сразу же выпалила вопрос, мучивший ее долгие годы. Финн никогда и не пытался удовлетворить ее любопытство относительно своего прошлого, даже не утруждал себя отговорками. И каково это было для Бетани, имевшей с мужем только общую фамилию?

Коннел отвел взгляд. Обойдя собеседницу, он употребил нож по прямому его назначению — принялся нарезать ломтями сыр.

— А что Финн говорил вам?

— Говорил, что он любит Гленмид больше всего на свете, но отец отправил его искать «в стране далекой» своей счастливой доли. И он говорил, что не сможет вернуться. Лишь сильно напившись или иногда в запале спора он мог что-нибудь выболтать. Но и тогда оказывалось, что не все сказанное им правда. — Бетани наблюдала, как вслед за сыром Коннел стал нарезать хлеб и складывать его вместе с сыром на блюдо. О том, что рассказ заинтересовал Коннела, свидетельствовало выражение его лица, хотя он и старался проявлять спокойствие и молча ждал продолжения рассказа.

Сделав глубокий вдох, Бетани вновь заговорила:

— И Финн сказал мне, что вы умерли. Зачем ему было вводить меня в заблуждение, если было совершенно очевидно, что вы вовсе не умирали? Так вы что, поссорились? А его отец был на вашей стороне, поэтому Финна и отослали в Америку?

Крепко сжав зубы, Коннел продолжал молча складывать на блюдо хлеб. Бетани начинало казаться, что он никогда и ни за что не ответит ни на один ее вопрос. Но тут хозяин дома наконец-то заговорил:

— Если вы останетесь в Гленмиде, у вас будет возможность в ближайшее время узнать все в подробностях от местных болтливых торговок.

— Я редко верю слухам, — ответила Бетани. — Я прекрасно знаю, что слухи и сплетни способны породить лишь боль и страдание. А мне очень хотелось бы услышать правду, какой бы она ни была. Хотелось бы услышать именно от вас.

— Правду? Полагаю, джентльменам следует пропустить вперед леди. — Коннел положил на стол нож и, обернувшись, снова взглянул прямо в глаза Бетани. Та с трудом сглотнула и медленно кивнула. — Вы любили Финна? — спросил он. Его пальцы до белизны в костяшках вцепились в разделочную доску — словно от ответа на этот вопрос зависела его дальнейшая судьба.

Вопрос поразил и Бетани. Что это за экзамен? Сердце ее гулко билось, и ей пришлось перевести дыхание.

— Видите ли, Финн... Он был моим мужем почти восемь лет.

— Но вы любили его? — В вопросе Коннела звучало странное нетерпение. — Был ли Финн счастлив с вами? Как он жил в Уилмингтоне? Был ли он хорош для вас?

Встретив колючий взгляд Коннела, Бетани попыталась расшифровать подоплеку его вопросов. Действительно ли этот человек хочет знать правду? Какова будет его реакция, если сказать ему, что его покойный кузен постоянно пил и волочился за женщинами? И что скажет Коннел Делейни, если узнает, что его двоюродный брат совершенно развалил дело, которое ему оставил отец жены?

— Он... он был... Последние несколько лет большую часть времени Финн отсутствовал. — Бетани перевела дух, стараясь скрыть неубедительность своего ответа, мучаясь правдой, которую не позволила бы себе сказать никому, и ложью, которая была ей уже невыносима. — После того как Финн подарил мне Росса, мы по большей части жили раздельно.

— Раздельно? — Во взгляде Коннела сверкнула искорка. — Поэтому его застрелили в объятиях другой женщины вдали от дома? Поэтому вы позволили похоронить его на кладбище для нищих и бродяг?

Тон, которым Коннел задавал свои вопросы, заставил Бетани вспыхнуть негодованием. На каком основании он спрашивает об этом? Ведь Финн предавал ее бесчисленное множество раз. Он обрек ее на бедность, и ей, Бетани, стыдно было носить фамилию Делейни. И конечно же, она стыдилась репутации Финна — единственного наследства, оставленного им сыну.

— У меня не было средств, чтобы перевезти тело в Северную Каролину, — собравшись с духом, ответила Бетани. — Я послала деньги помощнику приходского священника на поминальную мессу в церкви в Массачусетсе. Он обещал присмотреть за могилой Финна, пока я не смогу послать побольше денег на надгробный камень.

— Не было средств? Тем не менее вам хватило денег на путешествие через океан и на то, чтобы добраться сюда вместе с теткой и сыном?

Коннел в упор смотрел на собеседницу. Он произнес свою тираду ледяным тоном. Правда, которую хотел услышать Коннел, вертелась на языке у Бетани. Правда, которую она тяжким грузом несла большую часть своей жизни и которую будет нести до конца своих дней. И все же Бетани не могла открыть эту правду.

— Я уже говорила вам, что приехала сюда в надежде найти дедушку моего сына. Дать Россу ощущение, что у него есть семья, что он наследник. С Финном все это было кончено много лет назад. — Бетани не смогла сказать Коннелу всю правду: что она пытается собрать лоскутки своей разорванной жизни и что виноват во всех ее несчастьях именно муж.

Коннел молча смотрел на Бетани, и мгновения для нее растягивались в вечность. Свет лампы играл тенями на его щеках, усиливая резкость черт. Сейчас он очень походил на Финна, и Бетани снова почувствовала страстное желание повернуться и выбежать из кухни. Но она все же взяла себя в руки и встретила пристальный взгляд Коннела.

Любила ли она Финна? Как он жил с ней? Почему именно эти вопросы задал Коннел в первую очередь?

Тут Коннел протянул руку и поправил выбившийся из прически локон Бетани. У нее перехватило дыхание. Это прикосновение было совершенно неожиданным и на удивление нежным.

— Почему же Финн мог порвать с такой женщиной, как вы?

Бетани еще больше смутилась. Она не знала, как ответить на этот вопрос. Да и следовало ли на него отвечать? Стараясь казаться невозмутимой, Бетани проговорила:

— Мой муж не раз мне говорил, что предпочитает общество женщин, которые понимают, что нужно мужчине. Он называл их «настоящими женщинами».

У Бетани чуть не сорвались с языка более резкие выражения, которые Финн употреблял в таких случаях, но она вовремя сдержалась.

— Мне вы кажетесь вполне настоящей. — Коннел подошел к ней и обнял за плечи. — И вы, конечно же, вполне реальная.

Взгляд Коннела остановился на губах Бетани. Кровь стучала у нее в висках, а сердце колотилось все громче.

«Нет, — сказала себе Бетани. — Нельзя этого делать». Но она не смогла воспротивиться, когда Коннел привлек ее к себе.

И тут вдруг Бетани почудилось, что это не Коннел, а Финн ее обнимает, предъявляя свои права на нее. И ей тотчас же пришло в голову, что если она сейчас подыграет, то в дальнейшем все пойдет проще и быстрее. Беспросветные годы замужества приучили Бетани к покорности.

«Успокойся, — сказала она себе. — И дыши глубже, скоро все кончится. Помни, что Финн умер».

Да, действительно, Финн умер, и сейчас на нее смотрел Коннел Делейни, а вовсе не муж. Она не позволит теням прошлого одержать верх над настоящим. Бетани попыталась отстраниться от Коннела — и тотчас же получила свободу. Взгляды их на какую-то секунду встретились. Дыхание обоих было неровным. Коннел сделал шаг назад и, выдохнув, пробормотал:

— Финн был редкостным дураком. — Он протянул ей блюдо с сыром и хлебом, потом добавил: — Возьмите и идите, пока я не поддался искушению. Ужасно хочется показать вам, каким дураком был Финн.

Бетани давно уже забыла о голоде. Развернувшись, она вышла из кухни, сохраняя, насколько было возможно, чувство собственного достоинства.

Глава 4

«Ну и дурак же я», — подумал Коннел. Стащив сапоги, он подошел к умывальнику и склонился над тазом. Холодная вода, которой он плеснул себе в лицо, возможно, и могла смыть следы его напряженного труда в саду, но он не мог так же просто освободиться от чувства вины и досады. Да, наверное, он слишком резко говорил прошедшей ночью со своей гостьей.

Коннел снова и снова вспоминал Бетани, выходившую из кухни. Да, конечно же, он ее обидел — это было совершенно очевидно. Пусть даже она приехала сюда не одна, а с наследником Финна, — все равно его поведение было непростительным.

Разумеется, Бетани не ожидала, что встретит его ночью на кухне. Поэтому и вышла в одной лишь сорочке, прикрытой только шалью. В эти минуты она казалась еще более привлекательной, чем при свете дня, так что не было ничего удивительного в том, что он не сдержался... Но Коннел ужасно злился на себя из-за этого. Злился из-за того, что поддался соблазну.

А может, Бетани так и задумала? Может, решила его спровоцировать, чтобы добиться своего? При мысли об этом Коннел в ярости стиснул зубы и снова плеснул себе в лицо холодной водой.

Но у нее в любом случае ничего не получится. Он не допустит обмана с ее стороны — сделает для этого все возможное.

Утершись сухим полотенцем, Коннел тяжело вздохнул. Господи, как же ему сейчас не хватало Джека! Впрочем, он и без Джека знал, как себя вести. Нечестивцу, если он намерен разрушить планы Бетани, следовало превратиться в хитреца или по крайней мере умело провести переговоры и выяснить, насколько законны в данной ситуации права Бетани на наследство, вернее — права ее сына.

И конечно же, следовало проявлять осторожность и не превращать эту женщину в своего явного противника. А соблазнам, подобным недавнему порыву, ни в коем случае не должно быть места в его отношениях с вдовой Финна.

И все же Коннел чувствовал, что не мог бы возненавидеть Бетани. Он прекрасно понимал, что она очень ему нравилась. Более того, прошедшей ночью ему в какой-то момент вдруг показалось, что ее тоже к нему влечет. А может быть, она действительно...

— И о чем ты только думал этой ночью? — Голос Дженны О'Тул вернул Коннела к реальности. — Выбросил в помойное ведро совершенно целую тарелку — точно у тебя в доме посудная лавка. Знаешь, у меня появилась отличная идея. Теперь буду подавать тебе завтрак на разделочной доске.

Коннел снова вздохнул и поморщился. У него не было ни малейшего желания вступать в перепалку со своей экономкой. Он до сих пор вспоминал, как прошедшей ночью стоял в кухне с тарелкой в руке, стоял и размышлял, не запустить ли этой тарелкой в спину Бетани — или же погнаться за ней. В конце концов он бросил все в ведро и, вернувшись к себе, попытался заснуть.

— Мне сегодня только кофе, — проворчал Коннел, взглянув на стоявшую в дверях Дженну.

Экономка приблизилась к нему и, нахмурившись, заявила:

— Сейчас ты сядешь и спокойно съешь свой завтрак, понятно? Ведь ты все утро работал в конюшнях. Хотя я совершенно не понимаю, почему человек, у которого имеется столько конюхов, предпочитает сам выполнять такую грязную работу.

— Это временно. Пока идет подготовка к приему новой партии лошадей, рабочих рук у нас не хватает.

Дженна принялась разбивать яйца в сковородку, затем повернулась к печи, чтобы вынуть оттуда мясной пирог. Коннел же уселся на одну из табуреток и с удовольствием отхлебнул из чашки крепчайший черный кофе. Он старался не думать о том, что тяжелым трудом хотел отвлечься от тягостных мыслей.

Увы, отвлечься не удавалось — он снова и снова вспоминал про Бетани и ее сына. «Как же мне с ними поступить? — спрашивал он себя. — И неужели мне придется провести в конюшнях всю следующую неделю?»

Тут внимание Коннела привлек стоявший на буфете поднос с чайными приборами и корзинкой, покрытой салфеткой. Невольно нахмурившись, он проворчал:

— Похоже, миссис Делейни уже чувствует себя хозяйкой поместья. Разумеется, ей следует спускаться вниз и есть в столовой, а не ждать, когда ты подашь завтрак в комнату. Но пусть сначала докажет, что ее претензии обоснованны.

Дженна тут же повернулась к нему и, пожав плечами, сказала:

— Напрасно ты так нервничаешь. Тебе не следует беспокоиться. Это Бриджет Дойл спустилась сюда рано утром и приготовила поднос для своей племянницы. Девочка, кажется, плохо спала этой ночью. Оно и неудивительно. Ведь ей столько пришлось пережить...

И снова Коннел почувствовал угрызения совести. Очевидно, ему следовало проявить гостеприимство. Теперь, когда в доме появились новые обитатели, придется нанять дополнительную прислугу. И вообще придется делать все, что полагается при приеме гостей.

Допив кофе, Коннел взглянул на экономку:

— Ты, Дженна, можешь поддерживать в доме такой порядок, какой считаешь нужным. Но мне кажется, теперь тебе потребуется помощница. Сумеешь найти когонибудь в деревне?

— Постараюсь, — кивнула Дженна. Она поставила на стол сковородку с яичницей и беконом, а также мясной пирог. Немного помолчав, проговорила: — Старшая дочка моей сестры вот уже месяц не может найти работу. Младшая тоже сидит без работы еще с прошлого года. Думаю, и Бетси, вдова Эндрю Кохрана, не откажется от нескольких лишних шиллингов, пока ее сынок не станет немного постарше.

— Да, конечно. — Коннел принялся за завтрак. Дженне лучше знать, какая из женщин больше подойдет. К тому же он прекрасно знал: далеко не каждая согласится работать у нечестивца. Зато мужчины охотно на него работали, потому что он очень хорошо платил.

— Если не возражаете, сэр, то чуть попозже мне понадобится лошадь и повозка для поездки в деревню, — сказала Дженна. — И еще мне нужен один из ваших парней.

Коннел с удивлением посмотрел на экономку. Неужели она не поняла?.. Ведь он только что сказал, что рабочих рук не хватает.

— Если вы, сэр, будете постоянно хмуриться, то у вас на лице появятся... — Заметив, что хозяин еще больше помрачнел, Дженна умолкла. Она прекрасно знала, что в некоторых случаях его не следовало раздражать.

Коннел молчал, и Дженна, покосившись на дверь, вновь заговорила:

— Полагаю, сэр, вам надо припугнуть как следует мальчишку. Он должен знать свое место, иначе по всему дому начнет бегать.

Словно в подтверждение ее слов со стороны лестницы послышался топот.

— Не так быстро, молодой человек! — раздался голос Мэри О'Тул, дочери экономки. — Ваша мама сказала, что вы должны надеть кепку и куртку. И еще мы должны спросить у мистера Делейни...

Мальчик лет семи-восьми остановился в дверном проеме, и его тут же догнала запыхавшаяся Мэри, державшая в руках куртку.

Коннел же в изумлении уставился на мальчика в темных саржевых бриджах и жилетке. У него внезапно возникло ощущение, что он каким-то чудесным образом перенесся на много лет назад и столкнулся со своим кузеном и лучшим другом детства — Финном Делейни. Было достаточно одного взгляда на стоявшего перед ним мальчика, чтобы понять, что это сын Финна.

— Здравствуйте, сэр, — произнес мальчик. Приблизившись к Коннелу, он продолжал: — Позвольте представиться, сэр. Я Росс Делейни. Я совсем недавно приехал из Северной Каролины.

Коннел поднялся на ноги, обошел вокруг стола и, опустившись на одно колено, пожал руку мальчика. Сейчас он заметил, что у Росса было кое-что и от матери; во всяком случае, глаза оказались того же небесно-голубого цвета. Невольно улыбнувшись, Коннел проговорил:

— Здравствуйте, мистер Росс Делейни. А я — Коннел Делейни из Гленмидских конюшен, где...

— ...где самые лучшие лошади во всем графстве Килдэр! — подхватил мальчик. — Папа всегда говорит: в Ирландии выращивают лучших в мире лошадей, а лучшие в Ирландии лошади выращиваются в Килдэре. Выходит, гленмидские лошади — лучшие из лучших.

— Мне тоже приходилось слышать об этом, — кивнул Коннел, сердце которого молотом билось в груди. В детстве они с Финном постоянно говорили о своих семейных конюшнях, которыми ужасно гордились.

Кивнув Россу, Коннел выпрямился и отвернулся, не в силах больше смотреть на мальчика. Казалось, перед ним стоял призрак из прошлого, и было не так-то просто убедить себя в том, что этот мальчик — вовсе не Финн, что Финн умер несколько месяцев назад. А для него, для Коннела, кузен умер уже много лет назад. Даже в лучшем из миров Коннел не согласился бы играть роль снисходительного дяди, хотя бы того и требовал момент. Да-да, чем скорее они с Россом разойдутся этим утром, тем лучше.

Повернувшись к девочке, стоявшей в дверях, Коннел спросил:

— Что ты хотела сказать мне, Мэри?

— Кажется, мистер Росс без ума от лошадей, сэр, — ответила девочка, завязывая ленточки шляпки. Взглянув на мальчика, она проговорила: — Подойдите, пожалуйста, сюда, молодой человек, и наденьте вот это. — Она указала на куртку, которую придерживала локтем.

Коннел едва заметно улыбнулся. Мэри сейчас очень походила на свою мать. Именно такой — строгой и настойчивой — была много лет назад Дженна О'Тул, опекавшая мальчишек Делейни.

Экономка же вдруг внимательно посмотрела на дочь и проговорила:

— Мэри, ты что, забыла? Ты, кажется, хотела что-то спросить у мистера Делейни, верно?

Щеки Мэри вспыхнули, и девочка, сделав реверанс, сказала:

— Прошу прощения, сэр. Миссис Делейни просила меня узнать у вас, где можно и где нельзя гулять с мальчиком. Она сказала, что не хотела бы, чтобы ее сын гулял там, где не положено.

Росс, надевавший куртку, замер, уставившись на человека, от которого сейчас зависела его судьба. Коннела же вдруг пронзило чувство острой жалости при воспоминании о том, с каким нетерпением они с Финном всегда стремились вырваться из дома, вырваться на просторы бескрайних пастбищ Гленмида. Но Коннел решил, что этого мальчика лучше держать в узде.

— Попробуйте погулять во фруктовом саду, Мэри, — предложила входящая в кухню Бриджет. Заговорщически подмигнув Коннелу, она добавила: — Если, конечно, хозяин разрешит.

Росс покосился на Коннела, затем с мольбой в глазах посмотрел на Бриджет:

— Но, тетушка, ведь лошади...

— Полагаю, фруктовый сад — прекрасная идея. — Сейчас Коннелу хотелось только одного — чтобы мальчик поскорее ушел. Он и сам бы убежал из кухни, если бы оба выхода не были перекрыты. — Не ходите на ту сторону дороги — там у нас выгоны и конюшни. Все же здесь не парк развлечений.

Если бы Коннел не был так напуган вторжением гостей в его жилище, он никогда не смог бы представить, что с его уст сорвутся те же самые слова, которыми когда-то одергивали его дядюшка Бреннан и отец.

— Но, тетушка Бриджет, неужели ты не знаешь, что лошади совсем в другой стороне? — Маленький Росс посмотрел округлившимися глазами сначала на Коннела, потом опять перевел взгляд на тетку.

— Я уверена, что ты найдешь в саду несколько деревьев, которые тебе необходимо покорить, мой мальчик. — Бриджет обняла мальчика за плечи. — С них ты сможешь осмотреть окрестности, не предпринимая дальних прогулок. А лошади здесь повсюду. Ты непременно их увидишь, очень скоро увидишь.

Но Росс, явно не желавший смириться, уставился на свои ботинки и пробормотал что-то невнятное, причем явно на гэльском языке.

Коннел с удивлением поднял брови. В этом мальчике было слишком много от Финна. Именно так реагировал когда-то маленький Финн, если кто-либо из взрослых покушался на его свободу.

Сочувствие слетело с лица Бриджет, когда она крепче сжала плечи Росса и строго проговорила:

— Что за поведение, мой дорогой? Как ты разговариваешь со взрослыми? Учти, что мы уже не на корабле. Здесь никто не станет потакать твоим капризам.

Коннел с сочувствием посмотрел на мальчика. «Мистер Росс без ума от лошадей», — кажется, так сказала Мэри. Наблюдать за лошадьми, сидя на яблоне, — совсем не то, что находиться во дворе рядом с ними. Но Коннел тут же подавил в себе жалость. Самодисциплина — вот первое, чему следует научиться наезднику.

— Да, мэм, конечно, — со вздохом пробормотал мальчик. Подняв голову, он посмотрел на Бриджет и снова вздохнул. — Мэм, прошу меня простить. Просто я не подумал...

— Тогда иди и веди себя как следует. Постарайся не огорчать Мэри. — Бриджет отпустила плечи мальчика и добавила: — Постарайся следить за своими манерами, Росс. Мы все немного устали после долгого путешествия. Но мы все равно должны вести себя как воспитанные люди. — При этих словах Бриджет вопросительно взглянула на Коннела, взглянула так, словно ожидала какой-то реакции с его стороны.

«Неужели Бриджет знает о том, что произошло на кухне этой ночью?» — с беспокойством подумал Коннел. Ему вдруг ужасно захотелось последовать примеру Росса — то есть потупиться и попросить прощения.

— Гленмидские лошади не игрушки, парень, — сказал он, взглянув на мальчика. — Самое главное — ты должен помнить: прежде чем подойти к ним, надо научиться слушаться и подчиняться. Ты меня понял?

Росс молча кивнул, потом вдруг сказал:

— Да, конечно. Мне кажется, вы не очень-то похожи на моего отца, но сейчас говорите точно так же, как он.

Это было сказано таким тоном, что Коннел не смог удержаться от вопроса:

— А что именно говорил твой отец?

— Он всегда говорил мне «нет» или «потом». Но «потом» никогда не наступало.

Росс вышел из кухни в сопровождении Мэри О'Тул. Резко развернувшись, Коннел последовал за Бриджет. Ему очень хотелось догнать мальчика, посадить его себе на плечо и отправиться с ним в конюшни, но он сдержался.

* * *

Как только его губы прижались к ее губам, ощущения Бетани наполнились запахами свежей травы и сандала. И тотчас же все в ней словно вспыхнуло — по всем членам пробежал совсем ей незнакомый огонь желания.

Он провел пальцами по ее подбородку. Дыхание его касалось ее щеки. Бетани никогда не чувствовала такого ласкового и трепетного к ней отношения.

Невольно вздрогнув, она открыла глаза — и замерла в изумлении.

Неужели Финн? Но ведь он никогда не вызывал в ней подобных ощущений. Мужчина, обнимавший ее, чуть отстранился. Во взгляде его темных знойных глаз читался вопрос, но никак не осуждение.

Финн никогда так не смотрел на нее.

Это был Коннел.

А Финна больше нет, и он никогда не вернется.

Присев на постели, Бетани вернулась в реальность, такую далекую от ее прежней жизни. Судорожно сглотнув, прошептала:

— Тебе больше нечего бояться. Финн Делейни уже никогда не вернется и не причинит тебе боли.

Бетани снова улеглась и тихонько вздохнула. Что же делать теперь? Как вести себя с кузеном Финна? Ведь трудно было не заметить его враждебности по отношению к ней. И почему ей снится такое? Почему ей показалось, что поцелуи Коннела Делейни столь разительно отличаются от холодных ласк покойного мужа? И вообще, почему ей приснилось, что она целуется с Коннелом?

— А-а-а, хорошо, что ты уже проснулась, айшон. Что ты только что сказала? Я не совсем поняла. — В дверях появилась тетушка Бриджет с подносом, покрытым льняным полотенцем.

— Что сказала? Ничего существенного. — Бетани, как бы потягиваясь, вытянула руки вверх, очень надеясь, что тетка не заметит, как они дрожат.

Бетани настолько была измотана, что до сих пор чувствовала тошноту. Ночью она вернулась из кухни в такой ярости, что едва держала себя в руках. Как смел Коннел Делейни смотреть на нее таким взглядом и выуживать из нее откровенные признания? Ведь сам же не ответил толком ни на один из ее вопросов. К сожалению, она не сопротивлялась, когда он обнял ее и поцеловал. Так что не было ничего удивительного в том, что после этого Коннел вторгся в ее сны.

Набрав полную грудь воздуха, Бетани медленно выдохнула.

— Не могу поверить, что я действительно уснула.

Бриджет прошла в комнату и отодвинула плотную штору, закрывавшую окно напротив кровати. В спальню хлынули потоки света, и в солнечных лучах начали свой танец мотыльки пыли. Сколько времени эта комната не видела тщательной уборки? Разумеется, это не тот вопрос, который Бетани могла бы спокойно задать хозяину дома, особенно после событий прошедшей ночи. Да и существует ли вообще какая-либо тема, которую можно было бы разумно обсудить с Коннелом?

— Последние несколько лет были для тебя невероятно трудными. Столько тяжелых испытаний! — воскликнула Бриджет, повернувшись к Бетани. — Ты, конечно же, заслуживаешь более спокойную жизнь, чем та, что была у тебя до сих пор. Но придется подождать. Нам потребуется время, чтобы обжиться здесь. Очень хорошо, что тебе удалось поспать несколько часов и немного освежиться.

Освежиться? Отголоски сна все еще жили в душе Бетани, и она чувствовала что угодно, но только уж никак не свежесть. Откуда ей было взяться после всего произошедшего? Она так надеялась обрести покой в этом доме, но теперь ей уже казалось, что надежды ее были глупыми и наивными мечтаниями. Что же касается Коннела Делейни... Ах, ну почему он так уверен, что она хочет обмануть его?

Откинув со лба волосы, Бетани чуть приподнялась и тихо проговорила:

— Да, наверное, придется подождать. Пока что Гленмид нисколько не походит на местечко, где мы могли бы избавиться от наших проблем.

Жизнь была тяжелой, холодной и одинокой, но таковы были ее суровые законы, к которым Бетани привыкла за годы замужества. Что-то заставляло ее верить, что их приезд в Ирландию изменит жизнь к лучшему, но теперь стало ясно: ничего хорошего их с сыном здесь не ждет. Но она не должна сдаваться. Ей следовало собраться с мыслями и что-то придумать... Во всяком случае, Росс больше не должен расплачиваться за ошибки своих родителей.

Поставив поднос на ночной столик, Бриджет присела на краешек кровати и взяла Бетани за руку.

— Увидишь, дела пойдут лучше. Вот горячий чай, печенье и яблоки. Быстренько позавтракай, а потом принимайся за дело. У тебя все получится, не сомневайся. Сейчас у тебя появилась прекрасная возможность устроить свою жизнь по-новому.

— Всю жизнь? Трудная задачка! — Бетани попыталась улыбнуться. Впрочем, тетка была права. Ей действительно следовало изменить свою жизнь, потому что от этого будет зависеть будущее ее ребенка, и ради благополучия Росса она выдержит все.

— Так-то лучше, моя дорогая. Начни класть свои стежки, как ты говоришь, когда начинаешь что-то новое. И так же говаривала еще твоя мамочка. — Бриджет пожала руку Бетани. — Посмотрим, успеешь ли ты все сделать до моего возвращения, айшон.

— До возвращения? — Бетани в ужасе смотрела на тетю. Она не была готова снова встретиться лицом к лицу с Коннелом при свете дня, тем более наедине. — Ты куда-то уезжаешь?

— Я только съезжу с Дженной О'Тул в деревню. У нас там кое-какие дела. А мистер Коннел сейчас в конюшнях. Так что можешь наслаждаться утром в полном одиночестве... Или, может быть, желаешь прокатиться с нами в повозке?

После недель, проведенных на борту корабля, и долгой дороги в тряской карете из Дублина перспектива поездки в повозке не встретила горячего отклика в душе Бетани. К тому же встреча с Коннелом Делейни не грозила ей в ближайшее время.

Покачав головой, Бетани пробормотала:

— Нет-нет, что-то не хочется. Может быть, в другой раз. А где Росс? Его уже давно не слышно.

Бриджет расплылась в улыбке:

— Наш парнишка играет на улице в обруч с Мэри О'Тул. Ужасно доволен. Скорее всего после завтрака он заснет как убитый.

Бетани поднялась и села на краю кровати рядом с тетей. Нельзя же валяться в постели весь день.

— Росс хорошо позавтракал? Чем он занимался? Наверное, устроил полный беспорядок, исследуя содержимое буфета в детской.

Конечно, неплохо передать Росса дочери экономки на час-другой, чтобы та показала мальчику, где и что у них тут находится. Но Бетани привыкла сама заниматься сыном. По мере того как ухудшалось финансовое положение их семьи, Финн постоянно увольнял кого-нибудь из прислуги, включая воспитателей. И с каждым таким увольнением Бриджет и Бетани все больше времени уделяли ведению домашнего хозяйства. Часы же, заполненные уроками, которыми Бетани занималась с Россом, были единственной ее радостью в череде серых, однообразных будней.

— Они с Мэри мгновенно очистили буфет. После чего целый час сооружали игрушечный загон и заполнили его статуэтками лошадей, которые обнаружили в одном из шкафчиков. Фигурки много лет назад вырезал еще отец мистера Коннела, и, надо сказать, вырезал очень ловко.

Продолжая болтать, Бриджет поднялась с кровати и сняла покрывавшее поднос полотенце. Налив чашку горячего чая, она подала ее Бетани.

— Последний раз я видела, как Росс гоняется за цыплятами вокруг деревьев во фруктовом саду за кухней.

Бетани сделала глоток крепкого чая и постаралась успокоить разыгравшиеся нервы.

— А ты спросила разрешения, чтобы Росс играл там? Мне не хотелось бы, чтобы между моим сыном и Коннелом возникли трения с первых минут их знакомства.

— Дорогая, не беспокойся. Должна сказать, что во время своей первой встречи и Росс, и мистер Коннел вели себя весьма достойно.

— Они уже встретились? А как... как это было? — Бетани со стуком поставила чашку на поднос, расплескав при этом чай. Она просила Мэри проследить, чтобы Росс не беспокоил мистера Делейни, рассчитывая, что такое предостережение отдалит момент общения между ее сыном и хозяином поместья. — Росс испугался? Надеюсь, Коннел не был груб?

Бетани поняла, что в постель вернуться ей больше не придется. Она должна быть с Россом. Следовало сказать сыну, чтобы не выходил без нее из детской. Что мог подумать ребенок, столкнувшись лицом к лицу с человеком, внешне поразительно похожим на его отца? Бетани вскочила с кровати, но Бриджет, строго посмотрев на племянницу, проговорила:

— Бетани Дойл Делейни, вам следует держать себя в руках. Все вышло случайно. Когда Росс с Мэри спустились в кухню, там оказался мистер Коннел, заканчивавший свой завтрак. Они с Россом познакомились, но все выглядело совершенно естественно, так что можешь не беспокоиться.

— Но я должна была при этом присутствовать. Он...

Бриджет отрицательно покачала головой:

— Присутствовать совсем не обязательно. Дети воспринимают некоторые вещи гораздо проще, чем нам кажется. Сходство Коннела с отцом Росса вовсе не покажется мальчику зловещим предзнаменованием, если только ты сама не заговоришь с Россом на эту тему.

— Более вероятно, что об этом заговорит Коннел.

Плохо же придется тому, кто посмеет напугать ее сына недобрым взглядом или грубым словом. Особенно если это будет Коннел Делейни.

Бриджет посмотрела на Бетани испытующим взглядом:

— Думаю, что вчера во время встречи с Коннелом ты была слишком измотана. Постарайся бросить свою предубежденность из-за сходства Коннела с мужчиной, за которым ты была замужем. Прежде чем судить Коннела за грубость, взгляни на него просто как на человека.

Бетани задумалась. Была ли она несправедлива к Коннелу? Была ли слишком категорична, осуждая его за грубость? Ей вспомнилась ее первая встреча с хозяином Гленмида. Тогда Бетани показалось, что Коннел был удивлен их приезду, но не более того.

Тут раздался стук в дверь, и Бриджет пошла открывать. Бетани же взяла шаль и накинула ее на плечи. Она надеялась, что это вернулся, наигравшись, Росс.

— Кто там? — Бриджет приоткрыла дверь.

— Парень с повозкой приехал, — сообщила Дженна О'Тул. — Если вы еще не раздумали ехать со мной, нам лучше поторопиться.

Бриджет открыла дверь пошире.

— Дайте мне минутку. Я только схожу за шляпой и перчатками и буду совсем готова. Или я нужна тебе здесь, Бетани?

Обернувшись к племяннице, Бриджет взглянула на нее с тревогой. Бетани покачала головой:

— Нет-нет, тетушка. Со мной все будет в порядке. Поезжайте. Миссис О'Тул, не зайдете ли в комнату? Может, подождете Бриджет у меня?

— Благодарю, миссис Делейни. Очень любезно с вашей стороны. — Миновав Бриджет, Дженна прошла в комнату. — Не привезти ли и вам чего-нибудь?

— Нет, благодарю вас, — ответила Бетани. С улыбкой взглянув на пожилую женщину, она спросила: — А как часто вы ездите в деревню за покупками?

— В основном раз в неделю. Иногда раз в две недели. — Отвечая на столь простой вопрос, миссис О'Тул еще больше смутилась. — У нас есть постоянные поставщики, которые доставляют нам большую часть продуктов и вещей в зависимости от сезона.

Экономка Гленмида внимательно осмотрела комнату. Затем провела пальцем по стоявшему у входа столику для шитья и нахмурилась, обнаружив на нем толстый слой пыли.

— Прошу прощения за нынешний беспорядок. Поскольку гости у нас бывают не часто, мы обходимся почти без прислуги.

— Надеюсь, мы не добавим вам хлопот, — сказала Бетани. — Мы с Бриджет, конечно же, не будем сидеть сложа руки. Не хотелось бы, чтобы наше присутствие создало какие-либо проблемы.

Увы, с точки зрения Коннела Делейни, проблема состояла уже в самом факте их приезда.

— О, не беспокойтесь. Спасибо за предложенную помощь, но никому из гостящих в Гленмиде нет нужды заниматься хозяйством. — Миссис О'Тул виновато взглянула на Бетани. — Мистер Коннел посылает меня в деревню, чтобы нанять дополнительную прислугу. Кроме того, жены некоторых наших конюхов помогут нам с уборкой и большой стиркой. Поэтому вам и не следует беспокоиться.

— Да, наверное. Но кое-что делать мы должны, — возразила Бетани. — Мы не привыкли бездельничать. — Коннел Делейни нанимает новую прислугу? Интересно, шаг этот предпринимается, чтобы нанести еще одну обиду? Или же, напротив, он поможет добиться мира?

— Я уверена, что вы найдете для себя кучу дел, раз уж вы не можете сидеть без дела, — ответила Дженна. — У нас тут всегда найдутся какие-нибудь занятия.

— Видите, я совсем недолго. — Бриджет стояла в дверях в шляпе с уже завязанными ленточками. В глазах ее светилось возбуждение, исключающее продолжение дискуссии.

— В таком случае я пойду, миссис Делейни. Приходите ко мне на кухню, когда будет время. — Экономка, пытаясь изобразить реверанс, неуклюже присела.

Тетушка Бриджет хохотнула и, подмигнув Бетани, взяла миссис О'Тул под руку.

— Ах, Дженна, только не говори, что ты хочешь, чтобы Бетани помогала тебе на кухне.

— Это несправедливо, тетушка Бриджет! — с притворным негодованием воскликнула Бетани. — Отец Лониген всегда говорил, что мои кексы — лучшие в приходе. И Росс их любит.

— Кексы? — переспросила Дженна. — Вы обязательно должны дать мне рецепт, миссис Делейни.

— Обязательно дам. Хорошей вам поездки, тетушка и миссис О'Тул, — сказала Бетани с улыбкой.

— Дождаться не могу, когда вновь увижу деревню, — проговорила Бриджет уже за дверью, — Многое там изменилось после того, как я уехала?

Бетани довольно долго пробыла одна в отведенной ей комнате. Ей надо было успокоиться и собраться с мыслями, прежде чем снова встретиться с Коннелом Делейни. Ей предстояло все обдумать и решить, когда они с сыном покинут Гленмид. Россу нужна спокойная жизнь — если не здесь, то где-то еще. Они с сыном пересекли океан вовсе не для того, чтобы тревожиться ежечасно и ежеминутно.

Бетани перенесла поднос с чаем к окну и, отхлебывая из чашки, стала любоваться синевшими вдали холмами. Неудивительно, что Финн любил эти места. Ярко-зеленые сочные пастбища, огороженные белыми изгородями аккуратные загоны для выездки, сараи между домов под соломенными крышами — Гленмид был прекрасен. Хорошо, если бы Росс почувствовал это место своим домом. Но прежде чем это случится, прежде чем они осядут в Гленмиде, она должна узнать все о семействе Делейни и об этом месте. И конечно же, надо выяснить, почему ее муж уехал отсюда.

Теперь, когда прошло первое волнение, связанное с их приездом, она не позволит Коннелу запугать ее — что бы он о ней ни думал. И Коннелу не удастся вывести ее из равновесия. Она будет спокойно задавать свои вопросы и так же спокойно отвечать на вопросы Коннела.

Минуту спустя, уже допивая чай, Бетани увидела Коннела, широким шагом направляющегося от конюшен к дому.

Глава 5

Вытащив из кармана кошелек, Коннел бросил его на стол с чувством удовлетворения — сегодня он неплохо заработал. Сосед купил у него несколько жеребят и пообещал вернуться в конце лета, чтобы купить еще с десяток.

Если бы не приезд в поместье семейства Финна, Коннел мог бы считать этот день удачным. Открыв нижний ящик стола, он извлек оттуда коробку с наличными и гроссбух. Утомительные и скучные расчеты ужасно его нервировали, но любое серьезное дело требовало постоянного и строжайшего учета.

Коннел постарался успокоить себя этой мыслью, хотя на самом деле готов был заняться чем угодно, лишь бы не думать о Бетани. Ему требовалось хотя бы на несколько часов уйти от действительности и от необходимости смириться с тем, что Гленмид уже никогда не будет прежним. И естественно, принимая решение о кредите, следовало учитывать приезд Бетани с сыном. Вопрос этот они с Джеймсом собирались предварительно обсудить.

Коннел внимательно посмотрел на небо, где над холмами Килдэра собирались облака. Надвигалась гроза, предвещавшая непогоду.

Дженна и Бриджет уехали в деревню, мальчик все еще играл в саду, и в доме царили тишина и покой, которых Коннел всегда добивался. Но почему же у него сейчас так неспокойно на душе?

«Будь поосторожнее со своими желаниями, мальчик», — вспомнилось Коннелу одно из любимейших предостережений Джека. Он со вздохом уставился на страницы раскрытого гроссбуха и пробормотал:

— Да, верно... Следует проявлять осторожность.

— Доброе утро, — раздался вдруг женский голос.

Коннел вздрогнул от неожиданности и, подняв голову, увидел стоявшую в дверях Бетани. Она разглядывала Коннела тем же испытующим взглядом, которым на него обычно смотрел годовалый жеребец Чемпион Джозеф, когда ему предлагалось пройти по периметру учебного загона.

— А что, в Америке не принято стучаться, прежде чем войти в комнату? — резко спросил Коннел. Ему очень хотелось, чтобы эта женщина держалась от него как можно дальше.

Гостья пожала плечами:

— Дверь, как вы видите, открыта. И я ведь еще не переступила порог, не так ли? Я очень надеялась, что сегодня утром мы постараемся быть вежливыми друг с другом.

Бетани не спасовала перед его грубостью, и это, как ни странно, понравилось Коннелу, хотя ее появление и вызывало у него некоторое раздражение. Впрочем, она была права. Если они каждую свою встречу будут проводить на ножах, пользы не будет ни ей, ни ему. По крайней мере до тех пор, пока они не уладят свои дела.

— Прошу прощения, — сказал Коннел. — Позвольте начать все с самого начала. Доброе утро, миссис Делейни. Можно пригласить вас войти? — Чуть склонив голову к плечу, он улыбнулся и добавил: — Очень надеюсь, что вам у меня понравилось и что вы смогли как следует отдохнуть после ночных приключений. — Коннел умолк и мысленно добавил: «Ну что, хватит с тебя вежливости?»

— Да, смогла, — кивнула Бетани. — Настолько, насколько возможно было при сложившихся обстоятельствах. — Переступив порог кабинета, она одарила Коннела очаровательной улыбкой, хотя ее прекрасные голубые глаза при этом не улыбались. — Благодарю за беспокойство.

В тоне Бетани не прозвучало ни тени сарказма, ни малейшего намека на их вчерашнее столкновение. «Что ж, очень хорошо», — подумал Коннел. Он вовсе не собирался приносить гостье какие-либо извинения.

На Бетани было серое с коричневым платье, которое очень ей шло, хотя и придавало сходство с гувернанткой. Но подобный наряд, вероятно, делал Бетани менее привлекательной в глазах Финна. И если так, если Финн действительно не замечал трогательного очарования своей супруги, то он просто-напросто был слеп. «Да-да, игнорировать такую очаровательную женщину, как Бетани, мог только бесчувственный чурбан», — подумал Коннел, и эта мысль привела его в раздражение. Он тотчас же одернул себя, вспомнив о том, что Бетани пришла сюда вовсе не в поисках сочувствия. Да, она пришла совсем с другими целями, ибо держала под мышкой пачку бумаг, перетянутую черной лентой.

Невольно нахмурившись, Коннел спросил:

— Чем могу быть вам полезен?

— Нам нужно поговорить, — ответила Бетани и тут же добавила: — Если только вам сейчас это удобно.

У Коннела защемило в груди. Самая обычная фраза, но в последний раз он слышал эти слова из женских уст в день смерти Розалин. Коннел невольно вздохнул. С первых же минут своего появления в этом доме Бетани вроде бы и не делала ничего особенного, но постоянно раздражала его и создавала проблемы. И было бы глупо уклоняться от серьезного разговора. Отсрочка совершенно ничего не давала. Увы, приходилось признать: он, Коннел, не единственный владелец Гленмидских конюшен. Мальчишка тоже Делейни, и, следовательно, они с Бетани должны что-то решить, должны распределить по справедливости доли наследства.

— Если вас это устраивает, прошу садиться, — проворчал Коннел, указав на стул.

Бетани кивнула и, усевшись, продолжала.

— Полагаю, что сейчас мы все еще под впечатлением от нашей первой встречи, мистер Делейни. Но я очень надеюсь, что мы сможем держать себя в рамках приличий.

— Ради вашего сына, не так ли? — с усмешкой проговорил Коннел и мысленно добавил: «Наверное, нам лучше обойтись и без физической близости». Если обсуждение получится излишне «горячим», то стоявший между ними широкий стол, заваленный бумагами, мог бы охладить их пыл. Во всяком случае, Коннел твердо решил, что не допустит повторения вчерашней сцены на кухне. Дада, он не собирался поддаваться на женские уловки вдовы Финна, он не позволит диктовать ему какие-либо условия.

Гостья молчала, и Коннел с удовлетворением отметил, что она нервничает. Подавшись вперед, Коннел положил на стол руки и проговорил:

— Так что бы вы хотели обсудить, миссис Делейни? Я вас внимательно слушаю.

Собравшись с духом, Бетани заговорила:

— Я, кажется, вчера уже сообщала вам: Росс — единственная причина, по которой я здесь. И единственная причина, по которой мы будем здесь оставаться. Мы приехали сюда не в поисках удачи. Поверьте, я привезла своего сына в Ирландию только для того, чтобы устроить его будущее...

Бетани внезапно умолкла и, судорожно сглотнув, на мгновение потупилась.

Коннел откашлялся и проворчал:

— Пожалуйста, выражайтесь яснее. Что вы имеете в виду? — Он нисколько не сомневался в том, что Бетани собиралась бороться за часть законного наследства сына. Да и глупо было бы отказываться от своей доли — этого нельзя было не признать.

Тихонько вздохнув, Бетани вновь заговорила:

— Видите ли, у меня к вам много вопросов, на которые можете ответить только вы, уж если отец Финна отошел в мир иной. Я хочу расспросить вас о родственниках моего мужа. Вы должны сказать больше... больше того, что сказали прошедшей ночью.

— Итак, вы проделали весь этот долгий путь лишь для того, чтобы получить урок истории? — съязвил Коннел и тут же пожалел о своих словах. Гораздо больше он смог бы выудить из Бетани, занимая нейтральную позицию. Пытаясь зайти с другой стороны, он сказал: — Какой смысл ворошить прошлое, если голова кругом идет от проблем настоящего и будущего?

— Мой отец всегда меня учил: забывая ошибки прошлого, мы непременно их повторим. Именно поэтому я и хочу вас расспросить... — Вскинув подбородок, Бетани продолжала: — Да-да, хочу расспросить, и я буду задавать свои вопросы до тех пор, пока не получу на них ответы. Более того, я желаю получить ответы непосредственно от вас, а не собирать слухи у ваших соседей, как вы мне вчера предлагали.

— Ваш отец был мудрым человеком. И вы говорите как очень решительная женщина. — Коннел тяжело вздохнул. Следовало признать, что Бетани была права: пусть уж лучше она узнает основные факты от него, а не от кого-нибудь из «доброжелателей».

— Так как же? — спросила Бетани. — Вы готовы отвечать?

Коннел утвердительно кивнул:

— Хорошо. Начинайте свой допрос. Возможно, вы будете разочарованы моими ответами, но вам следует понять, что я не смогу откровенно ответить на все ваши вопросы. Возможно, ваше замужество и делает нас родственниками, но оно не дает вам права вторгаться в мою личную жизнь.

Встав из-за стола, Коннел подошел к окну и увидел, что тучи уже заслонили солнце над пастбищами, а на дворе сильно потемнело. Она хочет знать правду, чтобы рассказать ее своему сыну. Сыну Финна. Насколько откровенным можно быть с этой женщиной? Сколько правды сможет вынести мальчик? И самое главное: надо убедить Бетани в том, что Гленмид — не то место, где может обосноваться женщина с маленьким сыном.

Повернувшись к гостье, Коннел сказал:

— Спрашивайте. Я слушаю вас. Только не забывайте: моя личная жизнь вас не касается.

— Да, конечно, — кивнула Бетани. — Это справедливо. А я потом постараюсь ответить на ваши вопросы с предельной откровенностью. Возможно, после этого мы сможем обсудить... наши планы на будущее. — Бетани на мгновение умолкла, потом, сделав глубокий вдох, проговорила: — Большую часть утра Росс провел с нянькой, на попечении которой были еще вы с Финном. Росс наверняка захочет знать, что случилось с его отцом и с вами, когда вы были детьми А я понятия не имею, что ему ответить.

Итак, она действительно собирается до всего докопаться. Какое-то время Коннел собирался с ответом, потом сказал:

— В детстве мы с кузеном были лучшими друзьями. Наши матери умерли рано, а мы с Финном — почти ровесники. Отцы наши были близнецами и вырастили нас как родных братьев. У нас была общая нянька, общие учителя... и общие планы. Если люди и могли различить нас как-то, то только так же, как вы вчера.

— По глазам? — Бетани вопросительно взглянула на собеседника.

Коннел кивнул:

— Совершенно верно. Только по глазам. После смерти моей матери отец часто говорил, что видит маму в моих сияющих глазах. Он умер зимой, мне в то время не исполнилось и двенадцати. Дядя Бреннан остался нашим единственным родителем. Он из кожи вон лез, чтобы быть для нас хорошим отцом, но его настоящим призванием было разведение лошадей, а не воспитание мальчишек.

— Вы часто проказничали?

Как много рассказал Финн своей жене? Кем представлял он себя в своих рассказах — жертвой или победителем? Коннел на минуту закрыл глаза. Воцарившаяся в комнате тишина нарушалась лишь мерным тиканьем каминных часов. Коннел не желал предаваться воспоминаниям — он уже десять лет старался забыть о прошлом.

Открыв наконец глаза, Коннел обнаружил, что Бетани терпеливо ждет продолжения его рассказа. Сделав глубокий вдох, он вновь заговорил:

— Все наши проделки мы совершали только вместе. Особенно часто мы проказничали, обучаясь в школе, в Дублине. Обычно Финн вел себя более рискованно, но многие люди нас не различали, так что в этом не было смысла. — Коннел пожал плечами. — Трудно ведь различить цвет глаз на расстоянии, не так ли?

Дикие Делейни — так их тогда все звали — часто скакали по бесконечным дорогам Килдэра или играли в карты в прокуренной таверне. Чем бы они ни занимались, Финн во всем видел вызов, соревнование, призом в котором было расположение дяди Бреннана. Финн очень переживал любое свое поражение, но еще сильнее он переживал, если ему казалось, что Коннел специально поддался, чтобы дать ему, Финну, возможность выиграть. Последним призом в их соперничестве стала Розалин, но в этом случае победителей не было.

— Думаю, этого вполне достаточно, чтобы удовлетворить любопытство мальчика, — сказал Коннел. — Что там еще у вас в списке? Или теперь моя очередь задавать вопросы?

— Я... я хотела спросить о вашем дяде. О дедушке Росса.

— Что именно вы хотели узнать?

— Как он умер? Почему ни разу не попытался связаться с Финном, после того как тот покинул Гленмид?

Коннелу стал невыносим пристальный взгляд Бетани. Даже тусклый свет в комнате не мог притушить сияние ее чудесных голубых глаз. «Не смей думать о ее глазах, — сказал себе Коннел. — Возможно, Бетани действительно не желает слушать сплетни соседей, но нет ни малейших сомнений в том, что она уже наслушалась рассказов тетки, причем со всеми отвратительными подробностями. Может быть, именно поэтому ей теперь захотелось выслушать мою версию...»

— Дядя Бреннан умер почти год назад, за несколько месяцев до смерти Финна, — сказал Коннел, глядя на потемневшее небо; дождь мог начаться в любую минуту. — Но с того дня, когда уехал Финн, дядя, казалось, стал чахнуть. Понятия не имею, пытался ли дядя Бреннан как-то связаться с сыном. Какое-то время меня не было в этих местах.

Это были годы, когда Коннел честно зарабатывал свою репутацию. Он пил, играл в азартные игры и развратничал, обретаясь в самых злачных местах Дублина, живя под постоянным грузом стыда за Финна и Розалин. Он проклял их обоих, проклял и дядюшку Бреннана за то, что тот взвалил на него всю вину за скандал. Именно в эти годы он и стал нечестивцем.

Удар же, случившийся с дядей Бреннаном, помог Джеку найти Коннела, спасти его от самого себя и доставить домой — в Гленмид. И тогда Коннел с головой ушел в хозяйство, созданное его отцом и дядей. Он не был желанным гостем в лучших домах Килдэра — дочерей и жен следовало оградить от развращающего влияния нечестивца. Однако знатоки лошадей всегда находили дорогу к его конюшням, и их совершенно не интересовала репутация Коннела.

Разумеется, Бетани скоро узнает эту историю, но только не от него, не от Коннела — он твердо так решил.

Обернувшись к Бетани, Коннел обнаружил, что она обошла стол и теперь стояла в нескольких шагах от него, а бумаги, с которыми она пришла, лежали на столе.

— Когда я вернулся домой, дядюшка Бреннан уже не мог ни двигаться, ни писать, — продолжал Коннел. — И едва говорил. Годами он лежал, уставившись в окно, за которым зеленели поля, которыми дядя когда-то управлял. Я понятия не имел, куда он отослал Финна и хочет ли он, чтобы сын вернулся домой. Годами я посылал запросы во все концы, но результатов они не приносили, пока...

— Пока Финна не убили, — подсказала Бетани тоном почти равнодушным.

Взгляды их встретились. По глазам Бетани невозможно было определить, что она думает и чувствует.

Что же она говорила ночью? Говорила, что с Финном у нее все закончилось много лет назад... Что они по большей части жили раздельно... Было ли так на самом деле? Или она просто пыталась себя оправдать? И действительно ли она хочет знать правду? Или же хочет обобрать кузена своего покойного мужа?

— Да, пока его не убили, — подтвердил Коннел. — Убил разъяренный муж, который и сам скоро умер от сердечного приступа. Такой пикантный материал, естественно, попал на первые полосы газет во многих городах Штатов.

Бетани тяжело вздохнула и тихо проговорила:

— Думаю, вы все-таки поймете, почему я сюда приехала. Я не могла допустить, чтобы Росс жил там, где умер его отец. Конечно, я могла бы перебраться в Штатах в какой-нибудь другой город, но у меня не было выбора. То есть я не знала, куда именно переехать.

— Жаль, что у вас такой скудный выбор.

Коннел повернулся к окну и положил руку на подоконник. Бушевавшая за окном буря не шла ни в какое сравнение со штормом, разыгравшимся в его душе. Как легко будет рассказать Бетани правду о грехах ее мужа — правду, которая польется бесконечным грязным потоком и заставит ее понять, какую ужасную ошибку она совершила, приехав в Гленмид. Тогда она наверняка поймет, что ей следует как можно быстрее уехать отсюда.

Услышав шуршание ее юбок, Коннел понял, что Бетани подошла к нему еще ближе — теперь она стояла совсем рядом. Почувствовав исходивший от нее дурманящий запах, Коннел невольно вздохнул. О Боже, неужели вчерашняя ночь не стала для нее предупреждением? Он никак не мог решить, чего ему хочется больше — вышвырнуть Бетани за дверь или же, взяв за плечи, как следует встряхнуть.

— Я написала отцу Финна. Написала, как только узнала о его смерти. — Коннел промолчал, и Бетани продолжала: — И тогда же я упомянула о возможности нашего приезда сюда, если он не возражает. Вы могли бы ответить за дядю. Могли бы отговорить нас от поездки.

Коннел не собирался брать на себя ответственность за это недоразумение.

— Если уж на то пошло, то никакого письма я не получал.

Глаза Бетани расширились.

— Не получали? Но я понятия не имела, что почта может быть такой ненадежной. Теперь понятно, почему наш приезд так удивил вас.

— Да, очень удивил...

Бетани перевела взгляд на картину, висевшую над камином. На портрете были изображены десятилетние Финн и Коннел со своими отцами. Художник не очень-то хорошо выполнил свою работу, но ему удалось добиться главного: братья были похожи как две капли воды. Коннел проследил за взглядом гостьи, однако промолчал. Бетани же вдруг потупилась и в смущении пробормотала:

— Простите, что я не успела поблагодарить вас...

Коннел уставился на нее в изумлении:

— Поблагодарить? За что? — Действительно, за что Бетани могла его благодарить? А может, и впрямь выставить ее за дверь и покончить с этим разговором?

Тут Бетани вдруг улыбнулась и проговорила:

— Должно быть, для вас встреча с Россом сегодня утром стала настоящим сюрпризом. Я знаю, что вы восприняли все очень спокойно, хотя узнали о существовании племянника совсем недавно. Благодарю вас за сына.

Искренность Бетани была более чем очевидной. Наверное, она и впрямь считала его чудовищем, если благодарила за то, что он не набросился на ребенка. Коннел нахмурился и проворчал:

— Вам не за что меня благодарить. И вообще, может, вернемся к нашим делам?

Бетани кивнула, не отводя пристального взгляда от лица собеседника:

— Да, конечно. Но все равно спасибо. — Сделав глубокий вдох, она сказала: — А теперь задавайте ваши вопросы. Отвечу на любые, если сумею.

С минуту Коннел молча смотрел на гостью. Было совершенно очевидно, что она чувствовала себя не очень-то уютно — словно арестованный перед слушанием его дела или школьник перед экзаменом. Должно быть, Финн действительно повел Бетани под венец прямо из школьного класса: трудно было заподозрить в этой молоденькой женщине мать семилетнего сына. Вчера на кухне ему довелось наблюдать, как Бетани может проявлять характер и как уверенно может держаться. А сегодня утром она сначала хладнокровно атаковала его, а потом вдруг вполне искренне поблагодарила за доброе к ней отношение. Удивительная женщина!

Да-да, удивительная. Настоящая загадка.

При других обстоятельствах Коннел, возможно, поддался бы искушению и попытался вытянуть из Бетани все ее секреты. Или же воспользовался бы ее неопытностью.

«Мы с мужем жили раздельно», — кажется, так сказала она прошедшей ночью. Но сейчас, при свете дня, в это было так же трудно поверить, как и накануне, когда они встретились в кухне. Бетани напряглась, когда он обнял ее, а потом вдруг на мгновение прижалась к нему, демонстрируя свое смятение, свой страх. Почувствовав это, Коннел тотчас отстранился, но искорка нового чувства успела проскочить между ними. Чувства, на которое ни один из них не решался.

Ни тогда, ни сейчас.

Коннел сосредоточил внимание на бумагах, которые положила на стол Бетани.

— Что вы тут принесли? — Он взглянул на нее с удивлением.

— Это бумаги для вашего адвоката, — ответила Бетани. — Свидетельство о браке, свидетельство о рождении Росса, свидетельство о смерти Финна. Я подумала, вы захотите иметь заверенные копии.

Коннел невольно усмехнулся. Да, он не ошибся, эта женщина действительно загадка.

— Вы и в самом деле хорошо подготовились к визиту.

— Я же говорила вам, что решила устроить для моего сына новую жизнь. Поэтому я и привезла с собой все документы, — мило покраснев, добавила Бетани.

Склонившись над столом, Коннел принялся перебирать бумаги. Затем вопросительно взглянул на гостью, и она пояснила:

— Здесь у меня документы о банкротстве, а также расписки наших кредиторов.

— О банкротстве?

— Совершенно верно, — со вздохом ответила Бетани. — У меня не было выбора. Финн загубил дело моего отца, заложил дом со всем его содержимым и растратил то, что мой отец оставил Россу. Если бы не собственные сбережения тети Бриджет, мы стали бы нищими.

— Значит, вы и в самом деле не собирались ехать с сыном в Килдэр? Вас выбрасывает на наш берег, и, как в сказке, вы находите здесь горшок золота.

— Я приехала сюда не по собственному желанию, — заявила Бетани. — Но если уж я здесь, то знайте: меня не испугают никакие препятствия, я сделаю все, чтобы обеспечить будущее моего сына. Да-да, не пытайтесь меня запугать!

«Запугать»? Коннел едва не задохнулся от гнева, но тотчас же взял себя в руки. Внимательно посмотрев на собеседницу, он с усмешкой проговорил:

— Может, вы хотите что-то добавить?

Прозвучавшая в словах Коннела ирония заставила Бетани содрогнуться. А он почувствовал, что перегнул палку. Конечно же, ему следовало проявлять сдержанность. Ведь Бетани и ее сын были всего лишь жертвами. Жертвами Финна.

Стараясь исправить свою оплошность, Коннел пробормотал:

— Прошу прощения, миссис Делейни. Конечно же, я отошлю эти бумаги в Дублин нашему нотариусу. Он знает, как с ними следует поступить.

Бетани кивнула и, бросив взгляд в окно, осведомилась:

— А как все это устроится? Хотя бы приблизительно...

Коннел пожал плечами:

— Точно не знаю, но могу предположить. Думаю, что на принадлежащую Россу часть будет назначен опекун. Моим был дядя Бреннан. Он управлял моими финансовыми делами, пока я не достиг совершеннолетия.

— Так вы с Россом будете совладельцами? — У Бетани хватило такта не проявлять ликования, хотя ответ собеседника очень ее порадовал.

У Коннела же заныло сердце при мысли о том, сколько финансовых перерасчетов предстоит ему сделать в связи с новым разделом Гленмида. В особенности если принять во внимание новые акции и расширение строительства.

— Не знаю, как у вас в Америке, — продолжал Коннел, — но у нас в Ирландии вся земля должна быть поделена равными долями между сыновьями. Гленмид находился в совместном владении у наших отцов. Когда умер мой отец, доля его отошла ко мне. Доля дяди Бреннана должна была перейти к Финну, а теперь, соответственно, переходит к Россу. Сколько времени займет эта процедура — одному Богу известно.

Бетани молча кивнула. Как только все уладится, она может взять сына и воспитывать его там, где сочтет нужным. Лучше, конечно, подальше от тех мест, где знают о дурной славе Финна.

Тут за окном послышался хруст гравия под колесами повозки, возвещавший о возвращении Дженны и Бриджет. Покосившись на Бетани, Коннел сказал:

— Кажется, ваша тетя вернулась.

— С вашего позволения я пойду посмотрю, благополучно ли вернулись домой Росс и Мэри. — Бетани направилась к двери. Обернувшись, спросила: — Мы ведь сможем продолжить этот разговор в другое время?

— Да, разумеется.

Коннел сел за стол и достал письменные принадлежности, намереваясь написать письмо нотариусу. Несомненно, они оговорили основные условия. Что еще осталось? Коннел очень устал — сказывалось недосыпание и напряжение последних дней. Однако нельзя было откладывать дела. Да-да, ни в коем случае нельзя откладывать. Чем скорее он закончит дела, тем скорее сможет выдворить Бетани из Гленмида... и из своих мыслей.

Бетани задержалась в дверях и, взявшись за ручку, обернулась к Коннелу.

— У меня еще один вопрос, — сказала она.

— Что за вопрос? — Продолжая затачивать перо, Коннел поднял глаза на гостью.

— Почему Финн все эти годы говорил, что вы умерли?

— Он думал, что я умер. — Порой самый простой ответ — лучший ответ.

Бетани нахмурилась:

— А почему он так думал?

— Потому что в тот день, когда Финн покинул Гленмид, он выстрелил мне в спину.

Глава 6

— Как его называют? — Повалившись на кровать, Бетани судорожно схватилась за ее холодный металлический столбик. На грудь ей навалилась такая тяжесть, что трудно было дышать и казалось, что она вот-вот задохнется.

Приблизившись к племяннице, Бриджет сокрушенно покачала головой:

— Его называют нечестивый Делейни. Или же просто нечестивец.

Бетани сделала глубокий вдох и пробормотала:

— Но это ужасно... Да-да, ужасно. — И она даже не знала, что страшнее: нависшее над головой Коннела Делейни мрачное облако позора или тот факт, что она, сбежав из одной жизни, отравленной скверным запахом скандала, умудрилась оказаться вместе с сыном почти в такой же ситуации. Все ее планы, все ее мечты рушились прямо на глазах.

Ах, она ужасная мать! Возможно, Финн был прав, когда так говорил.

Одного взгляда на Бриджет, вернувшуюся из деревни, было достаточно, чтобы понять: все очень плохо. Но прежде чем они смогли остаться наедине и поговорить, у Бетани больше часа ушло на сына. Следовало убедиться, что с Россом все в порядке, что он не промок, что будет сидеть в детской комнате, выпьет молока с хлебом, после чего отправится спать. После этого Бетани помогала пожилым женщинам переносить из повозки на склад продукты и вещи. Она и представить себе не могла, что Бриджет сообщит ей такие ужасные новости. Увы, оказалось что она, Бетани, привезла своего сына в дом человека, который был похож как две капли воды на ее покойного мужа не только внешне, но и по своей внутренней сути.

— Должна сказать, что я согласна с Дженной О'Тул, — заявила Бриджет, взяв с туалетного столика свою гребенку. — Не может быть, чтобы Коннел Делейни занимался такими вещами. Полагаю, что все это выдумки. Ведь бабушка всегда писала о нем только хорошее. И она всегда говорила, что «этот Коннел Делейни — честный молодой джентльмен».

С тяжким вздохом Бриджет плюхнулась на матрац рядом с Бетани. Пружины кровати при этом жалобно заскрипели.

— Совсем не такой, как тот, за которого ты вышла замуж, — продолжала Бриджет. — Об этом Делейни бабушка никогда слова плохого не сказала. Если бы только она, твой отец и я могли предположить такую поразительную разницу в двоюродных братьях и вовремя разглядеть недостатки Финна, многое можно было бы предотвратить.

— Перестань себя винить, тетушка. Мой неудачный брак с Финном — полностью на моей совести.

— Такие вещи редко случаются из-за ошибки только одного человека, айшон. — Бриджет провела гребенкой по стеганому одеялу, а потом — по руке племянницы.

Бетани же тяжко вздохнула. Ну почему она в свое время так спешила повзрослеть? Не будь она тогда такой глупой, не поддайся на льстивые речи Финна, не свяжись с семейством Делейни, не приходилось бы сейчас ломать голову над проблемами, которые постоянно возникали в этой семье. Разумеется, всякий раз, когда подобные мрачные размышления одолевали ее, Бетани напоминала себе: если бы жизнь сложилась по-другому, у нее не было бы такого чуда, как Росс. Как бы то ни было, теперь ей не приходилось выбирать и оставалось лишь приспособиться к сложившимся обстоятельствам.

В очередной раз.

— Мы обе прекрасно знаем, как разносятся сплетни, — продолжала Бриджет. — Причем сплетни все больше обрастают всевозможными небылицами. Люди иногда до того все переврут, что от начального смысла ничего и не останется.

— Да, верно, — отозвалась Бетани. — Но бывает и так, что начало — гораздо хуже.

В свое время все Атлантическое побережье обсуждало непристойные детали смерти ее мужа. Финна убил в приступе ярости, застав в постели своей молодой жены, его компаньон, который и сам вскоре умер от сердечного приступа. Тогда все в Уилмингтоне говорили о смерти Финна и о финансовом крахе, постигшем некогда процветавшее дело отца Бетани. Но никто, даже Бриджет, не знал всю горькую подоплеку их злополучного брака. Финн в этом смысле был крайне осторожен, а Бетани было очень стыдно говорить на эту тему.

Немного помолчав, Бриджет вновь заговорила:

— Дженна утверждает, что Коннела не приглашают ни в один дом в округе. Мужчины заезжают сюда за лошадьми, но, встретив где-нибудь Коннела, переводят своих дам на другую сторону улицы. Хотя он не так уж часто бывает в деревне.

— Он, наверное, действительно в чем-то виноват, — прошептала Бетани. Ей очень хотелось надеяться, что холодный прием, оказанный им Коннелом, объяснялся не темными сторонами его натуры, а огорчением от неожиданного появления племянника, о существовании которого он не имел ни малейшего понятия. Бетани хотелось верить тетушке, хотелось думать, что Коннел — вовсе не такой, как ее покойный муж. И в то же время она знала: нельзя забывать о прошлом. В конце концов, ей когда-то казалось, что она любит Финна.

— Каждый человек в чем-нибудь да виноват, айшон. Поступки либо совершаются, либо нет. И необходимость принимать решение стоит перед каждым человеком.

— Но он прожил с этим больше десяти лет, — возразила Бетани. — Почему же он ничего не говорил в свою защиту?

— Именно так Дженна и сказала. И то же самое я слышала от жены зеленщика. Кажется, каждый в деревне имеет свое мнение о нечестивце. Но почти все отзываются о нем не очень-то хорошо.

— Но почему? И как человек может выносить такое к себе отношение, если оно несправедливо?

Бетани смогла найти лишь одно разумное объяснение странному поведению Коннела. Судя по всему, у него не было оправдания. Вероятно, Коннел Делейни был виновен в том, что соблазнил свою невесту и отказался от нее, когда узнал, что та ждет ребенка. Может быть, то же самое случилось бы и у нее с Финном, если бы ее отец не застукал их тогда и не настоял на свадьбе.

Бриджет стала расчесывать волосы, затем, отложив гребень, вновь заговорила:

— Дженна собирается рассказать мне всю правду... Ту правду, которую она знает. Вот почему Дженна пригласила меня поехать с ней сегодня. Но она предупредила: не следует приходить в ужас от того, что услышишь. Несмотря на всеобщее презрение, Коннел нашел в себе силы вернуться в Гленмид после смерти дяди и сумел возродить семейные конюшни.

Тут Бетани взяла гребень и принялась расчесывать волосы тетушки. Минуту спустя она спросила:

— А что еще ты узнала про Коннела? Дженна что-нибудь еще рассказала?

— Да, кое-что рассказала. Когда в этот край пришел опустошительный голод, Коннел обеспечил сюда доставку продуктов. При этом он запретил следившим за поставками священникам называть имя благодетеля.

Бетани с удивлением посмотрела на тетю. «А может, Коннел делал все это для того, чтобы искупить свою вину? — промелькнуло у нее. — Да, может быть, и так. Но почему же никто даже не попытался узнать имя благодетеля?»

— Как мог человек, уже предложивший девушке выйти за него замуж, отказаться от нее, узнав, что она ждет ребенка? — в задумчивости пробормотала Бетани. — И сколько же надо совершить добрых поступков, чтобы загладить такую вину? И вообще, чувствовал ли он вину? Не боялся ли, что она умрет, а вместе с ней умрет и ребенок? Как после такого можно жить в мире с самим собой?

— Трудно сказать, — в нерешительности пробормотала тетушка Бриджет, которую все эти вопросы сбивали с толку не меньше, чем Бетани.

— А эта несчастная девушка? Убить себя и своего ребенка? И о чем только она думала?

— Она не думала. — Резко поднявшись, тетушка Бриджет прошагала к окну. Глядя в запотевшие стекла, она продолжила: — Она чувствовала себя брошенной, одинокой, лишенной мечты о счастье.

Пышные волосы, волнистыми локонами рассыпавшиеся по плечам Бриджет, делали ее гораздо моложе, придавали вид хрупкой и изящной женщины. Приблизившись к ней, Бетани проговорила:

— Тетушка, как можешь ты знать, о чем думала та девушка? — Она положила руки на плечи Бриджет. — Как может кто-то вообще что-либо знать?..

Бриджет сделала глубокий вдох, потом медленно выдохнула.

— Я знаю. Потому что когда-то любила. Перед тем, как покинула Ирландию.

Бриджет ненадолго умолкла. Бетани не решалась что-либо сказать, она ждала продолжения рассказа.

Минуту спустя тетушка вновь заговорила:

— Он был настоящим мужчиной. Все говорили, что он из породы вечных холостяков, но он умел разбивать девичьи сердца и умел ухаживать. И я была ему нужна... — Плечи Бриджет напряглись, а голос задрожал. — Я перехватила его взгляд на празднике майского костра в Килдэре. Он сказал, что никогда не видел, чтобы кто-то танцевал так, как я. Сказал, что я воодушевляю его. Отец был против наших отношений, но я была упрямая и хотела, чтобы этот парень стал моим.

Бетани решила просто слушать, внимать исповеди женщины, которую она, как ей казалось, хорошо знала. Честно сказать, Бетани никогда всерьез не воспринимала Бриджет как женщину. Она воспринимала ее как утешительницу, почти мать, но только не как женщину, способную любить и быть любимой.

Бриджет откинула со лба локоны и тихо вздохнула.

— Мы вынуждены были встречаться тайком, — продолжала она прерывающимся от нахлынувших чувств голосом. — А потом он уехал в одну из своих деловых поездок на континент. Он отсутствовал дольше, чем обещал, так долго, что я успела понять: я жду от него ребенка. — Бриджет замолчала и снова вздохнула.

Бетани слушала тетушку в полной растерянности; она по-прежнему хранила молчание и, выражая свою поддержку и сочувствие, время от времени сжимала пальцами плечи тетки.

Бриджет взглянула на нее через плечо, и в глазах ее блеснули слезинки.

— Именно тогда твой дед и отправил меня жить к твоим родителям. Твоя мама как раз тогда ожидала твоего рождения, и твой дед решил, что она сможет воспитывать и тебя, и моего ребенка. Я родила на корабле, во время плавания. Он родился недоношенным и умер очень скоро. Всего несколько часов спустя.

— У тебя был сын? Я не знала... — Сердце Бетани разрывалось от жалости к тете.

— Да, сын. — Бриджет печально улыбнулась. — Крошечный мальчишечка с густыми и черными, как вороново крыло, волосиками. Я почти не имела возможности подержать его. Увы, он слишком быстро умер.

Бриджет надолго умолкла. Бетани же боялась задавать вопросы — боялась причинить тетушке боль.

— Джек, — прошептала наконец Бриджет. — Я назвала мальчика Джеком в честь его отца.

Дождь по-прежнему барабанил в окно, а Бетани по-прежнему обнимала тетушку за плечи. Наконец Бриджет похлопала племянницу по руке и обернулась к ней. На щеках пожилой женщины поблескивали слезы, но она заставила себя улыбнуться.

— Ну что ж, айшон... Видно, у нас получился день открытия секретов. У каждой семьи имеются свои собственные секреты. К сожалению, все люди совершают ошибки. И вот я «вывалила» свою историю, чего не собиралась делать никогда. Видно, приезд в родные места повлиял.

Все это время Бетани была слишком занята собственными проблемами, чтобы вообразить, какие болезненные воспоминания могли пробудиться в душе Бриджет по приезде в Гленмид. Бетани очень сочувствовала тете, получившей от жизни такие жестокие и горькие уроки. Ей пришлось слишком дорого заплатить за несколько встреч с любимым.

— И ты никогда больше не видела этого человека? Он не пытался разыскать тебя?

— Нет, — покачала головой Бриджет. Она утерла слезы рукавом платья и всхлипнула. — Перед отъездом я оставила для него письмо, где говорила, что жду его. Потом... потом я написала ему из Уилмингтона и рассказала о ребенке, но ответа так и не получила. И еще долго-долго надеялась, что все еще нужна ему, что он еще за мной приедет, но, похоже, огонь нашей любви угас.

— Ты поэтому больше не вышла замуж, хотя в доме постоянно появлялись достойные внимания мужчины?

— Да, поэтому, — кивнула Бриджет. — Никто другой мне по-настоящему не нравился. К тому же мне надо было присматривать за твоим отцом. А потом мою жизнь заполнила ты — особенно после того, как умерла твоя мама.

Тетушка Бриджет, казалось, совсем оправилась от тяжелых воспоминаний. Бетани всегда поражало, с какой легкостью Бриджет возвращалась к своей обычной манере поведения. Это всегда выглядело так, словно в комнате всякий раз появлялась новая женщина. Женщина, которую Бетани никогда прежде не встречала, которая выглядывала из-за спины той — хорошо знакомой и любимой.

— Тебе до сих пор иногда хочется выйти замуж за Джона? Хочется встретить его опять и спросить, что же тогда случилось, хочется ли узнать правду?

— Правду? — Бриджет покачала головой: — Нет. Правда давно уже в прошлом. Думаю, что не стоит заниматься делами давно минувших дней. Лучше заботиться о настоящем и о будущем. — Бриджет собрала волосы и стала заплетать их в косу. — Но я надеюсь вскоре узнать кое-что интересное. — Она обратила на Бетани пристальный взгляд. — Как я слышала, он все еще живет в этих местах.

Бетани не смогла сдержать улыбку. Ей вдруг очень захотелось встретиться с отцом ребенка Бриджет и отчитать его как следует. Но сейчас ей не хотелось тревожить тетушку вопросами.

Бриджет заплела косу, потом снова повернулась к племяннице:

— Знаешь, дорогая, было довольно странно... Большинство знакомых, которых я сегодня встретила... Кажется, они действительно считают, что я замужем. Время и расстояние порой создают ужасную путаницу. В таких случаях люди вовсе не лгут, а просто ошибаются.

Бетани молча кивнула и задумалась. Затем снова взглянула на тетю:

— Выходит, нам придется оставаться здесь до тех пор, пока мы не подыщем себе новое жилище? Но я не могу оставлять Росса в этом доме. Ведь очень может быть, что Коннел почти ничем не отличается от Финна.

Бриджет энергично покачала головой:

— Нет-нет, айшон. Пусть все идет своим чередом. Время все ставит на свои места. Росс еще слишком мал, чтобы принимать все это близко к сердцу. Не говорила ли ты, что вы с мистером Коннелом смогли немного прояснить отношения, пока нас не было?

— Мне так показалось.

Теперь неудивительно, что Коннел с такой неохотой говорил о прошлом. Он жил в его холодной тени.

— Ну хорошо. Послушай, если Джеймс Кэри все еще держит в своем сердце память о мастере Коннеле... — Бриджет скользнула ногами в шлепанцы и подхватила поднос с чайным прибором. — Мы можем на некоторое время последовать его примеру. В конце концов, это его сестра — главная жертва во всей этой истории.

Бетани опять повалилась на постель.

— Девушка, на которой должен был жениться Коннел, та, что предпочла убить себя, чем жить с ребенком, рожденным вне брака, — она была сестрой Джеймса Кэри?

— Да, — ответила Бриджет.

* * *

Прохладный влажный воздух покрыл росой окна, когда Вивиан наконец-то удостоила Джеймса своим присутствием за завтраком. Вот уже несколько дней она гостила в Оук-Бенде, но до этого постоянно завтракала в своей комнате.

Наслаждаясь все это время очарованием своей «кузины», Джеймс особенно ценил в ней умение преподнести себя. Даже и сейчас, войдя в столовую, Вивиан словно заполнила собой все пространство, и казалось, что сама комната стала меньше.

Она выглядела вполне спокойной, но понесшей тяжелую утрату безутешной вдовой. Впрочем, сегодня заканчивался годовой траур по любимому супругу, и это давало возможность сменить наконец черные траурные одежды на что-нибудь более живое. На сегодня Вивиан выбрала желтое с черным платье, которое, казалось, добавило в комнату тепла в это серое дождливое утро.

— Доброе утро, кузина. — Джеймс встал из-за стола, чтобы поприветствовать Вивиан. Служанка тем временем наполняла ее чашку шоколадом. — Выглядишь, как всегда, очаровательно. Тебе удалось хоть немного отдохнуть прошедшей ночью?

— Да, чуть-чуть. — На улыбку Джеймса Вивиан ответила улыбкой лукавой и двусмысленной, но в то же время полной невинности. Именно это умение сочетать в себе взаимоисключающие вещи и любил в ней Джеймс.

— У тебя новая прическа? — поинтересовался он. — Смотрится очаровательно.

— А как насчет моего платья? — Вивиан с притворной обидой надула губки.

— Ты просто прелесть. — Взяв Вивиан под руку, Джеймс подвел ее к столу. — Мы справимся сами, Эмили. Ты можешь идти.

— Хорошо, сэр, — кивнула служанка. Откланявшись, она покинула комнату.

Усевшись рядом с Джеймсом, Вивиан положила себе на тарелку омлет, жареные помидоры и сосиски в великолепном ирландском соусе. Джеймса дразнил исходящий от Вивиан запах корицы и жасмина. Потянувшись к ней, он чмокнул ее в щеку.

Вивиан вздохнула и пробормотала:

— А теперь кто непослушный?

— Каюсь, виноват. — Джеймс расплылся в улыбке. — Полностью отдаюсь в твою власть.

— Вот и хорошо. — Вивиан захихикала, и звук ее смешка прокатился по комнате.

— Ты и в самом деле замечательно выглядишь, — сказал Джеймс. — Выглядишь так, словно всю ночь спала.

— Благодарю, — ответила Вивиан с лукавой улыбкой. — После всех тягот... путешествия о лучшем приеме я и не мечтала. Твоя прислуга была очень обходительна со мной. А ты проявил душевную заботу. Даже не представляю, чем смогу отплатить за твою доброту. Впрочем, я попытаюсь придумать способ. — Наклонившись к любовнику, Вивиан прошептала: — На мне сейчас под платьем ничего нет.

— Ах, какая распутница! — Джеймс ухмыльнулся.

Вивиан сделала глоток шоколада.

— Спасибо, что заметил мою прическу. Твоя служанка... кажется, ее зовут Морин, умеет обращаться с расческой. Как ты думаешь, я могу пользоваться ее услугами, пока буду здесь?

— Если тебе так хочется, — пожал плечами Джеймс.

В комнату заглянула миссис Малруни. На лице экономки сияла улыбка.

— Рада видеть вас здесь, в столовой, миссис Браун, — обратилась она к Вивиан. — Вы сегодня замечательно выглядите. Надеюсь, вы нашли все, что нужно. Я достала несколько банок малинового варенья, по моему специальному рецепту. Мне показалось, вы его любите.

— Спасибо, — промурлыкала Вивиан. — Вы очень наблюдательны.

Ах, если бы только прилежная экономка Джеймса могла представить, как именно будет использоваться ее чудесное варенье! Покосившись на любовника, Вивиан прищелкнула языком, и оба ухмыльнулись.

— Вам что-нибудь еще нужно, сэр? — Экономка взялась за стоявший на столе кофейник.

— Нет, миссис Малруни. Пока нам больше ничего не надо.

— Как пожелаете, сэр. Приятного завтрака. — Экономка, шелестя ворохом черных юбок, прошествовала к двери, которую плотно прикрыла за собой.

Вивиан намазала лепешку толстым слоем масла, добавила немного джема и с наслаждением впилась в нее зубами.

— Дорогая, я так рад, что ты здесь. У меня на тебя грандиозные планы. Я тут такое задумал... И тебе в моей пьесе отведена главная роль.

Отхлебнув горячего чая, Вивиан изобразила заинтересованность:

— В самом деле? Ты знаешь, я всегда рада помочь тебе... чем смогу.

Джеймс вздрогнул, почувствовав пальцы Вивиан, пощипывавшие его бедро. И тотчас же ощутил, что внутри у него все закипает. Взгляды их встретились, и Вивиан с улыбкой промурлыкала:

— Чего пожелаете, сэр?

— О, задание очень простое. — Дождавшись, когда Вивиан поставит свою чашку на блюдце, Джеймс добавил: — Я очень хотел бы, чтобы ты познакомилась с одним человеком.

Вивиан и бровью не повела, хотя было ясно, что она прекрасно поняла, какой смысл скрыт за словами Джеймса. Она была единственной и неповторимой, его дорогая Вивиан. И Джеймс знал, что может положиться на нее.

— С каким человеком?

— С моим хорошим другом. Я уверен, он тебе очень понравится. Ты увидишь, что с ним очень просто подружиться. Он довольно долго был... Скажем так, одинок...

— В самом деле? — Улыбнувшись, Вивиан отломила тоненький кусочек от своей лепешки. Потом осторожно слизнула с губ джем кончиком языка. Рука ее по-прежнему лежала на бедре Джеймса, сама же Вивиан сохраняла совершенно невозмутимый вид. — И что же случилось с этим человеком? Что заставляет тебя...

— Внешне он очень похож на твоего дражайшего покойничка, бывшего любовника. Собственно говоря, это его двоюродный брат.

Лепешка выпала из руки Вивиан на тарелку. Заметно побледнев, она пробормотала:

— На Финна?

Стараясь удержаться от вопросов, Джеймс сделал глоток кофе. Странно, очень странно... Может быть, он недооценивал глубину их с Финном отношений? Вивиан очень редко приходила в замешательство — почти никогда. А сейчас она явно взволнована.

Минуту спустя Вивиан вновь принялась за свою лепешку, а рука ее опять легла на бедро Джеймса.

— Так как ты сказал? Кто он такой?..

— Кузен Финна. Коннел Делейни. Он владеет большей частью собственности, находящейся по соседству с нами. Собственности, которую я очень хотел бы прибрать к рукам.

— Кузен Финна богат? А ведь Финн был беден, как церковная мышь. Что, даже жена не могла помочь ему?

— Совершенно верно, дорогая.

— Ты говоришь, они похожи?

— Практически как зеркальное отражение. Тебя это смущает?

Вивиан выразительно взглянула на Джеймса, давая понять, что способна выполнить любое его задание.

— Значит, договорились, — пробормотал Джеймс.

С минуту Вивиан молча смотрела на любовника. Капли малинового джема скопились в уголках ее губ, и она время от времени слизывала джем кончиком языка. Зрелище это весьма возбуждало и без того распалившееся воображение Джеймса.

— И когда же мне предстоит встретиться с этим... «отражением»?

Джеймс улыбнулся:

— Уверен, что смогу устроить вашу встречу в ближайшее время. Полагаю, что с момента известных событий прошло достаточно времени, чтобы можно было к ним вернуться. Я готов сообщить бедняге Коннелу несколько новостей, которые очень его расстроят. И хочу, чтобы ты подобрала то, что от него после этого останется.

— Я когда-нибудь тебя подводила?

— Разумеется, нет. А не лучше ли нам перебраться в мой кабинет, где мы могли бы обсудить все пункты нашего плана? — Джеймс полагал, что если он в ближайшее время не даст выхода своей энергии, то просто не выдержит напряжения.

Они тотчас же вышли из столовой и направились в кабинет. Когда Джеймс надежно запер дверь на задвижку, Вивиан поинтересовалась:

— Где бы ты хотел начать?

— Прямо здесь.

Вивиан уткнулась в плечо любовника, дабы приглушить неизбежные стоны.

Глава 7

— Сейчас посмотрим, как твои дела, Росс. — Бетани склонилась над грифельной доской, на которой ее сын решал арифметические задачки. — Что ж, очень хорошо. — От похвалы матери Росс так и просиял. — Но не хочешь ли ты проверить ответ третьей задачи? Помнишь, как я тебя учила?

Росс нахмурился и сосредоточенно уставился на доску. Через минуту лицо мальчика просияло.

— Я понял, где ошибся! — Ребром ладони он стер результат и быстро нацарапал новый. — А теперь как?

— Отличная работа, — похвалила мать. — Вот теперь все правильно. Видишь ли, все люди иногда ошибаются. Главное — иметь желание разобраться в собственных ошибках и признать их, понимаешь?

Росс кивнул, хотя и выглядел несколько озадаченным.

Небольшой урок, который Бетани пыталась сейчас преподать сыну, на самом деле был повторением, в котором нуждалась сама Бетани. «Все ошибаются. Просто надо иметь желание правильно оценить свои поступки и признать ошибки» — так частенько говорил ее отец.

Но как быть, если допущенные ошибки столь серьезны, что могут привести и к смерти, как это случилось с Рози Кэри? Именно это и произошло с Финном. Он выстрелил в спину собственному брату и был изгнан из дома. Финн Делейни, за которого она вышла замуж, конечно же, был не из тех, кто ставит на кон все, защищая женщину. Во всей этой истории скрывалось что-то большее —

это читалось в пристальном взгляде темных глаз Коннела Делейни.

— Мама, ты опять летаешь в облаках?

Бетани посмотрела на сына и засмеялась:

— Наверное, ты хотел сказать «витаешь в облаках». И еще я думаю, что на сегодня ты достаточно потрудился Убери свои вещи, и мы сможем поиграть до возвращения Мэри, которая помогает сейчас на кухне своей матери и миссис Кохран.

— А можно, я пойду гулять с Майклом, когда он вернется? Мы собираемся накопать червей для нашей рыбалки в субботу. Майкл говорит, что лучше всего копать червей после дождя.

— В таком случае после нескольких дождливых дней вы должны накопать целую кучу червяков! — со смехом воскликнула Бетани, радуясь горящим в глазах сына искоркам.

Все последние дни были пасмурные, солнце даже не показывалось. Не показывалось с того самого дня, когда тетушка вернулась из деревни и рассказала, как люди здесь относятся к Коннелу Делейни. Случайно или нет, но с того злополучного дня Бетани и Коннел ни разу не встречались, хотя она, как ни странно, постоянно думала о кузене своего покойного мужа. Ела Бетани почти всегда с Россом в его детской комнате, а хозяин Гленмида, казалось, полностью был поглощен своим хозяйством. Сейчас в соседних с домом дворах строились новые конюшни, и строительные работы не прекращались даже в ненастную погоду.

Бегая по саду и исследуя его наиболее интересные места, Росс изрядно стоптал башмаки, но он до сих пор не имел возможности посетить конюшни и непрестанно напоминал Бетани о том, что еще не видел гленмидских лошадей.

— Мама, а Майкл говорит, нам надо сделать для них коробочку, в которой они будут жить. Мэри обещала помочь нам искать червей в углу сада. Ты знаешь, что черви любят жить в навозе? Майкл говорит...

Соскочив со стула, Росс собрал свои учебники и грифельную доску и поставил их на полку, не переставая при этом щебетать. Бетани слушала сына вполуха, воспринимая более энтузиазм, с которым вещал Росс, нежели содержание его болтовни.

Майкл Кохран — сын новой служанки, — прибывший два дня назад вместе с вызванной на подмогу матерью, стал приятелем Росса. Майкл был на несколько лет его старше и потому каждое утро вместе другими детьми прислуги ходил в деревню, на уроки, которые им давал местный священник, но по возвращении он всегда играл с Россом, и мальчики быстро подружились.

Первым делом они тщательно исследовали содержимое буфетов в детской и занялись шумными играми в пиратов и индейцев, занимая при этом весь верхний этаж; причем пределов их фантазия не знала. Прежде у Росса никогда не было друга, и сердце Бетани наполнялось теплом, когда она видела сына таким счастливым. Она готова была сколько угодно выслушивать бесконечные рассказы сына, неизменно начинавшиеся с фразы: «А Майкл говорит...»

Ах, если бы и она могла так легко приспособиться к новой обстановке... У Бетани было такое чувство, будто она стоит, затаив дыхание, на пороге чего-то неизвестного, но чего — она понять не могла. Хорошо еще, что никто — пока по крайней мере — не напоминал ей о том, что не следует задерживаться в Гленмиде дольше необходимого.

Они с Бриджет решили не возвращаться к болезненной теме первого дня их пребывания в Гленмиде и предпочитали говорить о другом. Тетя Бриджет на следующий же день загрузила себя заботами по дому: не выходя из кладовой дворецкого, она принялась чистить столовое серебро. Бетани не решалась присоединяться к ней, опасаясь, что ее участие может быть истолковано как излишний интерес к семейным реликвиям. Слишком уж велика была пропасть между человеком, считавшим себя хозяином этого дома, и маленьким мальчиком, который был счастлив уже тем, что сможет в достатке добывать жирных червей для своей рыбалки.

Несмотря на поддержку, полученную в лице миссис Кохран, в доме оставалось бесчисленное множество хозяйственных работ, и Бетани взяла на себя полировку мебели в спальнях, а также протирание полов во всем крыле дома, которое занимало ее семейство. В результате она ужасно утомлялась к вечеру и забывала обо всем, едва добравшись до постели, — в том числе и о Коннеле Делейни, что вполне его устраивало.

— Мама... мама... — Росс вернул Бетани в реальность. — Мама, убери куда-нибудь свои вещи, чтобы мы могли играть.

Повернувшись к сыну, Бетани обнаружила, что тот уже сидит на полу, обложившись своими игрушками. Увидев, с каким серьезнейшим выражением лица сын приступает к играм, Бетани чуть не расхохоталась.

— Прошу прощения, сэр, за то, что заставляю вас ждать, — обратилась она к Россу, — но мне надо срочно закончить работы по дому.

Бетани быстро собрала ветошь и взяла кувшин со смесью воска и лимона — все это выдала ей Дженна О'Тул, а также посоветовала не пытаться сделать все сразу. Пока что Бетани успела навести порядок только в детской и в комнате тетушки Бриджет. Сложив свои орудия труда в большую корзину, она присоединилась к сидевшему на полу сыну.

Тут раздался стук в дверь, и Бетани, невольно вздрогнув, обрушила свою пирамиду из кубиков. Росс издал победный крик и захлопал в ладоши.

— Мама, я выиграл! На этот раз я выиграл!

— Вы и в самом деле выиграли, молодой человек. — Бетани взъерошила волосы сына.

— Прошу прощения, миссис Делейни. — В комнату заглянула Бетси Кохран. — Терпеть не могу перебивать, когда молодой господин занят уроками...

— Ничего страшного. — Бетани поднялась на ноги. — Я вас слушаю.

— Я выиграл, миссис Кохран! — закричал Росс, подбежав к служанке. — Раньше я никогда не выигрывал, но Майкл сказал, что когда-нибудь я выиграю. И вот это «когда-нибудь» наступило сегодня. Он еще не вернулся из школы?

— Пока нет. — Бетси наклонилась, дабы глаза ее были на одном уровне с глазами Росса. На лице женщины сияла улыбка. — Майкл пока еще не вернулся, но я уверена, что он очень обрадуется, когда услышит от вас эту новость. А я и без него приношу вам мои поздравления.

— Большое спасибо, миссис Кохран! — закричал Росс.

— Да-да, спасибо вам. — Бетани улыбнулась. — Скажите, у вас ведь ко мне какое-то дело? Вы хотели мне что-то сообщить?

— Ах, простите... — В глазах Бетси промелькнула тревога. — Чуть не забыла в суматохе... Мистер Делейни попросил вас, если не возражаете, спуститься к нему в кабинет. Ему надо переговорить с вами, миссис Делейни. Посыльный только что принес какое-то письмо.

— Вам не за что извиняться. Это мы сбили вас с толку. — Бетани постаралась успокоить волновавшуюся женщину, в то время как сама напряглась подобно сжатой пружине. — Пожалуйста, передайте мистеру Делейни, что я скоро спущусь. Мне надо переодеться. — Бетани положила руку на плечо сына и, взглянув на него, добавила: — Кроме того, нам, конечно же, надо собрать игру. Верно, Росс?

Мальчик кивнул.

— Мама, а как ты думаешь, сегодня он разрешит мне выйти во двор и посмотреть лошадей? Ты спросишь?

— Мне показалось, сегодня после обеда ты собирался копать червей?

Бетани боялась допускать Росса к лошадям, потому что многие из них еще не были объезжены — в отличие от тех спокойных и вполне ручных животных, которых можно было встретить на улицах Уилмингтона. Огромные синие глаза мальчика смотрели на мать пристально, просительно, и выдержать этот взгляд было невозможно.

— Ну пожалуйста, мамочка! Ты же знаешь, я всегда любил лошадей. Я только хочу посмотреть на них. Я не буду прикасаться к ним, если им это мешает. Ну пожалуйста!

Бетани вздохнула:

— Хорошо, я подумаю.

— Если не возражаете, миледи, я подожду, пока мистер Росс соберет свои игрушки, — вмешалась Бетси. — Мистер Делейни просил передать, что хочет видеть вас как можно скорее. — Служанка взяла Росса за руку. — А после того как мы все сделаем, вы сможете пойти со мной на кухню. Миссис О'Тул только что вынула из печи горячие черничные пирожки. Она говорила, что ей нужен кто-то, кто бы эти пирожки попробовал и сказал, каковы они на вкус.

Росс кивнул в знак согласия и расплылся в улыбке:

— Черничные пирожки — мои любимые...

— Не сомневаюсь, — рассмеялась миссис Кохран. — Ведь то же самое вы говорили и о сахарном хворосте, который миссис О'Тул готовила вчера. Да и о коричном хворосте, который был позавчера, мистер Росс.

— Это потому, что вчера моим любимым был сахарный хворост. А позавчера — коричный хворост. Но сегодня черничные пирожки — мои самые любимые, а я даже еще не попробовал их.

Детская непосредственность и непринужденность Росса согрела сердце Бетани, но не отвлекла от решения головоломки, не успокоила. Интересно, зачем она понадобилась Коннелу Делейни? И почему такая спешка?

Взглянув на служанку, Бетани сказала:

— Благодарю вас, миссис Кохран. Я постараюсь побыстрее.

Бетси сделала легкий реверанс.

— Это я должна вас благодарить, миссис Делейни. После смерти моего Эндрю я несколько месяцев понятия не имела, что мне с моим мальчиком делать. А теперь вот появилась новая работа.

— Вам надо благодарить не меня, а мистера Делейни. Это он вас нанял.

— Я уже благодарила его. Но он сказал, что я обязана своим местом вашему приезду. Впрочем, он всегда был добрым человеком. — Бетси на секунду умолкла, потом вдруг сказала: — Не хотела бы вас задерживать, но... Не могу ли я минутку поговорить с вами по-дружески?

Бетани посмотрела на Росса, собиравшего свои игрушки, и кивнула. Она надеялась, что эта задержка позволит ей собраться с мыслями.

— Хочу предупредить, что я никогда прежде не была на службе, — проговорила миссис Кохран. — Ведь вы, наверное, уже заметили, какая я неловкая. Так что не сердитесь, если что... Впрочем, я не об этом... — Бетси придвинулась ближе к Бетани. — Знаете, я очень рада, что вы не придаете особого значения тем россказням, что ходят здесь о мистере Делейни. Хорошо, что вы не даете сбить вас с толку. Когда мой Эндрю заболел, — Бетси понизила голос, — мистер Делейни отыскал в округе доктора и заплатил ему, чтобы он посещал нас регулярно. А прошлой осенью, когда пришло время собирать урожай, мистер Делейни прислал почти всех своих работников, чтобы они помогли нам со сбором урожая, потому что без этого мы никак не могли бы выплатить ренту мистеру Кэри. Коннел Делейни — очень хороший человек, что бы о нем ни говорили другие. — В голосе Бетси звучала непритворная искренность.

Бетани прикоснулась к ее руке.

— Я приму к сведению ваши слова, миссис Кохран. Спасибо, что поделились со мной своей историей. — Направляясь к двери, Бетани обратилась к сыну: — Росс, увидимся с тобой за чаем. Приятного тебе аппетита, когда будешь пробовать черничные пирожки. И следи на кухне за своими манерами.

— Хорошо, мама! — прокричал Росс, когда Бетани выходила из комнаты.

«Коннел Делейни — очень хороший человек» — эти слова Бетси Кохран еще долго вспоминались Бетани.

Наконец-то послышался стук в дверь кабинета, и Коннел сразу же понял, что это пришла Бетани. Он ждал ее гораздо раньше, и задержка ужасно его раздражала.

— Войдите, пожалуйста! — прокричал Коннел, повернувшись к двери. Когда Бетани вошла, он указал ей на стул, затем с язвительной усмешкой проговорил: — Спасибо, что так быстро откликнулись на мою просьбу, миссис Делейни.

Коннел уже несколько дней не видел свою гостью. Откровенно говоря, он был немного удивлен тем обстоятельством, что Бетани не покинула его дом после того, как Бриджет, съездив в деревню, пересказала ей сплетни местных жителей.

Но что же удерживало миссис Делейни в его доме? Ответ мог быть только один: финансовое положение, в котором Финн оставил свою жену. Да, вероятно, только по этой причине она до сих пор оставалась в его поместье.

Рассказ о бедственном положении, в котором Финн оставил жену и сына после своей смерти, ошеломил Коннела. А он еще насмехался над Бетани из-за того, что она не смогла поставить на могиле мужа надгробный камень. Увы, это обстоятельство свидетельствовало лишь о том, что Финн был не в состоянии предоставить своей жене даже самое необходимое. К счастью, его кузен не отобрал у жены и сына их банковские счета, хотя постоянно, особенно в последние три года, истощал все их активы. Об этом свидетельствовали предоставленные Бетани бумаги — даже если содержавшаяся в них информация была верна лишь наполовину.

— Добрый день. — Бетани встретила взгляд Коннела спокойным и решительным взглядом. В бездонной голубизне ее глаз он не смог заметить ни намека на страх или осуждение. Скорее, во взгляде ее было любопытство. — Миссис Кохран сказала, что вы получили какое-то письмо Это так?

— Да, совершенно верно.

Взяв со стола свернутый в трубку листок, Коннел придвинул свой стул поближе к Бетани. Развернув на коленях письмо, он задумался, пытаясь найти правильные слова для начала разговора.

Коннел сам себе удивлялся: ему хотелось, чтобы Бетани побыстрее покинула его дом, и в то же время он очень обрадовался, увидев свою гостью. Но еще удивительнее было другое: все это время он думал о Бетани, причем думал скорее с теплым чувством, нежели с раздражением или неприязнью. Он старался защититься от частых вторжений Бетани в его мысли, но у него это не очень-то получалось, и лишь изматывающая работа под проливным дождем хоть как-то помогала — к вечеру он уставал настолько, что засыпал сразу после ужина.

— Не хотите ли чаю? — спросил Коннел. Прежде чем приступить к делу, он решил разрядить обстановку — ведь женщины это любят. В который уже раз Коннел пожалел о том, что совершенно утратил все навыки светского общения. — Дженна прислала нам целый поднос свежих черничных пирожков.

Увидев стоявший на ближайшем к ним столе поднос, Бетани едва заметно улыбнулась:

— Нет, благодарю вас. Не сейчас. Хотя аромат пирожков весьма соблазнителен. — Она снова улыбнулась.

«Какая у нее чудесная улыбка!» — подумал Коннел. И его вновь поразил удивительный синий оттенок ее прекрасных глаз. Лицо Бетани обрамляли кудри цвета меди, а черты отличались живостью и изяществом.

И тут Коннел наконец понял, насколько смущена и напряжена была его гостья в предыдущие встречи. Конечно, нельзя было сказать, что сейчас она держалась совсем уж непринужденно, однако следовало признать, что за прошедшие несколько дней она успела освоиться на новом месте.

— Прекрасно выглядите. — Коннел пытался подобрать комплимент, который не казался бы слишком фамильярным. — Вам очень к лицу это платье.

Говоря это, Коннел надеялся, что его попытки вести светскую беседу сделают Бетани более сговорчивой. Взглянув на свою юбку, она с усмешкой ответила:

— Обычно я ношу этот наряд, когда занимаюсь работами по дому. И вообще, довольно комплиментов. Считайте, что я очарована и обезоружена. Миссис Кохран говорила о каком-то письме. Оно из разряда плохих новостей?

— Да нет вообще-то... Просто письмо... — «Считайте, что я очарована и обезоружена». Коннел чувствовал себя идиотом, так как понял: общаясь с этой женщиной, бесполезно лукавить. Откашлявшись, он проговорил: — Я совсем недавно вернулся из конюшен и нашел короткую записку от Джеймса... то есть от мистера Кэри. Он просит уделить ему внимание и сообщает, что собирается сегодня приехать в Гленмид.

— Очень хорошо. — Бетани не сводила глаз с собеседника, пытаясь понять, куда тот клонит.

— Нам с ним надо обсудить кое-какие дела, — продолжал Коннел. — Это дела, которые мы отложили в день вашего приезда.

— И вы хотели бы убедиться, что я снова не помешаю вам? А может, вы опасаетесь, что помешает мой сын? Поверьте, вам нечего бояться. Росса я чем-нибудь займу, и мы будем тихонько сидеть в детской. Не стоило так срочно вызывать меня по столь незначительному поводу. — Бетани снова посмотрела на чайный поднос и, поднявшись, добавила: — Вряд ли решение столь простого вопроса требовалось обставлять чаепитием с пирогами.

Коннел тоже поднялся. Увидев, что Бетани намеревается уходить, он схватил ее за руку, но тут же отпустил ее и отступил на шаг.

— Ах, простите, пожалуйста! Я, кажется, все запутал. Выслушайте меня. Мне нужна ваша помощь.

Бетани пристально посмотрела на него, потом кивнула:

— Говорите, я вас слушаю.

— Видите ли, я не очень часто принимаю гостей... То есть совсем не принимаю... — Коннел тяжело вздохнул. — Я понимаю, что это, наверное, неудобно, но... не могли бы вы присоединиться к нам? Возможно, этот разговор будет иметь очень важное значение для Гленмида и для будущего вашего сына.

Просьба Коннела удивила Бетани.

— Мой отец занимался морскими поставками. Он продавал парусину, канаты, морскую форму и прочее в этом роде. Все эти товары доставлялись по морю в Уилмингтон и хранились на складах до тех пор, пока не понадобятся. Отец научил меня разбираться в колонках бухгалтерских книг, которые, как я полагаю, во всех сферах коммерции одинаковые. Но сомневаюсь, что я смогу быть вам чем-нибудь полезной. Ведь я совершенно не разбираюсь в лошадях.

— Нет-нет, я не об этом... — Коннел запустил в волосы пятерню. — Я не совсем правильно все объяснил. Видите ли, у Джеймса сейчас в доме гостья. Вдовствующая кузина из Америки. Джеймс привезет кузину с собой, и он надеется, что вы составите ей компанию, пока мы будем заниматься своими делами.

Молчание Бетани показалось Коннелу вечностью. Наконец Бетани нахмурилась и проговорила:

— Итак, вы пригласили меня спуститься в ваш кабинет, предлагали чай, заикались и бормотали что-то последние минут пять только для того, чтобы я выступила в роли вашей хозяйки?

Коннел не знал, рассматривать ли этот ответ как отказ или как согласие. Взглянув на каминные часы, он пробормотал:

— Мне показалось, не пять минут...

— Почти десять, если точно.

Какое-то время Коннел пристально смотрел на Бетани. «Может, она надо мной насмехается?» — думал он. И в выражении ее лица не было ничего, кроме безмятежности и простодушия.

— Поймите, миссис Делейни, у меня совершенно нет опыта в этих светских разговорах. А Джеймс — надежный друг. Мне хотелось бы выполнить его просьбу, и я был бы очень вам признателен за помощь. Имейте в виду: если все пойдет как следует, сегодняшний разговор может оказаться очень важным для будущего Гленмида и, следовательно, для вашего сына.

— Очень хорошо, — кивнула Бетани. — Думаю, мне удастся управиться с чаем и поддержать разговор по душам. Вдове, без сомнения, захочется попотчевать меня историями о своей молодости и о потерянной любви.

Коннел усмехнулся:

— Звучит так, будто у вас есть опыт в подобных делах.

— Какое-то время, перед тем как заболел мой отец, тетушка Бриджет подрабатывала в нашем приходе компаньонкой всяким старушкам. Многие из них жили только своими воспоминаниями и постоянно носили траур, утверждая, что благодаря этому мужья их все еще живы. Такие разговоры делали старушек счастливыми, и я никогда не отказывалась их слушать.

— Понятно... — протянул Коннел. — Что же касается гостьи... Если она станет ко мне обращаться, я даже не сумею ей ответить. — Он нахмурился и мысленно добавил: «Черт бы побрал этого Джеймса. Зачем ему понадобилось тащить с собой кузину? Впрочем, если он так решил, то, возможно, в этом есть какой-то смысл...»

— А вы знаете, когда они приедут? Может быть, к чаю? — Коннел промолчал, и Бетани продолжала: — Как бы то ни было, мне надо переодеться и сделать прическу.

Бетани уже направилась к двери, но Коннел окликнул ее:

— Минутку, миссис Делейни! Прежде чем вы уйдете, позвольте задать вам еще один вопрос.

Бетани обернулась:

— Да, конечно. Ведь в прошлый раз вы ответили на множество моих вопросов.

— Вы сказали, что вдовы, которых вы знали, носили траур, пытаясь таким образом продлить жизнь своих мужей. А сами вы сразу сняли положенный годовой траур, чтобы память о Финне умерла вместе с ним?

Бетани сделала несколько шагов к Коннелу.

— Честно?

Он кивнул.

— Я вообще не носила черных вдовьих одежд. У меня не было денег на покупку новых платьев. К тому же у меня есть маленький сын, которого нужно одевать и кормить. — Бетани машинально оправила юбку. — Я была слишком занята, рассчитываясь с долгами и пытаясь уберечь Росса от ненужных разговоров, чтобы думать еще и о том, какого цвета наряды я ношу.

Коннел почувствовал себя виноватым. Узнав о тех ужасных испытаниях, что выпали на долю Бетани и ее сына после смерти Финна, он подумал о том, что не испытал и малой части таких тягот.

— Кроме того... — Бетани на мгновение умолкла и выразительно взглянула на Коннела. — Что бы вы ни носили, это не имеет ни малейшего отношения к тому, что вы помните. Стоит мне взглянуть на моего сына, и я тотчас же вспоминаю его отца.

Коннел невольно вздохнул:

— Ваша правда, миссис Делейни. Спасибо за честность. Я уверен, что ваше решение нелегко давалось вам также из-за всевозможных слухов...

Бетани закусила губу и пристально посмотрела на хозяина Гленмида:

— Благодарю за откровенность, мистер Делейни. Поскольку мы пытаемся быть честными друг с другом... могу ли я кое-что уточнить из того, о чем уже спрашивала?

Ну вот, началось. Коннел со вздохом кивнул. Такова обычная цена за то, что позволяешь кому-то узнать правду о вещах, которые лучше бы было навсегда оставить в прошлом.

— Вы сказали, что Финн стрелял в вас. И он, конечно же, думал, что вы умерли, когда приехал в Северную Каролину в поисках моего отца?

— Да, верно. — Еще до того, как прозвучал вопрос Бетани, Коннел знал, каким он будет, и готовился в очередной раз пережить события десятилетней давности. Его удивила любезность, с какой Бетани вела беседу, хотя Бриджет наверняка уже успела познакомить племянницу со всеми собранными в деревне сплетнями. Коннел заранее готовился увидеть в глазах Бетани гнев и неприязнь, однако не увидел ни того ни другого.

— А вы уверены, что именно Финн стрелял в вас? — неожиданно спросила Бетани.

Коннел уставился на нее в изумлении. Такого вопроса он никак не ожидал. Пристально глядя в глаза молодой женщины, он проговорил:

— Но почему вы спрашиваете об этом?

— Потому что человек, за которым я была замужем... Он был не из тех мужчин, которые вступаются за честь женщины. И не из тех, кто ради любимой готов поставить на карту все. Женщины были для него просто развлечением, не более того. А вы разве не знали об этом?

Коннелу трудно было судить, чего стоили Бетани эти слова, но по смятению, внезапно появившемуся в ее взгляде, он предположил, что ей было очень нелегко.

В ожидании ответа Бетани внимательно смотрела на Коннела, но он молчал, и она, тяжело вздохнув, продолжала:

— Поймите, я хочу узнать, что произошло. Хочу узнать, что на самом деле произошло с вами и с Розалин Кэри.

— Зачем? — выпалил Коннел. — Какое это имеет значение?

— Видите ли, если все истории, которые здесь про вас рассказывают, — правда, то это означает, что именно из-за меня Финн изменился. То есть это я сделала его таким, каким он стал, понимаете?

Бетани на мгновение потупилась; казалось, эти слова вырвались из самой глубины ее души. И было очевидно, что ответ Коннела для нее чрезвычайно важен.

Коннел медлил с ответом. Кроме него самого, лишь очень немногие знали правду о событиях тех дней, о событиях, перевернувших всю его жизнь. Двое из этих людей уже умерли, один был духовником, не имевшим права нарушить тайну исповеди, так что оставались только Джек и Джеймс.

— Вам лучше бы присесть, — сказал наконец Коннел.

Он в общих чертах описал основные события того лета — лета, когда он предложил Рози выйти за него замуж и она ответила «да». Они ждали, когда можно будет назначить дату венчания, а для этого требовалось, чтобы домой вернулся учившийся в Эдинбурге Джеймс. В один из дней Коннел получил от Розалин записку, в которой та просила его приехать к ней как можно скорее. Всегда восхищавшийся застенчивостью, скромностью и сдержанностью невесты, Коннел был обескуражен тем, что девушка сразу же бросилась к нему в объятия, умоляя предаться с нею любви и заявляя, что более ждать она не в силах и мечтает принадлежать ему. Некоторое время спустя Розалин призналась, что у нее были близкие отношения с Финном и что после этих отношений она забеременела. Они поссорились. В тот день Коннел был слишком расстроен и разгневан, чтобы проявить милосердие и сострадание.

Он ускакал из Оук-Бенда, горя желанием найти Финна и проучить его. Но поиски кузена результатов не дали, и он вернулся домой, где ожидала еще одна записка от Рози, заставившая Коннела снова отправиться в поместье Кэри. Увы, было поздно — кто-то выловил из реки тело Розалин. Коннел схватил пистолеты Джеймса и принялся искать Финна, чтобы вызвать его на дуэль. Он твердо решил убить кузена.

— Финн же вернулся слишком быстро. Вернулся — и выстрелил мне в спину. Он заявил, что это был несчастный случай, что его пистолет дал осечку.

Бетани смертельно побледнела. Коннел чувствовал себя так, словно провел много дней в головокружительно быстрой скачке. Но она же сама просила правды... Жаль, что пришлось шокировать Бетани всеми подробностями, но Коннел понимал, что ей было необходимо услышать все. Необходимо, чтобы знать: Финн вовсе не изменился, женившись на ней, — он всегда был таким, каким появился в доме ее отца.

— А дальше?.. — тихо проговорила Бетани, и ее голос поразил Коннела в самое сердце. Он не знал, что еще натворил Финн в Америке, но был уверен, что Бетани должна знать всю правду о своем покойном муже, чтобы удостовериться, что она ни в чем не виновата.

— Домой меня привез дядя Джек, — продолжал Коннел. — Клянусь, что если бы его лошадь почему-то вдруг остановилась, он принес бы меня сюда на собственной спине. Все думали, что я умер. Дядя Бреннан отослал

Финна подальше. Дядя был очень зол, но терять нас обоих — это было выше его сил. Потому он и свалил всю вину на меня — рассчитывал, что я унесу правду с собой в могилу. — Коннел провел ладонью по лицу и тяжело вздохнул. — А я выжил. Живое свидетельство тому, что сатана посылает удачу своим приспешникам.

— Значит, все то презрение, которое вам пришлось выносить все это время, — результат злодеяния Финна?

— Нет, — покачал головой Коннел, — не Финна. Рози. Родители ее умерли. Джеймс отсутствовал — учился в школе. А я был занят здесь, в поместье, — тогда как раз жеребились кобылы. И я оставил Рози одну, оставил беззащитную... — Коннел умолк и снова вздохнул. Бетани подошла к нему поближе; она ждала, когда он соберется с силами, чтобы закончить свой рассказ. И что-то во взгляде ее чудесных голубых глаз помогло Коннелу найти в себе мужество и продолжить. — Сначала Рози боялась рассказать мне правду и пыталась соблазнить меня; она была в отчаянии из-за того, что Финн отказался от нее. А я был слишком благороден, я хотел дождаться первой брачной ночи. Мой отказ, а затем моя реакция на ее признание — это и сломило Рози. Не выдержав позора и унижения, она покончила с собой. Поэтому и похоронена, как все самоубийцы, вне кладбища. Большинство знакомых жалели Рози, даже сочувствовали ей. А что бы они почувствовали, если бы узнали о ее отношениях с Финном? Кто тогда сказал бы о ней доброе слово? Я был очень виноват перед Розалин. Я ужасно подвел ее.

Бетани осторожно прикоснулась ладонью к щеке Коннела, и этот жест дружелюбия мгновенно согрел его сердце. Он заглянул в ее глаза, опасаясь увидеть в них неприятие и беспокойство, но в голубых глазах Бетани были только нежность и сочувствие.

Она откинула со лба его волосы и несколько раз провела ладонью по вискам. Да, она сочувствовала ему, она его понимала — это было ясно и без слов.

Коннел хотел что-то сказать, но тут Бетани вдруг приподнялась на носках и нежно поцеловала его в губы. И тотчас же вся душа Коннела — самые дальние ее закоулки — словно озарилась ярким солнечным светом, а воздух наполнился запахами корицы и ванили.

Чуть отстранившись, он снова заглянул в бездонно-голубые глаза Бетани и не увидел в них ни тени сомнения, ни намека на страх. И желание, мучившее Коннела последние несколько ночей, желание, с которым он боролся долго и безуспешно, охватило его сильнее, чем прежде.

Чуть помедлив, он привлек Бетани к себе и с жадностью впился в ее губы — так путник, измученный многодневной жаждой, припадает к ручью. И она ответила на его поцелуй, ответила с такой же страстью.

Вцепившись в рубашку Коннела, Бетани старалась притянуть его еще ближе к себе, в то время как губы ее требовали новых и новых ласк. Коннел же, взяв в ладони лицо Бетани, замер на мгновение, ошеломленный нахлынувшими на него чувствами, испытать которые он уже не и надеялся. Бетани... Бетани Дойл. Имя этой женщины пело и звучало в его сердце. Бетани Дойл Делейни... жена Финна.

Когда он наконец-то осознал, что целует жену Финна, на него точно обрушили кувшин холодной воды. Коннел заставил себя отстраниться и отступил на шаг. Какое-то время оба стояли молча, ошеломленные произошедшим. Наконец Бетани, задыхаясь, пробормотала:

— Я... мы не...

— Не должны позволять себе такого впредь, — закончил ее мысль Коннел.

Стук в дверь испугал обоих.

— Мистер Делейни, миссис Делейни, вы здесь? Ваши гости уже подъезжают. Провести их в гостиную?

Глава 8

— Наконец-то хоть немного сносная погода. — Джеймс Кэри пожал Коннелу руку. — Вивиан очень переживала, что дождь, размывший дорогу, может испортить все удовольствие от поездки.

Вместо добропорядочной седовласой женщины, облаченной в черное, — именно такую ожидала увидеть Бетани — перед ними предстала совсем другая дама. Гостья Джеймса Кэри оказалась умопомрачительной красавицей в элегантном платье из тончайшей шерсти — выполненное в богатой пунцово-красной палитре, отделанное черным бархатом, оно весьма выгодно подчеркивало великолепие иссиня-черных волос красавицы и нежность кожи.

Вивиан надула свои пухлые чувственные губки, но тут же, окинув взглядом фасад дома, засмеялась звонким мелодичным смехом.

— Ах, кузен Джеймс, вы очень любезны... Вы хотите представить меня так, словно я — лошадь, которую может беспокоить состояние дороги.

— Прошу прощения, дражайшая кузина. Думаю, что и слепцу не могло прийти в голову подобное сравнение. И уж конечно, никак не нашему почтенному хозяину. — Коротко рассмеявшись, Джеймс обнял Вивиан за талию. — Позволь представить тебя хозяину поместья. Только должен предупредить: Коннел Делейни, сколько я его помню, всегда был помешан на лошадях, и если в описании твоих прелестей упомянуть об этих животных, то для него это скорее всего прозвучит как похвала.

Вивиан снова улыбнулась и машинально оправила юбку. Она была гораздо выше стоявшего рядом с ней Джеймса, но, несмотря на свой рост, обладала необыкновенным изяществом, а также качеством, которому могла бы позавидовать любая женщина: одного взгляда было достаточно, чтобы понять, что Вивиан — чувственная натура.

Именно таких женщин, как Вивиан, Финн находил самыми привлекательными. Встречая подобных женщин, он не упускал случая лишний раз напомнить об этом Бетани и тут же принимался перечислять все ее недостатки, не позволявшие ей считаться «по-настоящему красивой женщиной».

Бетани мучилась сознанием того, что рядом с этой королевой женственности она выглядела крапивником на фоне розы, совершенным ничтожеством. Ужасно смущаясь, она пыталась прикрыть ладонями передник, который, как назло, не догадалась снять, когда торопилась встречать гостей.

— Вивиан, дорогая, познакомься, пожалуйста, с Коннелом Делейни. Он владелец Гленмидских конюшен, на которых выводят лучших во всем графстве лошадей. — Джеймс взял «кузину» под руку. — Коннел, познакомься с моей дорогой кузиной Вивиан. Миссис Шерман Браун.

«Шерман... Браун?» Имя было, конечно, незнакомо, но по спине Бетани почему-то пробежали мурашки.

Вивиан Браун протянула Коннелу руку и изобразила широкую улыбку, демонстрируя свои ослепительно белые зубы, — от такой улыбки дух захватывало. И еще больше очаровывал проникновенный взгляд ее темных глаз, обрамленных пушистыми ресницами. По-прежнему улыбаясь, Вивиан проворковала:

— Я безумно рада нашему знакомству, мистер Делейни. С недавних пор, — щеки красавицы окрасились нежным румянцем, словно она выдавала одну из интимных подробностей своей жизни, — я стала страстной поклонницей лошадей и всего, что с ними связано.

Бетани с трудом подавила внезапно возникшее желание вырвать затянутую в перчатку изящную ручку гостьи из руки Коннела. Она прекрасно понимала: один-единственный поцелуй двух израненных душ, поцелуй, пусть и пролившийся бальзамом на боль и одиночество, долгие годы мучившие их с Коннелом, тем не менее не давал ей права на ревность.

— Рад познакомиться с вами, миссис Браун. — При этих словах Коннела Бетани невольно нахмурилась — его голос и интонации показались ей излишне восторженными. — Примите мои соболезнования по поводу вашей утраты, миссис Браун. Но я уверен: ваше пребывание в Оук-Бенде у Джеймса поможет вам справиться с этим горем.

— Благодарю вас, мистер Делейни. — Изображая печаль, Вивиан чуть склонила голову. — Да, вы правы, мой кузен Джеймс очень мне помогает, и я чрезвычайно благодарна ему за помощь и сочувствие. Тем не менее ничто не может вернуть мне моего незабвенного Шермана. — Говоря это, Вивиан поглядывала то на Коннела, то на Джеймса, очаровывая обоих.

Столь блестяще поставленного спектакля Бетани не приходилось видеть с прошлой осени, когда в оперном театре Уилмингтона остановилась гастролировавшая по Америке труппа шекспировского театра.

Удовлетворившись восторгом, в который она привела мужскую аудиторию Гленмида, госпожа Браун осмотрелась, и глаза ее расширились — она наконец-то увидела Бетани, которую прежде не замечала.

— А что это за очаровательное создание, застрявшее в дверном проеме, мистер Делейни? Для вашей экономки она, пожалуй, слишком молода.

Мужчины одновременно развернулись и посмотрели на Бетани. Увы, ей было далеко до роскошной Вивиан Браун, неизменно очаровывавшей мужчин и вызывавшей их восхищение.

Стараясь держаться как можно естественнее, Бетани спустилась по ступеням и с радушной улыбкой проговорила:

— Добро пожаловать в Гленмид...

— Прошу прощения, миссис Делейни, — пришел на помощь Джеймс Кэри, шагнувший ей навстречу и принявший ее протянутую руку. — Сегодня я ужасно невнимательный. Эти бесконечные дожди, лившие все последние дни... Должно быть, они слишком плохо подействовали на мои умственные способности. С величайшим удовольствием представляю вам свою дорогую кузину миссис Браун. Скажите, а Бостон далеко от Уилмингтона? У Вивиан в этом городе есть дом, а также довольно обширное поместье где-то в степях Массачусетса.

«Миссис Браун?.. Бостон?..» У Бетани опять засосало под ложечкой. Тут что-то явно было не так.

— Дорогая Вивиан, — Джеймс повернулся к «кузине», — я хотел бы представить тебе нашу хозяйку — миссис Делейни. Миссис Делейни недавно приехала из Северной Каролины. Когда-то ее семья жила в этих местах, но она приехала в Ирландию впервые. Не так давно ей пришлось пережить потерю своего мужа, и она на время приехала сюда со своим маленьким сыном.

— Ах, мистер Делейни... — Миссис Браун легонько коснулась руки Коннела. — Рассказывая о вас как о настоящем джентльмене, Джеймс не упомянул и сотой доли ваших достоинств. Но он описал ситуацию, в которой вы смогли утешить вдову, подставив свое крепкое мужское плечо в минуту, когда женщина более всего в этом нуждалась. Пока я не приехала сюда две недели назад, я и представить себе не могла, как смогу выжить без такого крепкого надежного плеча.

Бетани то и дело хмурилась. А Коннел, ужасно смутившись от подобной похвалы, молча поклонился в знак благодарности за комплимент.

А затем внимание Вивиан полностью сосредоточилось на Бетани — она одарила ее дружелюбной улыбкой, но в огромных карих глазах гостьи не было ни намека на симпатию. Бетани это сразу же почувствовала, и лучезарная улыбка Вивиан тотчас угасла — было совершенно очевидно: «кузина» Джеймса поняла, что ее раскусили.

— Весьма рада познакомиться, миссис Делейни. — Чуть наклонив голову, Вивиан продолжала. — Джеймс имел счастье познакомиться с вами несколькими днями раньше. Когда он рассказал мне, что по соседству объявилась еще одна вдова, к тому же моя соотечественница, я сразу принялась настаивать на скорейшем визите к вам. Я уверена, между нами найдется гораздо больше общего, чем можно было предположить.

Вивиан с такой очевидностью демонстрировала желание расположить к себе собеседницу, что Бетани оставалось лишь ответить любезной улыбкой.

— Мне тоже очень приятно познакомиться с вами, миссис Браун. Поверьте, я искренне вам сочувствую, ведь вы потеряли близкого человека.

— Спасибо, моя милая. Кому, как не вам, знать, что такое потеря любимого человека... так внезапно! — Достав из рукава кружевной носовой платок, Вивиан приложила его к губам. — Я действительно ужасно скучаю по мужу, тоскую по прошлой жизни, и порой это невыносимо...

— Не пройти ли нам в дом? — Приглашение Коннела избавило Бетани от необходимости произносить ответную реплику.

— Вообще-то мне хотелось бы осмотреть ваши знаменитые конюшни, мистер Делейни. — Миссис Браун взглянула на хозяина. — Джеймс говорил мне, что они вполне современные, а последние пристройки вы проектировали сами.

— Ну-у-у... — Коннел покосился на Джеймса.

— Вивиан, дорогая, может быть, позже об этом? Мы с Коннелом закончим наши дела, а потом пообщаемся.

— Ох, эти мужчины всегда ужасно заняты. Вечно у них какие-нибудь дела, — пробормотала Вивиан и снова надула губы. Миссис Браун определенно привыкла находиться в центре внимания и всегда поступать по-своему. — Ладно уж, тогда поскорее заканчивайте свои дела. А потом, может быть, мистер Делейни продолжит демонстрировать гостеприимство и покажет, как он управляется со своими лошадьми. Мой муж всегда говорил: очень много можно узнать о человеке, если узнаешь, как он относится к своей лошади.

При этом замечании гостьи мужчины выразительно переглянулись, однако воздержались от комментариев.

— Я распорядился, чтобы мой конюх пригнал сюда кабриолет — на случай, если к нашему отъезду погода снова испортится, — сказал Джеймс. — Вивиан очень плохо переносит холод. Конюх скоро подъедет, а потом заберет наших лошадей.

Коннел подозвал парня из конюшен и приказал ему проследить за лошадьми гостей до прибытия конюха из Оук-Бенда.

— А ведь я смогла бы и обратно ехать верхом, — заявила Вивиан. — Думаете, не смогла бы? Совсем недавно я проделала очень долгое и изнурительное путешествие, а теперь не могу заснуть по ночам. Ты, Джеймс, слишком уж опекаешь меня, ведешь себя со мной, будто я какой-то экзотический тепличный цветочек.

— Обвинения не принимаются. Я не могу не заботиться о своей единственной... оставшейся в живых родственнице.

Коннел побледнел, услышав не слишком деликатный намек на смерть Розалин.

— Может быть, мы все же войдем? Сюда, пожалуйста, миссис Браун. — Бетани жестом указала на двери.

— Я настаиваю, чтобы вы называли меня Вивиан. А я буду звать вас Бет. Ведь мы с вами соотечественницы, поэтому должны дружить и держаться вместе. У нас с вами так много общего, что я не сомневаюсь: мы очень скоро станем подругами. — Вивиан подхватила Бетани под руку. — Пойдем же в дом и устроим посиделки за чашкой чая, пока будем дожидаться наших мужчин.

Джеймс и Коннел поводили дам в дом; при этом Бетани с беспокойством спрашивала себя: «Ну как ей объяснить, что она должна называть меня именно так, как меня зовут, без всяких «Бет»?!»

— Сопровождать нас не обязательно, джентльмены. — Когда они вошли в холл, Вивиан оглянулась и с улыбкой посмотрела на мужчин. — Идите и выпейте чего-нибудь для бодрости, пока будете заниматься своими делами. Когда закончите, можете присоединиться к нам в гостиной. Только прошу: не очень-то задерживайтесь. Пойдем, Бет. Или ты предпочитаешь «Бетти»? — Вивиан схватила Бетани за руку и потащила ее в гостиную. — В детстве одну из моих лучших подруг звали Бетти. Увы, ее огненно-рыжие волосы со временем стали белыми, как молоко. Я очень ее любила.

Бетани откашлялась и пробормотала:

— Сказать по правде, я предпочитаю называться именно так, как меня зовут.

— Да, разумеется. Это твое право, дорогая. В конце концов, у тебя очень миленькое имя. Ты всегда должна быть со мной откровенна, Бет. Иначе как же мы станем подругами?

Обернувшись, Бетани перехватила сочувствующий взгляд Коннела. Иначе и быть не могло — ведь это ему Бетани была обязана свалившимся на нее «счастьем» опекать и развлекать гостью, хотя, как ей казалось, в этом не было никакой необходимости. Вивиан Браун была настолько самодостаточной, что совершенно не нуждалась в опекунах.

Несколько минут спустя женщины сидели в гостиной на синем диване и пили чай, который им принесла миссис Кохран.

— Я завидую тому, что у тебя сын, Бет. Живой подарок от мужа — чтобы дать тебе утешение. Надеюсь, за время нашего пребывания я смогу с ним познакомиться. А мне Господь детей не дал. — Прекрасная вдова со звоном поставила чашку на блюдце. — Дорогая, надеюсь, что не вгоню тебя в краску, но... — Вивиан многозначительно подмигнула собеседнице. — Детей не было вовсе не от недостатка попыток, понимаешь? Шерман был очень... настойчив в этих своих попытках. Впрочем, он был гораздо старше меня — возможно, именно в этом все дело.

Взяв с подноса самый большой пирожок, Вивиан откусила от него внушительный кусок.

— Мой Росс — самый большой подарок, который сделал мне Финн, — в задумчивости пробормотала Бетани; из головы у нее никак не шло имя — Шерман Браун. Имя, место, где он жил, разница в возрасте с женой... Хотя, наверное, не следовало придавать слишком большого значения подобным совпадениям. Финна уже нет в живых. Он жил неправильно и поплатился за это жизнью, вот и все.

Бетани с тоской посмотрела на двери гостиной. «Сколько еще Коннел и Джеймс будут заниматься своими делами?» — спрашивала она себя. Ей ужасно надоела эта недалекая женщина и ее глупая болтовня, но Бетани не хотелось перебивать гостью, не хотелось быть грубой. Собравшись с духом, она попыталась перевести разговор на другую тему.

— Я уверена, миссис Браун, что ваш муж был последователен во всех своих делах.

— Последователен? О да, конечно. Он исполнял любое мое желание. Благодаря моему дорогому Шерману у меня было все. — Вивиан вздохнула и в очередной раз приложила к губам платочек, но на сей раз это ее движение не казалось заранее рассчитанным. Едва заметно улыбнувшись, Вивиан продолжала: — Муж научил меня правильно одеваться, научил вести вежливый разговор и правильно, соответственно случаю, составить меню... — Глаза Вивиан погрустнели, и Бетани впервые за все время искренне посочувствовала этой женщине. — Шерман вытащил меня из мрака и превратил в прекрасную хозяйку. Он меня обожал, а я была ему предана. Кажется, я уже говорила, что Шерман был намного старше меня. Но все же его смерть стала для меня ужасным ударом. Ужасным и совершенно неожиданным.

— Если вам не очень тяжело бередить рану... Вы не могли бы рассказать, как это случилось? — Бетани расспрашивала собеседницу о ее муже, чтобы не говорить о своем собственном.

Вивиан со вздохом ответила:

— Разрыв сердца. Шерман пережил потрясение... его сердце просто не выдержало.

И опять у Бетани засосало под ложечкой. Шерман... Бостон... сердечный приступ. Слишком много совпадений. Да-да, слишком много. Ведь человека, застрелившего Финна, звали Шерман. И он умер почти сразу после этого. Умер от сердечного приступа. Но когда же умер муж Вивиан?..

— И я сразу же поехала сюда, — продолжала Вивиан. — То есть сразу же после того, как уладила все дела мужа. Я точно знала: Джеймс сможет помочь мне и скажет, что делать дальше. Я так растерялась без Шермана. Мне хотелось убежать куда глаза глядят, подальше от печальных воспоминаний. Хотелось избавиться от тягостных мыслей и взглянуть на мир по-другому. Разумеется, ты сможешь меня понять.

— Да, несомненно. Я почти по той же причине приехала в Килдэр. — В подтверждение своей искренности Бетани пожала руку гостьи. Немного помолчав, она продолжала: — Мой муж довольно часто ездил по делам в Бостон. Он находил свои поездки... увлекательными. Говорил, что эти места чем-то напоминали ему те, где он вырос.

— Если не замечать пальм... — Вивиан пожала плечами. — Да, пожалуй, некоторые места вполне можно сравнить с любыми другими.

— Особенно Финн любил один городок. Вы когда-нибудь слышали о Таунтоне?

Вивиан с недоумением уставилась на собеседницу:

— Думаю, Таунтон — это к югу от Бостона, как раз в противоположном направлении от нашего коттеджа. Так что я мало что могу тебе рассказать об этом городишке.

— А у вашего мужа были какие-нибудь дела в Таунтоне?

Вивиан долго молчала, потом переспросила:

— У Шермана?.. Что за странный вопрос! Я... я знала о многих деловых связях Шермана, но, насколько мне известно, в Таунтоне у мужа не было совершенно никаких дел. — Что-то странное промелькнуло во взгляде темноволосой красавицы, и она, стряхнув с юбки воображаемую крошку, спросила: — А зачем тебе вообще об этом знать?

Бетани пожала плечами:

— Просто интересно... Финн упоминал о каком-то своем знакомом с такой же фамилией, как у вашего мужа. И с таким же именем. Упоминал в связи со своими делами в Таунтоне. Мне показалась, что это забавно... То есть ирония судьбы... Возможно, наши мужья при жизни были знакомы, а нам, чтобы узнать друг друга, пришлось переплыть океан.

— Да, действительно забавно. Но почему ты считаешь, что знакомый твоего мужа — именно мой Шерман? Очень может быть, что это был какой-то другой Шерман Браун.

— Да, возможно, — кивнула Бетани. — Знаете, я не уверена относительно фамилии того человека, но его точно звали Шерман.

Вивиан вскинула брови.

— Ну... это твое сомнение легко разрешимо. Шерман — доброе старинное имя, пришедшее из Новой Англии. А мой Шерман был, безусловно, «новым англичанином», но лишь одним из многих. С тем же успехом ты могла предположить, что все мужчины с именем Джеймс — мои кузены.

— О каком сомнении говорит моя кузина Вивиан? — В гостиную, опережая Коннела, вошел Джеймс. — Отвечай же, дорогая кузина. Я отчетливо слышал, что упоминалось мое имя.

— Даже если твое имя здесь и прозвучало, дорогой кузен, наш разговор носил исключительно приватный характер. Тебе не следовало подслушивать. У дам могут быть свои собственные тайны.

Вивиан Браун весело рассмеялась. Но Коннел чувствовал себя слишком разбитым, чтобы насладиться наполнившим комнату мелодичным смехом гостьи. Так же, как оценить по достоинству чудесную картину — двух прелестных молодых леди, расположившихся в гостиной.

Нельзя сказать, что беседа с Джеймсом подняла Коннелу настроение. Конечно, ничего страшного не произошло и терять надежду было еще рано, но Коннел чувствовал, что подошел к опасному краю...

— Я позвоню, чтобы принесли еще чаю, — сказала Бетани, поднявшись с дивана. — Вы уже закончили свои важные дела, не так ли?

Коннел пристально вглядывался в лицо Бетани. Было очевидно, что она чем-то сильно взволнована. Неужели в ее разговоре с кузиной Джеймса прозвучали какие-то намеки на плохие новости, только что полученные им от самого Джеймса? Или Бетани просто устала развлекать гостью?

Страстное желание обнять и приласкать Бетани удивило Коннела. Но еще больше удивило другое: ему вдруг захотелось, чтобы она тоже его обняла и прижала к себе покрепче. «О чем я думаю? Что со мной происходит?» — мысленно говорил себе Коннел, стараясь взять себя в руки.

— Полагаю, мужчины обойдутся и без чая. — Миссис Браун одарила Коннела самой своей очаровательной улыбкой. — Закрывшись от нас, они, конечно же, освежились выпивкой. По опыту знаю: большинство мужчин, решая деловые вопросы, накачиваются спиртным. Кажется, мне обещали экскурсию на конюшни, не так ли, мистер Делейни?

Поднявшись с дивана, Вивиан пересекла гостиную и взяла Коннела за руку. Ароматы жасмина и корицы, исходившие от этой женщины, чрезвычайно усиливали ее чувственность. Своей поразительной способностью привлекать внимание мужчин Вивиан пользовалась в полной мере.

— Вы ведь из тех мужчин, которые выполняют свои обещания, верно, мистер Делейни?

— Видите ли, я... — Коннел замялся. Джеймс намекнул ему, что можно будет убедить Вивиан сделать вложения в Гленмид. Но сначала следовало дать указания старшему конюху, чтобы привел в порядок все стойла и загоны. — Там у нас сейчас ужасный беспорядок. Мы ожидаем прибытия новой партии лошадей, поэтому все последние дни заняты подготовкой к приему.

Коннел вопросительно посмотрел на Джеймса. Тот достал из кармана часы и пожал плечами:

— Вивиан, уже поздно. Нам пора возвращаться в Оук-Бенд. Впереди у нас долгая дорога, а ты еще не набралась сил после морского путешествия.

— Ничего страшного, дорогой кузен. Я всегда говорю: чем дольше путь — тем лучше. — Вивиан взглянула на Коннела из-под густых ресниц — такой взгляд мог кого угодно свести с ума. — И вообще, милый мой Джеймс, временами ты бываешь сущим тираном.

— Поверь, дорогая кузина, я забочусь исключительно о твоем благе. Но если ты настаиваешь... — Джеймс ухмыльнулся и отвесил нарочито низкий поклон. — Мое время — в твоем распоряжении. Если желаешь насквозь пропитаться сырым вечерним воздухом — на здоровье. Отговаривать не стану.

— Я желаю насквозь пропитаться атмосферой конюшен. Ты же сам говорил, что они здесь замечательные.

Даже их безобидное подшучивание друг над другом не помогало Коннелу избавиться от ощущения нависшей над ними катастрофы, грядущей гибели... Кэри сообщил ему, что кредиторы теперь скорее всего начнут медлить с выделением средств до того времени, пока не прояснится ситуация с разделом наследства. Раз уж он, Коннел, уже не считался единственным владельцем Гленмидских конюшен, то до разрешения этого вопроса любые вложения представлялись очень рискованными. Джеймс сказал, что все еще не теряет надежды и что кредиторы, наверное, окажут поддержку, но следовало предоставить им дополнительные гарантии и, возможно, увеличить проценты по кредитам.

— Проводите же нас. — Вивиан Браун взяла Коннела под руку. — Бет, дорогая, ты с нами?

Лицо Бетани исказила гримаса. Она же просила не называть ее так!

— Пожалуйста, соглашайтесь, — предупреждая ответ Бетани, попросил Джеймс. — Поможете мне скоротать время. Боюсь, мне не удастся вставить ни слова, как только эти двое начнут беседу. Думаю, что всю оставшуюся часть дня они будут обсуждать иноходь или загривок какого-нибудь жеребца, в то время как я рассматриваю лошадей лишь как средство передвижения и, предпочитая восхищаться ими издали, использую исключительно для собственного удобства.

— Будь осторожна, Бет. Я уверена, что у Джеймса та же философия и в вопросе отношений между полами, — ухмыльнулась Вивиан. — Впрочем, не сомневаюсь: положение молодой вдовы поможет тебе уберечься от мужского обаяния Джеймса.

При этих словах гостьи Бетани густо покраснела; ей захотелось тут же выбежать из комнаты, и она лишь с огромным трудом сдержалась.

— Позвольте, я схожу за шляпой и взгляну, как там мой сын. Я сейчас же присоединюсь к вам на дворе. Прошу прощения...

Бетани стремительно направилась к двери. Перед тем как выйти, она обернулась и выразительно взглянула на Коннела. В следующую секунду дверь за ней захлопнулась.

— Она действительно очень миленькая, мистер Делейни. Вы, должно быть, без ума в нее влюблены, — с улыбкой проговорила миссис Браун. — К тому же такая несчастная, такая ранимая... И всю свою жизнь посвятила сыну. Почти все время, что мы провели здесь, Бет только о нем и говорила.

Что несчастная, это верно — Финн, кажется, сделал все возможное, чтобы сделать жену несчастной. Но слабенькая? Только сейчас Коннел сделал для себя очень важное открытие: вдова Финна более всего поразила его своей целеустремленностью, решительностью и здравомыслием во всем, что касалось финансовых обязательств бывшего мужа.

— На самом деле Бетани гораздо сильнее, чем кажется.

— Я тоже заметил в ней это, — сказал Джеймс. — Как и несколько других качеств. Возможно, тебе очень повезло, что она здесь появилась. Впрочем, я предпочел бы, чтобы она приехала в более подходящее время.

— Да, наверное, ты прав, — выходя из гостиной, пробормотал Коннел. Если бы Бетани приехала на несколько дней позже, он не столкнулся бы со столь затруднительной финансовой ситуацией, в которой оказался сейчас.

Минут через пять Бетани присоединилась к ним на крыльце дома. Ветер усилился — теперь он трепал перья на шляпе Вивиан Браун и играл локонами, выбившимися из-под соломенной шляпки Бетани.

Коннел указал на крыши дальних конюшен — по ним можно было отличить старые от вновь построенных. Вивиан Браун, как ни странно, оказалась женщиной знающей, толковой — она задавала вполне разумные вопросы и внимательно выслушивала ответы Коннела. При других обстоятельствах Коннела непременно заинтриговало бы столь странное сочетание — ветреность и легкомыслие и почти профессиональный интерес к вопросам коневодства, — но сейчас все его мысли были заняты совсем другой проблемой: он то и дело поглядывал на Джеймса и Бетани, прогуливавшихся неподалеку и о чем-то оживленно беседовавших.

Внезапно за домом раздался громкий крик. И тут же с небольшим ведерком земли в руке из-за угла выбежал Росс, сопровождаемый Мэри О'Тул, — она следовала за ним, стараясь не отставать.

— Мама, посмотри, мама! — Подбежав к Бетани, мальчик протянул ей ведерко. Ботинки и руки Росса были в грязи. — Здесь их полно! И все ужасно жирные! Как раз такие, как ты говорила!

— Да, вижу...

Бетани смотрела на сына с необыкновенной теплотой и нежностью. Всякий раз, когда Коннелу удавалось уловить подобное выражение на лице Бетани, она удивляла его чем-то новым, необычным и чрезвычайно привлекательным. То же самое произошло и во время их поцелуя в кабинете.

— Но мы не одни, Росс. Что надо сказать?

Мальчик посмотрел на стоявших рядом взрослых и, явно смутившись, пробормотал:

— Ох, простите...

— Вот именно, — кивнула Бетани. — А теперь отставь свое ведро, пожалуйста, и сними кепку, чтобы я могла представить тебя.

— Но, мама, мы с Майклом...

— Ну-ну, я слушаю.

— Мы накопали этих червей как раз там, где сказала Мэри, — заявил Росс.

— За курятником? — Бетани едва заметно поморщилась. — Что ж, пусть будет так. А теперь сделай то, что я сказала. Если ты будешь вежливым мальчиком, червяки твои не помрут.

— Да, мама.

Росс поставил ведро на землю и снял кепочку. Он даже позволил матери пригладить его волосы. Бетани осмотрела грязные руки сына и сказала:

— Только не надо обмениваться с кем-либо рукопожатием, понятно?

Мальчик кивнул, и Бетани, повернувшись к гостям, проговорила:

— Миссис Браун, мистер Кэри, позвольте представить вам моего сына Росса Делейни.

Коннел вдруг почувствовал, как пальцы Вивиан впились в его руку. Джеймс же вздрогнул и затаил дыхание — он только сейчас внимательно взглянул на мальчика.

— Здравствуйте, — сказал мальчик; он с серьезнейшим видом посмотрел на незнакомых взрослых и, покосившись на Коннела, едва заметно улыбнулся ему.

— Он действительно очень похож на своего отца, — заметил Джеймс. Губы его были плотно сжаты. Может быть, Джеймс подумал о том, что такого же вот мальчика могла родить и его сестра? Коннел был уверен: будь он на месте Джеймса, он бы подумал именно так.

Хотя их с Россом знакомство уже состоялось до этого, Коннел снова и снова поражался потрясающему сходству Росса с отцом.

— Дорогой, ты можешь идти по своим делам. Забери своих червяков и возвращайтесь с Мэри в сад. А мы собираемся осмотреть... — Бетани вздрогнула, поймав себя на том, что едва не проговорилась. — Хотим осмотреть новые постройки.

Мальчик потянул мать за юбку:

— Мама, а ты спросила дядю, можно ли мне пойти с вами? Я выполнил все правила, о которых он сказал, так что теперь я уже достаточно взрослый. — Взглянув на Коннела, Росс продолжал: — Смотрите, я даже не сошел с дорожки. Я играл только там, где мне разрешили, и мы помогали миссис О'Тул искать потерявшихся цыплят. И я все время был с Мэри, не считая того... Ну, вот сейчас, когда я услышал, как вы приехали.

У мальчика был настолько жалкий вид, что Коннел не мог не посочувствовать ему. Не у всех же Делейни сегодня должен быть неудачный день. Кто-то заслуживал и счастья.

— Хорошо, пойдешь с нами. Но ты не должен отходить от меня ни на минуту, пока я не разрешу. Но и в этом случае ты должен беспрекословно мне подчиниться. Надеюсь, мы понимаем друг друга?

— Да, сэр, конечно. — Росс энергично закивал.

Бетани внимательно посмотрела на Коннела.

— Спасибо, — произнесла она одними губами. Улыбка же ее была исполнена благодарности.

Мальчик тут же занял место рядом с Коннелом. Он взглянул на свое ведерко, но ничего не сказал.

— Я позабочусь о червях, мистер Росс. — Мэри улыбнулась и, подхватив ведро, зашагала по дорожке.

— Спасибо! — крикнул ей вслед Росс.

Несколько секунд спустя мальчик уже шагал по дорожке рядом с хозяином Гленмида. Он засыпал Коннела бесконечными вопросами, но тот все-таки не жалел о том, что взял Росса с собой.

Глава 9

— Значит, договорились? — спросил Джеймс. — Вы приезжаете ко мне на обед через три дня. К тому времени я надеюсь получить хорошие известия. — Перед тем как сесть в свой экипаж, он похлопал Коннела по плечу.

Джеймс ликовал: все складывалось именно так, как он задумал, и вполне можно было надеяться на то, что и в дальнейшем ему будет сопутствовать удача.

Конечно же, он может получить хорошие известия. Но ведь все будет зависеть от того, как их потом интерпретировать.

— Прошу вас, миссис Делейни, и вы приезжайте к нам. — Джеймс ласково улыбнулся женщине: ему вдруг пришло в голову, что именно она, возможно, сыграет главную роль в его планах по восстановлению справедливости. Но кто бы мог подумать, что вдова Финна сможет так удачно вписаться в его планы? Да, ему действительно сопутствовала удача — в этом не было ни малейших сомнений. — Миссис Делейни, я абсолютно уверен в том, что вам будет очень полезно ненадолго выбраться отсюда. Коннел сможет показать вам некоторые из наших любимых в детстве мест.

Как Джеймс и ожидал, Бетани, прежде чем ответить, бросила быстрый взгляд на Коннела.

— Я выросла в городе, мистер Кэри. Боюсь, что я очень неважная наездница, поэтому буду только мешать мистеру Делейни и задерживать его. Впрочем, благодарю за приглашение.

Бетани прищурила глаза от лучей заходящего солнца и одарила Джеймса такой обворожительной улыбкой, что тот вдруг почувствовал жжение в области паха.

Несмотря на свое простенькое платье и незамысловатую шляпку, вдова Финна обладала весьма привлекательной внешностью. Хотя Джеймс предпочитал возбуждающее и пьянящее очарование Вивиан, он прекрасно понимал, каким образом Бетани Делейни смогла пленить воображение Коннела. И сейчас ему, Джеймсу, следовало использовать это обстоятельство с наибольшей для себя выгодой.

— Не беспокойтесь, миссис Делейни. Уверен, что Коннел может привезти вас в своей двуколке. Просто дорога займет на час больше, вот и все. Думаю, Вивиан с удовольствием продолжит знакомство с вами. Не так ли, кузина?

— О да! Бет, непременно приезжай! — подхватила Вивиан, мгновенно отреагировав на намек Джеймса. — Нам, городским женщинам, ужасно трудно переносить скуку деревенской жизни. А Джеймс порой бывает таким занудой... — Вивиан с лукавой улыбкой взглянула на «кузена». — Пожалуйста, Бет, обещай, что ты приедешь и озаришь своим присутствием хотя бы один денек моей скучной жизни.

Джеймс заметил, что Бетани снова бросила взгляд на Коннела. Очень интересно...

— Как можно отказаться от такого приглашения? — Бетани скрывала свое волнение, но Джеймс все же заметил, что ей очень не по себе. — Я с радостью приеду к вам в гости, если только мистер Делейни не возражает. Ведь дорога со мной займет у него гораздо больше времени...

— В таком случае мы приедем вместе, — кивнул Коннел.

— Замечательно! — Джеймс расплылся в улыбке. — Я пришлю вам приглашение с точным временем — чтобы вы застали меня дома.

С этими словами Джеймс хлестнул кнутом лошадей, и экипаж быстро покатился по дороге. Обернувшись, Джеймс с удовлетворением отметил, что хозяева поспешно направились к дому, причем шли чуть ли не в обнимку. Вот и хорошо... Да-да, все очень удачно, просто замечательно!

Вивиан пристально смотрела на своего спутника. Смотрела с вопросом в глазах и с лукавой улыбкой. «Что ж, пожалуй, пора обсудить с Вивиан грядущие планы в связи с новыми наблюдениями и впечатлениями», — подумал Джеймс.

— Дело — прежде всего. — Он припал к губам любовницы долгим и страстным поцелуем, длившимся до тех пор, пока у обоих не перехватило дыхание. — Ах, лиса! — с улыбкой воскликнул Джеймс. — Хочешь, чтобы я совсем поглупел и утратил возможность рассуждать здраво? Тебе действительно нет равных в любовных утехах, дорогая.

Вивиан изобразила недовольство. Ей совершенно не нравилось новое задание Джеймса, хотя она прекрасно понимала, что сможет рассчитывать на солидную компенсацию за свои труды.

— Награду получает терпеливый, призы достаются тому, кто не жалуется на долгое ожидание. — Джеймс уже знал, что будет делать, как только останется наедине с Вивиан в укромном месте. Она действительно не пожалеет. Он вновь почувствовал вкус к жизни, и перед его мысленным взором возникли радужные картины.

Еще какую-то минуту Вивиан выдерживала паузу, потом с обидой в голосе пробормотала:

— Значит, обещаешь?..

— Я когда-нибудь тебя подводил, дорогая?

— Ты прекрасно знаешь: моей вины здесь нет. Все внимание Коннела занял этот противный мальчишка, и мне стоило нечеловеческих усилий задавать вопросы, которые мы с тобой приготовили. Задавала, чтобы Коннел Делейни поверил, что я действительно интересуюсь его лошадьми. Ты ведь этого хотел, верно? — Вивиан умолкла, потом вдруг воскликнула: — Господи, какие тут лошади?! Ведь Коннел — зеркальное отражение несчастного Финна! Но кто бы мог подумать, что он предпочтет эту ничтожную мышку, а не меня? Ведь эта Бет совсем жалкая. Она совершенно не привлекательна ни в каком отношении. А ее прическа...

— Ты, разумеется, старалась, — перебил ее Джеймс. — И у меня нет к тебе претензий, дорогая.

Вивиан взглянула на него с искренним возмущением:

— Старалась?! Да я из кожи вон лезла, чтобы дать ему понять, что готова отдаться на первом же попавшемся столе. Но эта мышка полностью владела его вниманием. Похоже, она успела перехватить Коннела Делейни. Причем незадолго до нашего приезда.

— Перехватить? Что ты этим хочешь сказать?

— Когда она выползла из дома, у нее был ошеломленный взгляд женщины, которую только что по-настоящему поцеловал новый возлюбленный. Ты что, не заметил?

Джеймс задумался: он пытался вспомнить, как его встречали хозяева.

— Кажется, губы у Бетани действительно были пунцовыми и чуть припухли. Но я подумал, что она покусывала их, чтобы придать более сочный цвет.

— От Коннела пахло ее духами, — заявила Вивиан. — И в глазах у обоих был блеск, они переглядывались. Неужели не заметил?

— Как странно... — пробормотал Джеймс. — Раньше мне казалось, что Коннел Делейни — последний человек, с которым Бетани хотела бы иметь дело. К тому же ее замужество...

— Только не говори мне, что ты очарован ее невинностью и простотой. — Вивиан нахмурилась. — Жена Финна не так наивна, как кажется. Знаешь, она пыталась найти связь между моим Шерманом и человеком, застрелившим ее мужа.

Джеймс прикоснулся к руке любовницы.

— Дорогая моя, между твоим мужем и убийцей Финна действительно есть связь.

— Нет, Джеймс. Финна застрелил Шерман Эстерхази, а не Шерман Браун. Тем не менее Бетани пыталась что-то разузнать. Я сказала ей, что в Новой Англии якобы полно переселенцев, которых зовут Шерман. Но не знаю, поверила ли она. Я уж не говорю о том, как испугалась, когда она стала расспрашивать о связях ее мужа в Таунтоне.

— Так-так... Значит, вдова Финна не только «переглядывалась» с хозяином Гленмида. Надо будет к ней присмотреться. А тебе, дорогая, придется постараться и...

— Послушай, Джеймс, — перебила Вивиан. — Если честно, то мне очень не по душе снова делить мужчину с такой женщиной, как Бетани. Поверь, очень не хочется.

«Делить?.. Замечательная мысль! Женщина, на которой женился Финн. Женщина, понравившаяся Коннелу... Но кто же она такая, эта Бетани?»

Джеймс надолго задумался. Теперь Бетани казалась ему довольно странной женщиной. А впрочем, если разобраться... Едва ли ее можно считать сообразительной, если она вышла замуж за Финна. И конечно же, жалеть ее не следовало. Она сама виновата во всех своих несчастьях, сама выбрала свою судьбу...

Заметив, что его спутница по-прежнему хмурится, Джеймс невольно рассмеялся, но тут же придал лицу серьезное выражение. Прежде Вивиан в ревности замечена не была, и не следовало сейчас заострять на этом внимание. Урок Вивиан должно преподнести время, а он, Джеймс, лишь заставит ее повиноваться.

— Дорогая, мне кажется, ты не совсем правильно меня понимаешь. — Джеймс провел кончиками пальцев по щеке Вивиан. — Я просто думаю, как лучше использовать подмеченное тобой влечение между Коннелом и Бетани. Полагаю, что надо извлечь из этого обстоятельства максимальную выгоду, понимаешь? — Пальцы Джеймса скользнули по горлу Вивиан, и та в ответ на ласку затрепетала и с готовностью потянулась к любовнику. Эту готовность тотчас же откликаться на все его ласки Джеймс ценил очень высоко. Он провел ладонью по груди Вивиан, и она со стоном прошептала:

— Поехали быстрее... Отвези меня домой.

Джеймс с улыбкой кивнул и хлестнул лошадей. Впереди у него было три дня на то, чтобы насладиться прелестями Вивиан и решить, как лучше использовать вдову и сына Финна, как нанести наиболее болезненный удар Коннелу Делейни.

— Так, значит, это правда? Из его собственных уст?

— Да, — кивнула Бетани. — Он вынес все на своих плечах. Все годы он защищал ее репутацию. Увы, пытаясь что-то доказать уже после того, как по графству поползли слухи, можно было скорее навредить, чем поправить дело. Тот, кто хотел верить слухам, охотно верил им, а тот, у кого есть хоть капля милосердия, лишь в недоумении пожимал плечами, но ничего не мог изменить.

— Да, если так, то действительно ничего не поделаешь, — сказала Бриджет, опершись рукой на стол. — Господь его проклял.

— Что?! — Бетани в удивлении уставилась на тетку.

— Ах, айшон, ты меня не поняла. Я имею в виду человека, за которым ты была замужем, а вовсе не мистера Коннела. Он заплатил гораздо большую цену за каждую свою ошибку. А еще за то, чего никогда не совершал.

— Мне кажется, и его одержимость в деле превращения конюшен в процветающее предприятие тоже можно понять, — подхватила Бетани. — Все эти годы у Коннела только и было, что это поместье да лошади.

— Верно, — кивнула Бриджет. — Хотя Дженна О'Тул заметила, что Коннел в последнее время... немного оживился. Она сказала, что вчера вечером он рылся в кладовке, выуживая оттуда старые гроссбухи и приходные книги. Мне он велел проверить список столового серебра и хрусталя. А Бетси описывает мебель и пустующие комнаты наверху. Тут что-то будет!

Бетани помрачнела:

— Возможно, Коннелу нужно подготовить опись имущества. Мне он об этом ничего не говорил. Коннел вообще не говорил весь вчерашний день после того, как уехал Джеймс Кэри со своей кузиной.

Бетани устроилась на низенькой табуретке и, обхватив колени руками, уставилась на тетку. Сегодня она все утро провела в надежде встретиться с Коннелом где-нибудь в доме. Но Коннел с головой погрузился в хозяйственные заботы, и ей так и не удалось с ним увидеться.

Хотя Бетани уже почти освоилась в доме Коннела, она по-прежнему чувствовала себя неуверенной. Однако теперь ее смущало другое: она никак не могла объяснить себе, чем вызван поцелуй Коннела. А может, этот поцелуй совершенно ничего для него не значил? Может, он уже успел забыть о нем как о каком-то незначительном происшествии?

Возможно, Коннел просто не привык к откровенности, особенно в интимных отношениях. Но ведь вчера они почти целый день провели вместе... Потрясающая исповедь Коннела, этот ошеломляющий поцелуй, несносное общество Вивиан Браун и, наконец, чудесное путешествие с Россом на конюшни... А потом, ночью, Бетани долго не могла заснуть, переполненная мыслями и чувствами. Коннелу скорее всего тоже не спалось: Бетани слышала, как ночью он спустился по главной лестнице и направился в крыло, где находились его рабочие комнаты. Вероятно, ему требовалось время, чтобы свыкнуться с наступившими переменами.

— Наш парнишка, конечно же, остался доволен вчерашним днем. Он только о нем и говорит. — Бриджет достала с полки набор хрустальных солонок.

— Да, верно. Росс получил огромное удовольствие. — Взяв мягкую хлопчатобумажную тряпку и ближайшую солонку, Бетани принялась натирать и полировать ее, пока прибор не засверкал, отражая огни ярких светильников. — Я почти обрадовалась его очередному «а Майкл сказал...» после бесконечной череды вопросов: «А ты слышала, что сказал Коннел?» Бедная миссис Браун не могла и словечка вставить, как только мы оказались у конюшен. Я не раз пыталась угомонить Росса, но Коннел продолжал поощрять его любопытство.

— Кажется, мистер Коннел совершенно не замечал того интереса, который к нему проявляла спутница мистера Кэри, — заметила Бриджет.

— Мистер Кэри представил ее как свою кузину. А ты в самом деле считаешь... — Бетани уронила тряпку и пристально посмотрела на тетю. — А когда же ты видела ее, эту миссис Браун? Я не успела о ней столько узнать, сопровождая гостей во время визита, сколько успела узнать о ней ты.

— Но ты была занята гостями, а мы все наблюдали, как вы прошествовали к конюшням. Тут и умения-то никакого не надо: когда живешь в таком маленьком местечке, как Гленмид, ничто не ускользает от внимания. А эта дама каким-то волшебным образом в мгновение ока превратилась из доброй феи в злую колдунью, стоило только Россу присоединиться к вам. И если она — кузина мистера Кэри, то я готова съесть ее роскошную шляпу.

Бетани со смехом проговорила:

— Думаешь, было бы вкусно?

Бетани снова вспомнила о вчерашнем разговоре с миссис Браун, вспомнила о странных совпадениях... Ей очень хотелось поделиться своими подозрениями с Коннелом, но она не знала, каким образом это лучше сделать. Да и оправданны ли ее подозрения? Возможно, она просто пытается «сшить паруса из лунного света», как выражался ее отец. При этой мысли Бетани тяжело вздохнула.

— Что такое, айшон? Скажи, что тебя тревожит? Думаю, тебе надо как следует во всем разобраться, то есть разложить все по полочкам.

В этот момент за окнами раздался какой-то громкий шум, напоминавший нескончаемый раскат грома. А потом послышались свист и ржание лошадей. Бриджет вздрогнула и взглянула на племянницу. Бетани же с дрожью в голосе прошептала:

— Что это? Тетя, что происходит?

— Лошади прибыли. Те, что Коннел недавно купил, — с уверенностью ответила Бриджет. — Думаю, сейчас ими занимается...

— Кто?.. — спросила Бетани. — Кто ими занимается? — «Хотя какая разница, кто занимается лошадьми?» — добавила она мысленно.

— Эй, Коннел! — раздался мужской голос. — Коннел Делейни, тебе бы лучше выйти сюда! И чем скорее, тем лучше! Эй, парень, куда ты подевался? Я пригнал тебе хорошеньких кобылок! Ты таких в жизни не видел!

— Это он... — прошептала Бриджет. Выразительно взглянув на Бетани, она направилась к двери и, не сказав более ни слова, вышла из буфетной.

Снова вздохнув, Бетани принялась расставлять на стойке солонки. Минуту спустя она вышла из комнаты и, миновав гостиную, прошла в холл.

— Мама, ты их видела? — раздался с лестничной площадки голос Росса. — Где они, эти «самые красивые, которых мы в жизни не видели»? — Сбежав по ступенькам, мальчик подбежал к матери: — Мама, ты их видела?

Бетани отрицательно покачала головой:

— Я ничего не видела, Росс. Успокойся, пожалуйста.

— Пошли! — Сын потянул Бетани к открытой входной двери. — Скорее!

Они вышли на солнечный свет, во двор, где уже находился Коннел. Рядом с ним стоял какой-то мужчина, и оба рассматривали великолепного гнедого жеребца.

Бетани осмотрелась в поисках Бриджет, но тети поблизости не было.

Росс рванулся к мужчинам, но Бетани удержала сына, схватив его за плечо. Возбужденный Росс чуть ли не выплясывал в стремлении поскорее вырваться, но мать удерживала мальчика.

А мужчины по-прежнему любовались красавцем конем; скорее всего они не заметили мальчика с матерью. Коннел время от времени что-то спрашивал у конюха, державшего жеребца в поводу, и тот, энергично кивая, отвечал и при этом с улыбкой поглядывал на своего подопечного.

— Мама, правда он замечательный?

— Да, конечно. — Бетани совершенно не разбиралась в лошадях, но даже и ей было ясно, что перед ней — редкой красоты животное.

Тут Коннел наконец-то заметил мальчика с матерью, и на лице его появилась улыбка, мгновенно преобразившая этого человека, — теперь он походил на мальчишку, с трудом сдерживающего охватившую его радость.

— Бетани, вот человек, с которым я хотел бы вас познакомить. — Коннел повернулся к стоявшему рядом с ним пожилому мужчине. — Мой дядя Джек.

«Блэк Джек Бренигеn», — мысленно добавила Бетани. Джек был примерно того же роста, что и Коннел, был прекрасно сложен и довольно красив, то есть принадлежал к тому типу мужчин, который Бриджет называла «отличной мужской породой». Кроме того, этот человек спас жизнь Коннелу.

Приветливо улыбнувшись, Бетани сказала:

— Очень приятно с вами познакомиться, мистер Бренигеn. Коннел много о вас рассказывал.

— Что же он вам обо мне наговорил? — Джек шагнул к молодой женщине. Его усы и виски посеребрила седина, но в темных глазах светились молодые веселые огоньки, рассеивавшие страхи, порождаемые «дьявольским» прозвищем Джека. — Думаю, что обо мне Коннел рассказал вполне достаточно. А вот о вас он мне совершенно ничего не рассказывал.

— Ах, простите... Я Бетани Делейни, а это... — Она взглянула на сына.

— Ты, парень, хитрец! — Джек хлопнул племянника по плечу, и тот, смутившись, покраснел. — Ведь ни словом не обмолвился!

— Видишь ли, дядя, Бетани — жена Финна... его вдова, — поспешно проговорил Коннел. — Они приехали к нам из Северной Каролины...

— Прошу прощения, миссис Делейни. — На лице Джека появилось выражение озабоченности. — В таком случае примите мои искренние соболезнования в связи с вашей утратой.

Бетани поняла, что ей нравится прямота и искренность Джека. Она только не хотела бы, чтобы он выражал свое отношение к ситуации столь открыто в присутствии ее сына. Ведь Финн был отцом Росса.

— Мистер Росс Делейни — будущий наездник, — сказал Коннел, стараясь сгладить неловкость.

Джек Брениген с улыбкой посмотрел на мальчика. Тот шагнул к нему и протянул руку:

— Здравствуйте, сэр.

— Приветствую вас, молодой человек. Как поживаете? В том, что вы — Делейни, не может быть ни малейших сомнений. Достаточно на вас взглянуть. — Опустившись на одно колено, Джек пожал руку мальчика. — И если вам удастся стать хотя бы наполовину таким искусным наездником, как ваш дядя, то считайте, что вы выросли настоящим мужчиной. — Джек подмигнул мальчику. — Но строго между нами: если вам потребуется истинный учитель, советую обращаться непосредственно ко мне.

— Дядя Коннел уже начал учить меня всему, что знает о лошадях. А поскольку он сказал, что научился всему у вас, то не следует ли из этого, что вы и мой учитель тоже?

— Ну... — Джек на секунду задумался. — Что ж, пожалуй, ты прав. Так оно и есть, парень. Внешность у тебя, как у настоящего Делейни, а мозги тебе достались... похоже, от матери.

Джек встал и снова посмотрел на нового жеребца.

— Моя мама когда-то была Дойл, — сообщил Росс.

Джек резко развернулся. Его загорелые щеки внезапно побледнели.

— Как ты сказал?

— Перед тем как мама вышла замуж за моего папу, у нее была фамилия Дойл, — пояснил Росс, покосившись на мать. — Меня зовут как ее отца — Росс Дойл. А Дойлы тоже разводили лошадей, когда жили здесь?

Джек по-прежнему хранил молчание; казалось, он не может произнести ни слова.

— Хватит, Росс, — сказала Бетани. — Мистер Бренитен только что возвратился из долгого путешествия, и он очень устал. Не надо ему надоедать.

— Все в порядке, мэм, — возразил Джек. — Мне никогда не надоедали мальчишки и их расспросы. На твой вопрос, парень, отвечу так: когда-то я знавал семейство Дойл. Они были коммерсантами — торговали мануфактурой. А лошадей они не разводили.

— То же самое говорят моя мама и тетя Бриджет. Но они — женщины, и я подумал, что они просто не знают...

— Никогда не сомневайся в своих женщинах, парень. Твоя мама и твоя тетя... Тетя Бриджет, ты сказал? — Джек умолк и, помрачнев, спросил: — Когда ты в последний раз видел тетю?

— Когда?.. — Мальчик задумался. — Вообще-то совсем недавно. А почему вы...

— Вы говорите обо мне? — осведомилась тетушка Бриджет, выходя из дома.

Бриджет успела тщательнейшим образом расчесать волосы и переодеться — теперь на ней было платье, которое она обычно надевала, отправляясь в церковь на воскресную службу, — нежно-голубое, отделанное темно-синими лентами и белыми кружевами.

— Бриджет! Бриджет Дойл! — Дядя Коннела стремительно поднялся по ступенькам. Обняв Бриджет, он поднял ее и закружил, потом, опустив, чмокнул в губы.

Росс с Коннелом в изумлении таращились на пожилую пару. Бетани же прикрыла рот ладонью; недавний рассказ тетушки все расставил по местам. Но неужели Джек Брениген и есть потерянная любовь тетушки Бриджет?

Бриджет, должно быть, знала: рано или поздно они здесь встретятся и она снова увидит своего Джека. Знала, однако не побоялась остаться, не побоялась встретиться с Джеком лицом к лицу. Неудивительно, что она с такой самоуверенностью делилась на днях своими предчувствиями, получившими сегодня реальное подтверждение.

— Выглядишь потрясающе! — Чуть отстранившись, Джек продолжал удерживать Бриджет за плечи, словно боялся, что она каким-то образом исчезнет. — Ничуточки не изменилась! Хороша, как всегда!

С минуту Бриджет молча смотрела на Джека; казалось, она вспоминала прошлое.

— А вот ты изменился. Постарел. Вы только посмотрите на эту седину!

Джек от души рассмеялся:

— Похоже, ты осталась такой же злючкой. Я всегда любил в тебе этот огонь, Бриджет Дойл.

Джек попытался снова привлечь к себе Бриджет, но она оттолкнула его.

— Теперь уж ты не заговоришь мне зубы сладкими речами. На этот раз не получится. Почему ты не вернулся за мной?

Плотно сжав губы, Бриджет вопросительно смотрела на Джека.

Тот вздохнул и, разводя руками, пробормотал:

— Увы, я опоздал. Я вернулся, как только смог, но ты уже отказалась от меня и уехала.

— Три месяца я спорила с отцом и еще два месяца ждала, когда море успокоится для безопасного плавания. Неужели ты не мог написать ни словечка о том, что задерживаешься? — Тетушка Бриджет была непреклонна, и Бетани не могла судить ее за это. Возможности высказаться Бриджет ждала долгих двадцать пять лет.

Джек снова вздохнул:

— Дорогая, я был в тюрьме.

— Только не думай, что после стольких лет сможешь задобрить меня, — заявила Бриджет. — Я оставила тебе письмо и послала еще одно из Штатов. Я надеялась, что ты приедешь за мной.

— Я не получал ни одного письма. Собственно говоря, твой отец сказал, что ты уехала в Америку с тем, чтобы выйти там замуж за другого. Ты вышла там за другого?

Было совершенно ясно: Бриджет и Джеку есть о чем поговорить. Да, им многое предстояло выяснить. Очевидно, именно об этом подумал Коннел, встретившись взглядом с Бетани. Они одновременно посмотрели на Росса, потом Коннел, тронув мальчика за плечо, проговорил:

— Парень, а ты не хотел бы познакомиться с моим скакуном?

Коннел хотел как-то отвлечь внимание мальчика, и это ему вполне удалось — Росс мгновенно забыл об участниках сцены на крыльце. Просияв, он радостно закричал:

— Да-да, конечно!

Секунду Коннел колебался, потом подхватил Росса на руки, чтобы тот мог погладить жеребца по шее. Мальчик был вне себя от радости. Бетани с улыбкой смотрела на сына, стараясь не думать, о чем говорили сейчас за ее спиной Бриджет и Джек.

— А какой он породы? — поинтересовался Росс.

— Кливлендский гнедой, — ответил Коннел. — Гнедой — это по масти, а Кливленд — то место в Англии, откуда он прибыл. Кровная линия всех этих лошадей поможет нам вывести какую-нибудь очень хорошую породу. Я уверен.

— А как его зовут?

— Данстан Фолли. Хотя теперь, когда он наш, мы можем назвать его, как захотим.

— Так он будет жить здесь? В новой конюшне вместе с другими лошадьми?

Коннел терпеливо отвечал на все вопросы мальчика, и Бетани была тронута этим терпением. Кроме того, ей очень понравилось, что Коннел в разговоре с племянником, рассказывая о своих планах, постоянно говорил «мы», «нам», «наш»...

— У Данстана будет свой загон, принадлежащий только ему. Как у Тигана, белого жеребца, которого я показывал тебе вчера. Постепенно все кобылы присоединятся к нашему табуну. Но пока мы должны держать их отдельно, чтобы убедиться, что они ничем не болеют и не заразят табун.

Росс похлопал жеребца по шее:

— Думаю, тебе понравится здесь жить, Данстан. Точно знаю, что понравится. Особенно когда я буду похлопывать тебя вот так. Тебе нравится, как я тебя похлопываю?

— Сейчас ты можешь это делать, — сказал Коннел, — потому что Данстан — в узде. Но что ты должен делать, если увидишь его на свободе, вон в том загоне?

— Держаться подальше?

— Точно, — кивнул Коннел. — Через несколько недель Данстану предстоит кое-какая работа, и к тому времени он должен успокоиться и привыкнуть к месту, почувствовать себя дома. А когда жеребцы напуганы, они бывают свирепы и непредсказуемы.

— А как я могу напугать Данстана? Он вон какой большой, а я такой маленький.

— В этом-то весь секрет, с помощью которого мы держим лошадей под контролем. Лошади должны верить, что ты — сильнее их. Таким же образом они верят в то, что ты о них заботишься.

— Понятно, — сказал Росс. — Так и я всегда верю маме, потому что она всегда знает, что надо делать.

— Да, что-то в этом роде. — Коннел усмехнулся и, протянув руку, тоже погладил коня. — Видишь ли, парень, Данстан и кобылы — это наш шанс создать совершенно новую породу лошадей, лучшую в Ирландии. Когда-нибудь ты сможешь продавать их любителям поохотиться и просто поскакать с ветерком на просторе. Ты видишь его ноги? Видишь мускулы на его ногах? Впервые я узнал эту породу лошадей много лет назад, путешествуя по Англии, и с тех пор я мечтал купить хорошего коня — такого, как Данстан. — Коннел опустил Росса на землю. — Если станешь способным учеником, то через несколько лет один из жеребят от Данстана будет твоим.

— Мама говорит, что для настоящей лошади я слишком мал, но против пони она не возражает. — Росс оглянулся: — Ой-ой-ой!

— Что случилось? — оборачиваясь вслед за Россом, спросил Коннел.

— Ой, у мамы такое несчастное лицо... А тетушка Бриджет... целует этого человека.

Глава 10

— Вам самое время перекусить. Если вы хоть немного не позаботитесь о себе, то загоните себя прямиком в могилу.

Коннел настолько устал, что до него даже не дошел смысл сказанного. Он лишь кивнул Дженне, поставившей перед ним на стол сковородку с жареной колбасой, тарелку с гренками и бутылку с соусом. За этим последовала чашка дымящегося кофе, в поисках которой Коннел и забрел на кухню.

С жадностью вдохнув аромат горячего напитка, Коннел тотчас же почувствовал, как по всему телу разлилось приятное тепло. Большую часть ночи он провел в конюшне в обществе старшего конюха, с которым они проверяли и доводили до рабочего состояния новые стойла. Теперь Коннел едва соображал от усталости, но все же чувствовал себя почти счастливым — он был уже очень близок к осуществлению своей давней мечты. Да, он наконец-то заполучил кливлендских гнедых и разместил их в собственных конюшнях — от этого дух захватывало. Но сознание того, что он может лишиться такого великолепия в течение всего нескольких недель, заставляло его хмуриться и скрипеть зубами. Он прекрасно понимал, что не имеет права на риск, однако знал, что рискует — рискует всем.

— Ешьте же, мистер Коннел, ешьте, — проворчала Дженна. — Вам надо поддерживать силы, особенно сейчас. Вы собираетесь пренебрегать моей стряпней? Оцените ее по достоинству.

— Что?.. — Коннел уставился на экономку.

— Ничего-ничего, я просто пошутила. — Дженна сменила иронический тон на серьезный. — Я не собираюсь вникать во все ваши проблемы, но только запомните: то, что все вокруг — хуже некуда, не имеет значения. Вы должны есть и поддерживать в себе силы, понятно? Где жизнь, там и надежда. У вас и прежде были испытания. Окончатся ваши беды и на этот раз.

Слова Дженны согрели душу Коннела. Простота ее философии казалась необычайно трогательной. Увы, он не видел, каким образом сможет распутать весь этот клубок. Пока не видел. Коннел не мог поговорить о создавшейся ситуации даже с Джеком. Дядя был полностью поглощен возобновлением отношений с Бриджет Дойл. Завидовать Джеку Коннел не мог в силу того, что уж очень много времени понадобится дядюшке, чтобы во всем разобраться, разложить по полочкам свои отношения с Бриджет. И все же он надеялся, что у Джека все сложится хорошо. В конце концов, хоть один из них должен был получить свой шанс на счастье.

В воображении Коннела возник воздушный образ Бетани. Ему вспомнился тот момент, когда она поцеловала его в кабинете. Неужели это было вчера? Так приятно было ощущать ее в своих объятиях. Подобно пробившемуся сквозь облака солнечному лучу, Бетани согрела его сердце надеждой, согрела мечтой. Но сбудется ли она, эта мечта?

— Ешьте, мистер Коннел. А потом отдохните несколько часов. — Дженна накинула на плечи шаль, затем взяла со стула у дверей перчатки и шляпу. — Если будет нужда, вас разбудят. Я лично обещаю разбудить вас, когда вернусь.

— А куда ты?

Дженна загадочно улыбнулась:

— Я иду в сад, мистер Коннел. Со мной мальчики и Мэри. Они хотят помочь мне прочистить грядки, чтобы там можно было что-нибудь посадить. Хотя не скажу, что от мальчишек много толку. Они больше копают червяков для рыбалки.

— Прислать тебе кого-нибудь с конюшен? Ведь тебе, наверное, нужны настоящие помощники? — спросил Коннел, хотя знал, что у него нет сейчас ни одного свободного человека.

— Что вы говорите?! — фыркнула Дженна. — Как будто подобное возможно! А как же лошади, которые только что прибыли? Ваш дядя и все ваши люди заняты только лошадьми. Ах, мистер Коннел, если бы я стала дожидаться помощи с конюшен, у нас нечего было бы подать на стол, кроме одного мяса и картошки, которая к тому же появится только в июне.

— Мне такое меню вполне подошло бы, — рискнул вставить Коннел. — Во всяком случае, я ничего не имел бы против.

Дженна завязала под подбородком тесемки широкополой шляпы и решительно покачала головой:

— Нет-нет, не говорите глупостей.

С этими словами Дженна вышла из кухни, и Коннел, к своему величайшему удовольствию, остался в одиночестве перед полной тарелкой и полупустой чашкой. Ему следовало привести мысли в порядок и принять очень важные решения, от которых, возможно, зависело все будущее Гленмида.

— Мистер Делейни, можно отвлечь вас на несколько минут?

Коннел повернулся и увидел стоявшую в дверях Бетани. Вид у нее был усталый, и она совершенно не походила на злодейку, поставившую себе целью разрушение его, Коннела, планов.

«А может, ответить «нет»? — промелькнуло у Коннела. — Может, подхватить тарелку и чашку, выйти из кухни и поискать себе другой укромный уголок, где можно было бы спокойно посидеть и собраться с мыслями?»

Но вместо этого он утвердительно кивнул.

— На плите должна быть горячая вода для чая. Возможно, там даже кофе остался.

— Благодарю, — кивнула Бетани. Шурша юбками и фартуком, она прошла к плите и, достав с полки чашку, потянулась к кофейнику. На кухне Бетани чувствовала себя как дома — словно всегда была здесь полноправной хозяйкой.

«В качестве жены Финна, — подумалось вдруг Коннелу. — Что ж, так оно и есть. Бетани сейчас на этой кухне только благодаря Финну. Финн женился на ней, уложил ее в постель и сделал ей сына».

Физическая близость между Бетани и кузеном была для Коннела точно открытая рана. Его трясло от осознания того, что он желает эту женщину, желает вдову Финна. Когда же Коннел вспоминал о том, что Рози тоже переспала с его двоюродным братом, он запрещал себе об этом думать, однако надолго этого запрета не хватало; он снова и снова возвращался мыслями к Бетани, искренне сочувствуя ей, ведь бедняжке пришлось жить с Финном, пришлось жить в атмосфере отчаяния и безнадежности. Но мысль о том, что Бетани к тому же спала с его кузеном, доводила Коннела до сумасшествия, и он не знал, как отделаться от этих ужасных мыслей.

— Хотите еще? — спросила Бетани.

Вопрос отвлек Коннела от тягостных раздумий. Взглянув на стоявшую перед ним женщину, он в недоумении пробормотал:

— Еще?..

Бетани кивнула на кофейник:

— Хотите еще кофе?

— Нет-нет, спасибо. — Коннел отодвинул от себя тарелку и взялся за свою чашку. Сделав глоток кофе, проговорил: — Прошу прощения, миссис Делейни, но у меня сейчас слишком мало свободного времени. Садитесь, пожалуйста. О чем вы хотели со мной поговорить?

Бетани сделала глубокий вдох и медленно подошла к столу. Пристально посмотрев на Коннела, она сказала:

— Поверьте, я все прекрасно понимаю. Я знаю, что вы очень устали и что вам надо сейчас решить ряд неотложных вопросов. Пожалуйста, простите, что побеспокоила вас.

Сделав шаг назад, Бетани повернулась и направилась к двери.

— Подождите! — Вскочив на ноги, Коннел догнал Бетани и схватил ее за руку. — Говорите. У меня есть время. Что вы хотели мне сказать?

Она вздохнула и решительным движением высвободила свою руку.

— Видите ли, мы с вами... — Бетани на мгновение умолкла. — Я говорю о том, что случилось перед самым приездом гостей.

Коннел нахмурился. Она что, собирается обвинить его в том, что он воспользовался ситуацией? Хочет потребовать от него извинений?

Судорожно сглотнув, Бетани вновь заговорила:

— Вероятно, я... очень расстроила вас своим поцелуем, и мне, наверное, следует... извиниться.

Коннел медленно покачал головой:

— Поверьте, вам не за что просить прощения. Просто вы в трудный для меня момент... немного поддержали меня.

Своим чудесным поцелуем она хоть на мгновение подарила ему немного тепла, но не мог же он сказать ей об этом.

— Нет-нет, — возразила Бетани, — это неправда. Я поцеловала вас, потому что этого хотела. Потому что хотела узнать, что значит целовать мужчину по собственной воле, без каких-либо тайных мотивов или скрытых целей... Вы ведь меня понимаете? — Она смутилась и на мгновение потупилась.

— Кажется, понимаю, — кивнул Коннел. — Хочется целовать... потому что получаешь удовольствие. Потому что знаешь: это чувство правильное.

— Правильное чувство? — Губы Бетани тронула печальная улыбка. — Ах, только не для вас. Простите, что доставила вам неприятные ощущения, когда вам и без того было плохо.

Коннелу вдруг почудилось, что он видит Бетани впервые — она предстала перед ним совершенно в новом свете.

— Но для вас наш поцелуй был правильный? — спросил он, пристально глядя на Бетани.

Она отвела глаза и прошептала:

— Да, правильный.

Это ее признание устраняло для Коннела все ограничения.

— Бетани...

Он произнес ее имя с такой нежностью, что ей показалось, она ослышалась. Взгляды их снова встретились, и снова Коннелу почудилось, что он видит свою американскую гостью впервые в жизни.

Он посмотрел на ее губы, и Бетани поняла, что Коннел хочет поцеловать ее. Она тоже страстно желала этого поцелуя.

Взяв ее лицо в ладони, Коннел прикоснулся губами к ее губам, и Бетани тотчас же почувствовала, как по всему ее телу прокатились теплые волны блаженства. Из груди ее вырвался тихий вздох, и она постаралась покрепче прижаться к Коннелу. Поцелуй их становился все более страстным, и Бетани чувствовала, что ее все сильнее влечет к этому мужчине — подобного влечения ей прежде никогда не доводилось испытывать.

Внезапно из-за окна донесся ужасный крик, словно разорвавший воздух, а повторный крик заставил Коннела и Бетани отпрянуть друг от друга.

— Силы небесные!

— Мистер Коннел!

— Миссис Делейни!

— Дети!

— Кто-нибудь, помогите!

Тревожные крики сливались воедино, а затем послышалось ржание лошадей.

Бетани с Коннелом переглянулись и бросились к выходу кратчайшим путем. Пробежав через посудомоечную комнату, они выскочили через черный ход. Обогнав Бетани на добрых десять шагов, Коннел побежал по дорожке. Бетани же старалась не отставать, но ей очень мешали многочисленные верхние и нижние юбки. Озираясь на бегу, она успела заметить, что сад совершенно пуст.

Завернув за угол дома, Бетани увидела в конце грядок Мэри О'Тул, пытавшуюся перелезть через ограду, отделявшую сад от загона, специально отведенного для нового жеребца. Мать девочки, вцепившись в юбку дочери, старалась удержать ее.

— Девочка моя, ты сделаешь только хуже! — в отчаянии кричала Дженна, удерживая всеми силами дочь.

— Пусти меня! Он их обоих затопчет! — закричала в ответ Мэри.

Затопчет обоих?! При этих словах девочки Бетани похолодела. В следующее мгновение она увидела лежавшую маленькую фигурку, а в нескольких шагах — еще одну: мальчик то и дело размахивал руками, причем в одной руке он держал похожую на флаг куртку.

Росс! Бетани хотела закричать, но не смогла; казалось, ужас сковал ее горло, и она молча смотрела, как в опасной близости от мальчиков мечется по загону огромный гнедой жеребец.

Подбежав к Дженне и ее дочери, Коннел сказал:

— Мэри, спускайся. Немедленно спускайся. И успокойся, пожалуйста, сейчас мы все сделаем...

Девочка вопросительно посмотрела на Коннела:

— Но как же?.. Ведь там мистер Росс и маленький Майкл...

— Росс делает все, что может в настоящий момент. Он пытается отогнать коня, пытается держать его на расстоянии.

Бетани по-прежнему смотрела на сына, продолжавшего прыгать, размахивать руками и кричать на жеребца, остановившегося в нескольких метрах от мальчика и рывшего копытом землю.

«Лошади должны поверить, что ты сильнее их». Не этому ли учил вчера Росса Коннел? Может, ее сын сейчас и пытается доказать, что он сильнее? О Боже праведный!

— Мы только напугаем жеребца, если будем идти напролом, — убеждал девочку Коннел. — В такой ситуации надо действовать как можно осторожнее. Главное же — без паники.

Потянувшись к девочке, Коннел снял ее с ограды и подтолкнул к матери. Дженна крепко обняла дочь, и та тотчас же разразилась слезами.

— Ах, Бетани, дорогая... — Ее за плечи обняла тетушка Бриджет. — Мы прибежали, как только увидели, что здесь творится.

Но Бетани не смотрела на тетку — она по-прежнему не могла отвести глаз от сына.

Тут к Коннелу подошел Джек. Он что-то шепотом сказал племяннику, и оба помрачнели.

«Господи помилуй! Господи помилуй! Господи помилуй! — отстукивало в груди сердце Бетани. — Боже, помилуй их, сохрани, верни мне сына! Если я потеряю Росса — я умру. Господи помилуй! Господи помилуй!»

— Сынок! Сыночек мой! — Раздавшийся с крыльца истошный крик Бетси Кохран напомнил Бетани, что она не единственная мать, которой грозит столь ужасная потеря. — Как это случилось? Почему вы не торопитесь вытащить его оттуда?

Мэри, всхлипывая, отстранилась от матери, и Дженна подошла к миссис Кохран, чтобы все ей объяснить.

— Тише, Бетси, тише, дорогая, — успокаивала Бетси экономка. — Мистер Делейни и мистер Бренитен лучше знают, что делать в таких случаях. Ты должна им верить. И постарайся не шуметь. Ты только еще больше напугаешь животное.

— Мой Майкл, — всхлипнула женщина. — Майкл — единственное, что у меня осталось от Эндрю. Мистер Делейни, вы должны что-то сделать!

Бетани в ужасе вздрогнула. Крики служанки могли напугать животное, и тогда...

— О Господи... — прошептала Бетани, заметив, как огромный жеребец направился прямо к лежавшему на земле мальчику. Сердце ее остановилось, когда она увидела, что ее сын бросился наперерез животному.

— У-у-ха! У-у-ха! — кричал Росс и размахивал курточкой. — У-у-ха!

Бетани затаила дыхание и крепко зажмурилась. И тут вдруг раздался голос Бриджет.

— О чудо! Чудо из чудес! — выдохнула тетушка.

Бетани открыла глаза и увидела, что жеребец отвернулся от Росса и отошел от него — словно потерял к мальчикам всякий интерес. Бетани вздохнула с облегчением. Теперь она с трудом удерживалась от слез.

Дженна строго посмотрела на миссис Кохран и, приложив палец к губам, прошептала:

— Бетси, запомни, больше ни слова. Своим криком ты можешь только навредить.

— Но я...

— Ни слова, — повторила Дженна.

Тут жеребец снова повернулся к мальчикам, и Росс замер. Он не смотрел на людей, стоявших у ограды, все его внимание было сосредоточено на коне. Знал ли мальчик, что помощь близка? Наверное, силы его были на исходе.

Коннел снял с себя куртку и, повернувшись к женщинам, тихо сказал:

— Бетси, дай Джеку свой передник.

Служанка молча закивала и тут же сорвала с себя передник.

— Белый цвет привлечет внимание животного, — пояснил Джек, принимая у Бетси передник и передавая его Коннелу.

Коннел посмотрел на Бетани:

— Росс очень смелый и очень сообразительный мальчик. Не беспокойтесь, я скоро верну вам сына.

Бетани не могла вымолвить ни слова. Не могла произнести слов благодарности. Сил у нее хватило лишь на то, чтобы едва заметно кивнуть.

— Подождешь, пока я не пройду до половины пути, — сказал Коннел, повернувшись к дяде.

— Понял, — ответил Джек.

Коннел быстро перелез через ограду и осторожно зашагал по траве. Он шел, пряча передник за спиной, чтобы не вспугнуть коня раньше времени.

— Миссис Делейни, мне так жаль... — пробормотала Мэри. — Они...

— Тише, девочка. Не сейчас, — строго сказала Дженна.

Через несколько секунд Джек тоже перелез через ограду — он приближался к коню с другой стороны. И почти в тот же момент к мужчинам присоединился конюх по имени Лаки. Все трое переглядывались и шагали с предельной осторожностью.

Женщины, стоявшие за оградой, замерли, затаили дыхание. Коннел наконец остановился, и Лаки с Джеком также остановились. Немного помедлив, Коннел начал размахивать над головой белым передником, пытаясь привлечь внимание жеребца и отвлечь его от мальчиков.

— Господи, помилуй, Господи, помилуй, Господи, помилуй, — шептала Бетани.

Тут жеребец вскинул голову и, отвернувшись от мальчиков, уставился на человека с белым передником. Потом ударил в землю копытом и громко заржал.

Коннел снова стал приближаться к жеребцу. Шел очень медленно, по-прежнему размахивая над головой передником. Жеребец опять заржал и попятился. Коннел продолжал приближаться к коню, а тот все пятился и пятился. Со стороны эта сцена походила на какой-то странный, смертельно опасный танец.

Росс замер; сейчас он походил на маленькое изваяние. Было совершенно ясно: мальчик понимал, что малейшее движение с его стороны может вновь привлечь жеребца.

Всеобщее молчание внезапно нарушил громкий стон очнувшегося Майкла; мальчик попытался приподняться и сесть. Конь громко заржал и, вновь повернувшись к мальчикам, взвился на дыбы.

Бетани тихонько вскрикнула и тут же прикрыла рот ладонью. Теперь все зависело от Коннела Делейни, вся ее жизнь зависела только от этого человека.

Размахивая передником и крича во всю мощь своих легких, Коннел устремился наперерез коню. Джек тоже рванулся вперед и подхватил с земли беспомощного мальчика. С ребенком на руках он побежал назад, к ограде. Конь же вдруг резко развернулся и устремился к амбару, где стоял Лаки. Коннел тут же отбросил передник и поспешил к Россу. Схватив сына Бетани, он также побежал к ограде.

Минуту спустя Лаки с помощью двух парней, подоспевших с конюшен, обуздал жеребца.

— Хвала небесам, айшон! — Тетка крепко обнимала Бетани, но та по-прежнему не могла вымолвить ни слова.

Мэри наконец-то успокоилась и теперь, поглядывая на мать, радостно смеялась.

— О Майкл! Мой Майкл! — Бетси подбежала к Джеку. и тот передал ей сына. — Милый мой сынок! — восклицала Бетси, обнимая сына. — Твоя мамочка с тобой! Теперь не страшно, теперь ты в безопасности. — Прижав мальчика к груди, она покрывала его лицо поцелуями. — Спасибо вам, мистер Брениген. Спасибо вам обоим.

— Поосторожнее с мальчиком, мэм, — предупредил Джек. — Опустите его поскорее на землю, и мы посмотрим, все ли кости у него целы.

— Ах, Майкл, ты представить себе не можешь, до чего я испугалась, когда увидела из окна весь этот ужас! Я как раз убирала в комнате мистера Делейни. А ты лежал на земле, и вокруг тебя носилась взбесившаяся лошадь...

Бетани с сочувствием поглядывала на миссис Кохран. Уж она-то знала, что чувствует другая мать, когда ее сын в опасности. Тут к ним присоединилась Дженна. Она быстро ощупала руки и ноги Майкла.

— Где болит, малыш? — спросила экономка. — Эта огромная скотина наступила на тебя? Или лягнула?

Майкл отрицательно покачал головой, потом поднес руку к виску и зажмурился.

— А где Росс?

— Он сейчас придет, сынок. Вам обоим повезло, парни, — сказал Джек. — Голова болит? А не кружится?

— Все вокруг кружится, — пробормотал Майкл. — Я упал, а конь... Он за нами погнался. А с Россом правда все в порядке?

— Через минуту мы осмотрим и его. Увидишься с Россом позже.

— Как думаешь, идти сможешь? — спросила у Майкла Дженна.

Мальчик утвердительно кивнул, и экономка продолжила.

— Бетси, сейчас лучше занести его в дом и уложить в постель. Мэри, ты тоже иди. Поможешь Бетси, а потом пойди на кухню и поставь воду кипятиться. А мы пошлем за доктором.

Несмотря на протесты Майкла, Бетси повела его в дом.

— Но я не хочу в постель! — кричал мальчик. — Мы с Россом собирались пойти потом на рыбалку! Мэри нам обещала!

— Сомневаюсь, что ты куда-нибудь пойдешь. По крайней мере в ближайшее время, — заявила Бетси. — Ваше счастье, если я вообще не запрещу вашу рыбалку. После того как тебя осмотрит доктор, у нас с тобой будет серьезный разговор, понятно?

Когда ушли Кохраны, у ограды наконец-то появился Коннел. Передавая Джеку Росса, он посмотрел на Бетани, но та сейчас видела только сына. Заключив его в объятия, она со слезами на глазах прошептала:

— Ты такой смелый, такой умный... — Бетани целовала темные кудри сына, и слезы ручьем лились из ее глаз. — Я так счастлива, что с тобой все хорошо.

— А почему ты тогда плачешь, мама?

— Потому что ты напугал ее, парень. — Подошедший Коннел смотрел на мальчика суровым взглядом. В одной руке Коннел держал свою куртку, в другой — курточку Росса.

Тут Бетани наконец-то посмотрела на хозяина Гленмида:

— Спасибо вам... Спасибо за сына.

— Не следует благодарить меня. Ведь я спасал свои деньги, свои капиталовложения. Надо было убрать детей подальше от жеребца, и я это сделал, вот и все. — Коннел снова повернулся к Россу: — Ты не выполнил моего требования. Ты ведь должен был держаться подальше от животных, верно? — Голос Коннела наполнился едва сдерживаемым гневом. — Ты до смерти напугал свою мать. А посмотри, сколько людей ты оторвал от работы. Что можешь сказать в свое оправдание?

Губы Росса задрожали, и мальчик пролепетал:

— Я должен был помочь Майклу. Он мой друг, и он был ранен. — Было совершенно ясно, что каждое слово мальчика — чистая правда. — Я пытался сделать то, чему вы учили меня, — быть сильнее...

— У тебя хорошая реакция. — Слова Коннела походили на похвалу, но произнесены были тоном, скорее близким к выговору. — Однако в следующий раз подумай, прежде чем делать что-либо. Например, сбегай за помощью. Не старайся решить все сам. Не следует полагаться только на себя. Мы все нужны друг другу, понимаешь? — Коннел взглянул на Бетани. — К сожалению, я усвоил этот урок слишком поздно.

Глава 11

В душном и влажном воздухе пахло грозой, уже бушевавшей где-то вдали. В который уже раз.

Погода в Ирландии, казалось, менялась гораздо чаще, чем на теплом побережье Северной Каролины. Почти так же часто, как настроения Бетани. Страх, страсть, желание, гнев, надежда — все эти мысли и чувства, бушевавшие в ее душе, ни на минуту не давали покоя.

Отойдя от окна, Бетани подошла к камину и протянула руки к огню. Бриджет, сидевшая в кресле у камина, монотонно позвякивала вязальными спицами, создавая очередной шедевр прикладного искусства. Бетани же снова и снова вспоминала недавние события. Вспоминала сковавший ее страх, когда жеребец понесся на Росса. Вспоминала рассекающие воздух огромные копыта — смертельно опасные и беспощадные. А затем — молниеносная реакция Коннела, спасшего жизнь ее сыну.

В те страшные минуты она замерла, словно окаменела. Охваченная ужасом, утратила способность двигаться говорить, думать. Она оказалась не в состоянии спасти сына даже тогда, когда ему грозила смертельная опасность. И сознание собственной беспомощности заставляло Бетани содрогаться.

Ее не переставала мучить мысль о том, что в истории со своим замужеством она вела себя точно так же. По мере того как Финн погружался в пучину пороков, она, Бетани, все более «замораживала» себя, то есть теряла способность думать и действовать, а жизнь ее становилась все хуже и хуже Ее единственной надеждой и спасением был Росс. Лишь благодаря сыну она каждый день вставала по утрам и думала о делах насущных, заставляла себя и дальше терпеть пытки ежедневных унижений. Росс составлял смысл ее жизни И вот сегодня она чуть не потеряла его.

Ей необходимо было видеть Коннела, чтобы поблагодарить его за спасение сына и объяснить, что значил для нее его поступок.

Коннел же, передав ей Росса, отправился на дальние конюшни, где оставался до конца дня. К вечеру дядя Джек пошел на конюшни, чтобы привести Коннела к ужину Но оба до сих пор не вернулись.

— Тетушка Бриджет, ну где же они? — Бетани ужасно хотелось видеть Коннела. — Может, у них возникли проблемы с жеребцом, которого напугали мальчишки?

— Я думаю, всегда есть повод из-за чего-нибудь поволноваться. Вся разница только в том, как относиться к той или иной заботе. — Бриджет отложила вязанье. — Джек сказал, что с жеребцом все было в порядке, когда они вернули его в конюшню. А доктор сказал, что Майкл не получил ни царапины, так что малыша продержат в постели только день или два. Поверь, никаких существенных повреждений. Так что опасения твои преувеличены.

— Но Коннел так разозлился... Он столько денег вложил в новых лошадей. — Бетани принялась вышагивать от окна к камину и обратно, всякий раз обходя разбросанных по полу игрушечных лошадей, которыми днем играл Росс. — Он не позволил мне даже поблагодарить его. Взял и удрал в свои конюшни.

— Бетани Кэтрин Дойл Делейни, ты, кажется, совершенно ничего не понимаешь.

Бетани с удивлением посмотрела на Бриджет. Тетя называла свою племянницу полным именем только в тех случаях, когда была сердита.

— Нельзя судить обо всех без разбора мужчинах исходя только из неудачного опыта собственного замужества. Коннел был зол вовсе не потому, что в опасности находились его капиталовложения. Он испугался за Росса. Он испугался за тебя. Коннел злился от страха.

— Ты действительно так думаешь? — Бетани присела на краешек стоявшего у окна стула. Легкий ветерок колыхал занавески за ее спиной. — Но он казался таким решительным...

— В таком случае ты совершенно не разбираешься в подобных вещах.

– Что ты имеешь в виду?

Бриджет опять взялась за спицы.

— В свое время вы с Коннелом оказались слишком доверчивы и оба на этом сильно обожглись. Именно потому с годами вы становились все более недоверчивыми и стали излишне мнительными. Коннела испугала мысль о том, что вы с Россом дороги ему. Почувствовав, насколько больно будет ему потерять кого-то из вас, он решил держать вас на расстоянии.

Слова тетушки поразили Бетани. Возможно, Бриджет была права, но если так... Покусывая губу, Бетани пыталась освоиться с мыслью о том, что Коннелу Делейни в этом мире было так же неуютно, как и ей. Отягощенный сознанием вины за допущенную когда-то ошибку, он стал принимать на себя ответственность и за другие беды, хотя ни в чем не был виноват.

— Ты думаешь... думаешь, что Коннел испугался за меня так же, как я за него?

— Совершенно верно. Но скажи, что же ты теперь намерена со всем этим делать? — Бриджет вопросительно взглянула на племянницу.

Бетани пожала плечами. Действительно, что она собирается делать? Не зная, как ответить на этот вопрос, Бетани спросила:

— Как ты смогла так просто простить Джека Бренигена? Как смогла забыть всю свою боль, весь страх?

— А нечего было и прощать. Какие уж тут могут быть счеты? Мы любили друг друга, но он не смог вернуться в срок. А я уехала. Обоих нас надо простить. Мы никогда всерьез не пытались разыскать друг друга. Больше всего нам надо было научиться верить. Мы в полной мере настрадались в прошлом, поэтому теперь можем все начать заново.

«Начать заново»? Звучало очень заманчиво, но совершенно не подходило к ним с Коннелом. Во всяком случае. у них все было совсем не так, как у Джека и Бриджет. Хотя...

— Коннел видит себя глазами окружающих, глазами тех, кто проклинает его, — в задумчивости проговорила Бетани. — Точно так же и я иногда смотрю на себя со стороны.

— И что же? — Бриджет ждала, когда племянница сама придет к очевидному выводу.

— А то... Полагаю, нам нужен свежий взгляд. Мы должны взглянуть на себя по-другому.

Бриджет расплылась в радостной улыбке:

— Ты всегда была умной девочкой. Тебе следует подумать над выбором, который перед тобой стоит, и решить, какой выход для тебя наилучший, что сделает тебя счастливой. То же самое должен сделать и Коннел.

— Это то, чем вы сейчас занимаетесь с Джеком Бренигеном? Размышляете?

— Да, размышляем, — ответила тетушка, глядя прямо перед собой. — Я любила человека и потеряла его. Когда-то у меня был ребенок, но я и его потеряла. После этого я выбрала одиночество и прожила так почти четверть века. Но теперь мне выпала вторая попытка, и я не намерена ее упускать.

В дверь осторожно постучали, и тотчас же послышался голос Джека:

— Бриджет, ты здесь? — Тетушка тут же вскочила на ноги. — Бриджет, ты не могла бы ненадолго спуститься вниз и уделить мне чуточку внимания?

— Да, разумеется. — Бриджет распахнула дверь. — А мистер Коннел тоже вернулся? — спросила она после того, как Джек запечатлел на ее щеке поцелуй.

— Нет. — Джек покачал головой. — Сидит в совершенно пустой конюшне. Сидит мрачный и упрямый как осел и не желает рискнуть. Я говорил ему...

Бриджет провела ладонью по щеке Джека, и тот сразу же умолк, словно забыл про своего племянника. Тогда Бетани поднялась со своего места у окна и с улыбкой приблизилась к двери. Увидев ее, Джек воскликнул:

— О, Бетани!.. Приветствую! Может, пойдешь с нами?

Она покачала головой:

— Нет, спасибо. Идите без меня.

Джек обнял Бриджет за талию. Никогда еще Бетани не видела свою любимую тетушку такой... такой счастливой.

«Но теперь мне выпала вторая попытка, и я не намерена ее упускать», — только что сказала Бриджет. Может ли Коннел Делейни стать «второй попыткой» для нее, для Бетани? И может ли она стать «второй попыткой» для Коннела?

— Дорогая, я с удовольствием присмотрю за нашим мальчиком, если у тебя на сегодняшний вечер остались еще какие-то дела, — уже уходя, сказала Бриджет.

— В гостиной я приготовил все необходимое для позднего ужина, — сказал тетушке Джек, и в следующее мгновение дверь за ними захлопнулась.

Бетани снова принялась расхаживать по комнате. Итак, Коннел сейчас сидит в конюшне, сидит в полном одиночестве, хмурый и мрачный. И конечно же, чувствует себя отвратительно, точно так же, как она, Бетани. Положение надо менять, но как это сделать? А может, полумрака конюшни будет достаточно, чтобы открыть в глазах «новый свет» и хоть немного растопить холод прошлого одиночества?

Подхватив туфли и шаль, Бетани бросилась на лестницу. Есть только один способ все выяснить.

Глава 12

На дворе оказалось гораздо холоднее, чем предполагала Бетани. Она очень вовремя набросила на голову и на плечи шаль, поскольку уже начинался дождь. Держа в руке корзину с ужином для Коннела, Бетани побежала к конюшням.

Мокрая и задыхающаяся, она приблизилась к одной из дверей. Сквозь щели в стене конюшни пробивался слабый свет. Бетани стояла в нерешительности. Следует ли постучаться? А вдруг Коннел там не один? А может быть, он вообще в другой конюшне?

Бетани уже раздумывала, не оставить ли корзину у входа, но тут дверь внезапно отворилась и на пороге возник Коннел. Не говоря ни слова, он отступил в сторону, как бы приглашая Бетани войти.

Заметно смутившись, она переступила порог конюшни. Коннел не стал закрывать за ней дверь. Медленно приблизившись к Бетани, он посмотрел на нее вопросительно. Оба молчали, и Бетани еще больше смутилась. В какой-то момент она вдруг поняла, что по-прежнему прикрывает голову шалью. Спустив шаль на плечи, Бетани попыталась улыбнуться, но у нее это не очень-то получилось — она все сильнее нервничала и даже уже жалела, что пришла.

Тут Коннел наконец-то заговорил:

— Что вы здесь делаете? — Вопрос был не очень-то вежливый, но прозвучал совершенно естественно.

— Дженна оставила для вас ужин. — Бетани протянула Коннелу корзинку как бы в объяснение и в оправдание своего неожиданного визита.

— А-а-а... — На губах Коннела появилась едва заметная улыбка, тут же погасшая.

Он по-прежнему в упор смотрел на Бетани, и ее от этого взгляда бросало в дрожь.

— Вам, наверное, лучше вернуться в дом, миссис Делейни.

— Нет, я... Видите ли, я хотела поговорить с вами, — сказала Бетани с дрожью в голосе. Она чувствовала себя ужасно неуютно — словно все тайные чувства, которые ей удавалось скрывать долгие годы, стали вдруг для всех совершенно очевидными. Собравшись с духом, Бетани продолжала: — Я хотела поблагодарить вас за то, что вы сделали. За все, что вы сделали для меня и для...

— В этом нет нужды, — перебил Коннел, нахмурившись.

Вид у него был очень мрачный. Бриджет назвала это «страхом», но, судя по всему, он просто злился — точно такое же выражение Бетани много раз видела на лице человека, так похожего на стоявшего сейчас перед ней.

И тут в ней проснулось такое знакомое чувство страха. Бетани вздрогнула, отступила на шаг и, как бы защищаясь, прижала к груди руки.

Коннел взглянул на нее с некоторым беспокойством:

— Вам нехорошо?

— Нет, я...

— Вам не следует здесь находиться. После того, что случилось с мальчиком.

— С Россом все в порядке. А Майкл поправится через день-другой.

Голос Бетани опять задрожал, и она ничего не могла с этим поделать. Ох, как же ей избавиться от волнения? Как подавить этот ужасный страх? Наверное, надо как-то измениться себя, стать другой — не такой, какой она была прежде.

— Приятно об этом узнать, хотя новость могла бы и подождать. Но вы принесли еще и это? — Коннел кивнул на корзинку в руке Бетани. — Спасибо за ужин. Мне следует проводить вас обратно в дом.

Коннел взял Бетани за локоть и осторожно развернул к двери. Хватка его была крепкой и решительной, однако не грубой.

«Он не намерен меня обижать, — говорила себе Бетани. — Он спас Росса. Он — это не Финн. Коннел не злился — он тоже испугался». И ей тотчас же вспомнились слова тетушки: «Тебе следует подумать над выбором, который перед тобой стоит, и решить, какой выход для тебя наилучший, что сделает тебя счастливой».

Бетани чувствовала, что ей совсем не хочется уходить. В конце концов, она пришла сюда, чтобы поговорить с Коннелом. И он должен понять: она совершенно не верит сплетням и ее не интересует его репутация.

Бетани уперлась рукой в дверной косяк и решительно повернулась к Коннелу. Сделав глубокий вдох, она посмотрела ему прямо в глаза и заявила:

— Я не намерена возвращаться в дом сию же минуту. Я ведь уже сказала, что мне надо поговорить с вами. А вы должны меня выслушать. И поверить мне.

С минуту они молча смотрели друг другу в глаза, и эта минута показалась Бетани вечностью.

— Не все мысли должны произноситься вслух, — снова нахмурившись, заметил Коннел.

Судорожно сглотнув, Бетани проговорила:

— Нам давно пора поговорить о вещах, говорить о которых не принято.

Он коротко кивнул:

— Да, пожалуй. — Губы его тронула улыбка, и он спросил: — Но что вы знаете обо мне, Бетани?

Она тоже улыбнулась:

— Я знаю, что вы за человек, Коннел Делейни.

Он взглянул на нее с искренним удивлением:

— И что же я за человек, если не секрет?

— Вы приняли нас в тот момент, когда вам меньше всего этого хотелось. Спасая Росса, вы рисковали жизнью. И только на ваших плечах держится Гленмид. Полагаю, что вы человек, достойный всяческого уважения.

— Вы таким видите меня, милая Бетани?

Он наклонился к ней, и ее тотчас же словно окатило волной жара. Ей хотелось, чтобы Коннел поцеловал ее. Хотелось даже большего.

— Полагаю, есть люди, которые рассказывают о вас, Коннел Делейни, ужасные истории. Но я им не поверю.

— Вы думаете, что знаете реальное положение дел лучше их? Не посчитаетесь с общепринятым мнением? — Коннел обнял Бетани за талию.

— Да, не посчитаюсь. Потому что смотрю на все... свежим взглядом. — Дыхание Бетани участилось, и она почувствовала, как в ней разгорается огонь страсти, уничтожающий страх, когда-то посеянный в ее душе Финном. — А вы, Коннел, можете посмотреть на меня свежим взглядом?

— Как это?.. — Он еще ниже к ней склонился.

Сердце Бетани забилось все быстрее, и она с трудом переводила дух. Коннел же смотрел на нее вопросительно; казалось, он действительно ждал ответа.

— Свежим взглядом — значит, отбросив расчеты, отбросив прошлое, не считаясь со слухами и сплетнями, — пояснила Бетани. — Нам надо увидеть друг друга в новом свете.

Он усмехнулся и пробормотал:

— А что, если нам не понравится то, что мы увидим в «новом свете»?

— Тогда пойдем дальше, попробуем что-нибудь другое, будем более осмотрительными. Но ни в коем случае нельзя поддаваться старым страхам и опасениям.

— Этот ваш подход кажется весьма решительным, но более рискованным.

— Чтобы разбить лед, необходима основательная встряска, — ответила Бетани.

Если бы кто-нибудь увидел их сейчас рядом, в этом полуобъятии, наверняка решил бы, что она слишком уж рискует. А может, она действительно рисковала? Да, возможно. Но ей не хотелось об этом думать, хотелось только одного — почувствовать губами губы Коннела.

А он смотрел на нее все так же, словно пытался заглянуть ей в душу. Бетани не могла прочесть мысли Коннела, однако чувствовала, что он не готов сделать решительный шаг. Она поняла: он не прогонит ее, но и не станет просить, чтобы она осталась. Следовательно, действовать должна именно она, Бетани.

Она облизнула пересохшие губы, стараясь успокоиться. А Коннел смотрел на нее все так же, но теперь в глазах его зажглись яркие огоньки. И этот его взгляд, казалось, придавал ей смелости и побуждал к откровенности. К тому же Бетани чувствовала, что с каждым мгновением ее все сильнее влечет к этому мужчине.

«Мне не следует его бояться, — говорила себе Бетани. — Ведь Коннел — не Финн. В нем нет ни капли от Финна, только внешнее сходство».

И тут Бетани наконец-то поняла: и во взгляде Коннела, и в его обращении с ней она нашла именно то, к чему стремилась всю жизнь, по чему тосковала и чего ждала, — нашла свободу.

— О, Коннел... — прошептала Бетани, привлекая его к себе и подставляя губы для поцелуя.

Она хотела, чтобы поцелуй этот продолжался и продолжался, но в то же время ей хотелось и большего. Никогда прежде Бетани не испытывала таких ощущений. Никогда. Она отринула мрак прежнего, мрак прошлого.

Сейчас для нее существовало только настоящее. Настоящее с этим мужчиной. С Коннелом.

— Бетани... О, Бетани...

Он произнес ее имя с любовь, нежностью, и его голос наполнил ее ощущением счастья. Тихонько вздохнув, она с улыбкой прошептала:

— Да, Коннел, да. — Это был ответ на вопрос, прозвучавший в его интонациях. И еще она давала понять, что готова ответить на любые другие вопросы, потому что теперь между ними не должно было оставаться секретов.

Глядя в ажурную сеть балок под крышей конюшни, Бетани чувствовала удовлетворение, какого никогда прежде не испытывала. Предаваться любви с Коннелом Делейни — это был совершенно новый опыт, абсолютно непохожий на тот, что она приобрела в грубых руках мужа.

Коннел доставлял ей необыкновенное удовольствие, а вот Финн... Бетани попыталась не думать о прошлом. Не следовало вспоминать Финна, тем более в такие минуты, в жарких объятиях Коннела. Уткнувшись в его шею, Бетани улыбнулась и тихо прошептала:

— Спасибо тебе.

Коннел смотрел вслед уходившей Бетани и едва сдерживался: ему сейчас ужасно хотелось догнать ее, заключить в объятия и уже не отпускать до конца жизни.

Но увы, он не мог этого сделать. Не мог при данном положении дел. Гленмид так долго являлся основой его жизни, что Коннел не сумел бы жить без хозяйственных забот. Ведь только конюшни помогли ему выжить после смерти Рози, после предательства Финна и после того, как свою трагическую роль сыграл в этой печальной истории дядя Бреннан. «Гленмид для меня — это все», — не раз говорил себе Коннел.

Он теперь может забыть о деле своей жизни? Согласиться с тем, что не сможет спасти конюшни, пропадающие из-за его собственных ошибок? Может, ему, Коннелу, никогда не удастся стать таким, как его отец? Может, он гораздо больше похож на своего двоюродного брата?

Бетани растворилась во тьме ночи, и Коннел услышал лишь отдаленный стук закрывшейся за ней кухонной двери. Милая Бетани... Коннела переполняло страстное желание заключить ее в объятия, откровенно поговорить с ней, поделиться своими мыслями и планами.

Он нисколько не сожалел о том, что между ними произошло. Долго еще будут вспоминаться ему те чудесные несколько часов, что он провел с Бетани. Но он не мог допустить, чтобы это повторилось. Лучше уж огорчить Бетани сейчас, лучше уж держать ее на расстоянии — в ее же собственных интересах.

Вивиан Браун, кузина Джеймса, прибывшая из Америки, ищет, куда бы вложить деньги. Возможно, она вложит их в его конюшни. Но тут было и еще что-то неясное... Похоже, Джеймс что-то скрывал. Возможно, его кузина заинтересована не только в капиталовложениях. Но если так, то готов ли он, Коннел, ради конюшен продать себя в женихи?

Вивиан Браун — настоящая красавица, богата, а самое важное, что он ей понравился — Коннел прочел это в ее глазах. Даже Джек, узнав о финансовых проблемах, предложил ее как прекрасную партию для племянника.

— Вивиан Браун — далеко не худший вариант, — говорил дядюшка. — Она производит впечатление женщины ветреной, капризной, но зато ищет, куда бы вложить свои сбережения. Если как следует постараться, можно заинтересовать ее Гленмидом... и тобой. — Джек ухмыльнулся. — Вивиан нужно развлечься. Старый муж во всем потворствовал ей, но она не знала ласк молодого и сильного мужчины. Поверь, это не худший вариант.

Коннел тяжело вздохнул; ему пришло в голову, что сейчас самое время подкрепиться чем-нибудь горячительным. Но за виски надо было идти в кабинет, а ему ужасно не хотелось возвращаться в дом. Ужасно не хотелось. Особенно когда он вспомнил, что там, наверху, комната Бетани. Милой Бетани, отдавшей ему всю себя этой ночью. Да, она отдала не только свое тело, но и свою прекрасную душу. И при этом ничего не требовала взамен.

Так, должно быть, произошло и с пришедшей к Финну Рози.

Коннел снова вздохнул. Сравнение обожгло его сердце нестерпимой болью. Он чувствовал себя точно таким же мерзавцем, каким в подобной ситуации оказался и Финн. Нет, даже хуже, потому что он должен был защищать свою гостью.

— Проклятие! — пробормотал Коннел. Скрипнув зубами, он сжал кулаки и принялся в раздражении молотить по ближайшему столбу. Вновь и вновь Коннел наносил удары, пока на руках его не появились ссадины и он не почувствовал резкую боль. Осмотревшись, он заметил, что лошади в соседних стойлах насторожились, а некоторые из них в тревоге заржали.

«Что же делать? — думал Коннел. — Что сделать для того, чтобы хоть как-то исправить свои ошибки?»

Увы, на эти вопросы у него не было ответов. Возможно, таких ответов и быть не могло.

Утро облегчения не принесло. Недолгий и беспокойный сон не помог преодолеть чувство горечи. Коннел поднялся с первыми лучами солнца, решив быстро позавтракать и ускользнуть из дома, прежде чем встанет кто-нибудь из новых обитателей. Но из его затеи ничего не вышло.

— Доброе утро, дядя Коннел!

За кухонным столом перед тарелкой с остатками завтрака и кружкой молока в руке сидел Росс Делейни — точная копия своего отца.

— Доброе утро, — пробормотал Коннел. Ему очень хотелось развернуться и уйти, но он сдержался. — Как ты себя чувствуешь?

— Хорошо, сэр. Миссис О'Тул сейчас в саду. И Мэри там же. А я буду сидеть здесь и ждать, когда они вернутся

Коннел не удивился.

— После вчерашней авантюры тебе еще повезло, что тебя не привязывают к стулу веревками.

— Вы только не подсказывайте им, что можно так сделать. — Росс засмеялся и тут же одним глотком расправился с содержимым кружки.

«Опять вылитый Финн», — с улыбкой подумал Коннел. Хотя ему следовало бы задуматься, как же с этим быть впоследствии. Следовало бы подумать и о том, почему воспоминания о Финне в некоторых случаях вызывают у него улыбку.

— Росс Делейни, я сказала вам разбудить меня, прежде чем спускаться вниз. Ты же знаешь, мы не хотим беспокоить твоего... — Бетани, вошедшая в кухню, на мгновение замерла, увидев Коннела. В утреннем свете она казалась необыкновенно бледной, почти прозрачной.

Откинув со лба локон, она попыталась улыбнуться Коннелу, и тот вдруг почувствовал, что ему хочется подхватить ее на руки, отнести в ближайшее укромное место и еще раз пережить с ней то, что они пережили ночью на конюшне.

— Ах!.. — Бетани переводила взгляд с Коннела на сына и обратно. — Росс, ты...

— Я знаю, мама. — Росс соскользнул с табуретки и, обойдя вокруг стола, подошел к матери. — Но сегодня утро было солнечное, а мистер Блэк Джек сказал, что возьмет меня с собой на конюшни с первым утренним лучом солнца.

— Конюшни?.. Ох, я не думаю...

— Да уж, без конюшен нам не обойтись, — рассмеялся Джек, переступая порог кухни. — Доброе утро, парень! Доброе утро, миссис! Приветствую, Коннел! — Кивнув всем по очереди, Джек обратил свое внимание на мальчика: — Прежде чем строить какие-то планы насчет лошадей, парень, неплохо бы спросить разрешения у мамы. Вчера ты очень напугал ее. Думаю, она не скоро забудет о твоем приключении.

— Но мама... — Росс с мольбой в глазах посмотрел на Бетани: — Мама, можно мне пойти на конюшни с мистером Блэк Джеком? Пожалуйста... Обещаю, что буду слушаться каждого его слова. Блэк Джек говорит, что страх перед лошадьми надо подавлять сразу же, а не позволять ему превращаться в постоянную боязнь. Я не хочу стать трусом. Когда у меня появится пони, как я тогда буду вести себя с ним?

— Какой пони? — Бетани взглянула на Коннела.

— Это я ему сказал, — попытался вступиться за племянника Джек.

— Что ж, хорошо. — Бетани с облегчением вздохнула и запустила пальцы в волосы сына. — Можешь идти на конюшни, Росс. О пони мы поговорим в другой раз. Постоянно держись рядом с мистером Бренигеном. И во всем его слушайся. Если я узнаю о каком-то твоем...

— Спасибо, мамочка! — закричал Росс и крепко обнял ее.

— Не беспокойтесь. Пригляжу за ним как следует. — Джек взял Росса за руку и направился к двери. У порога обернулся и добавил: — А не то Бриджет отгрызет мне ухо.

Бетани видела из окна, как мужчина и мальчик спустились по аллее и прошли мимо загона, где разыгралась вчерашняя драма. Она провожала их взглядом, пока Джек с Россом не скрылись за углом конюшни.

— С Джеком он будет в полном порядке, — сказал Коннел.

— Если бы я не была уверена в твоем дяде, ни за что бы не отпустила Росса, — не оборачиваясь, ответила Бетани.

Коннел молча смотрел на стоявшую у окна женщину. Интересно, о чем она сейчас думает? Беспокоится за сына? Может, вспоминает о том, что произошло этой ночью? Если так, то как же он должен себя вести? Что должен сказать, чтобы ее успокоить, не нарушая при этом дистанции?

Он шагнул к Бетани и тотчас же почувствовал ее дурманивший запах. Ему страстно захотелось заключить ее в объятия и прижать к себе. И еще хотелось стоять рядом с ней и смотреть в окно, наблюдая, как солнце медленно всплывает над крышами Гленмида, заливая всю округу ярким утренним светом.

— Если ты устала...

Бетани наконец-то повернулась к нему лицом.

— За меня не беспокойся. — Она осеклась, заметив, что он стоит совсем рядом. Потом вскинула подбородок и посмотрела прямо ему в глаза. — Этой ночью... случилось то, что не должно было случиться. Но я уверена, что мы сможем избежать дальнейших нежелательных недоразумений.

«Нежелательных недоразумений?» — мысленно переспросил Коннел.

— Сможем избежать? В самом деле?

— Да, сможем, — кивнула Бетани — такая холодная, такая спокойная, совсем не похожая на женщину, страстно стонавшую в его объятиях всего лишь несколько часов назад.

Она шагнула к двери, намереваясь уйти.

— Ты куда?

— Тебе тоже надо подняться наверх.

«Тоже подняться? Что же она имеет в виду?»

— Бетани, что ты задумала?

Обернувшись, она удостоила его лишь мимолетным взглядом.

— На сегодня мы приглашены в Оук-Бенд. Помнишь, что Джеймс и Вивиан пригласили нас обоих к себе на обед? Мне надо приготовиться.

Бетани вышла из кухни, и дверь за ней со скрипом закрылась.

Значит, поездка к Джеймсу Кэри? Поездка в экипаже рядом с Бетани? И ему придется сидеть рядом с ней, не смея ее обнять?

Коннел скрипнул зубами. Он чувствовал, что у него будет трудный день. Куда проще было бы целый день выгребать навоз из конюшен.

Глава 13

«Чем же тетушка Бриджет так озабочена?» — думала Бетани, спускаясь по лестнице. Они должны были ехать в Оук-Бенд, и Коннел уже ждал ее внизу.

Бетани сделала все возможное, пытаясь найти в своем скудном гардеробе нечто более или менее подходящее для «выхода в свет». И все же ей казалось, что рядом с яркой и нарядной кузиной Джеймса Кэри она будет выглядеть весьма бледно.

День, проведенный в обществе Вивиан Браун, не являлся для Бетани пределом мечтаний. Если же учесть, что в поместье Джеймса и обратно предстояло ехать в одном экипаже с Коннелом Делейни, сидя рядом с ним, то эту поездку можно было назвать настоящей пыткой. Бетани готова была расплакаться, однако понимала, что давать волю чувствам неблагоразумно, ведь этот визит имел очень важное значение для будущего Гленмида и, следовательно, для будущего ее сына.

Коннел стоял внизу, рядом с экипажем. Увидев его, Бетани тотчас же почувствовала, как екнуло ее сердце, — а ведь она приняла твердое решение не поддаваться эмоциям. В черном сюртуке из тонкой шерсти и брюках в обтяжку Коннел был неотразим. На голове же у него красовался весьма элегантный котелок — просто потрясающе. Следовало признать, что хозяин Гленмида выглядел гораздо приличнее, чем его гостья в ее зеленой кашемировой юбке и в жакете, пусть еще и пригодных для носки, но явно видавших лучшие дни.

— Миссис Делейни, не забудьте шляпу. Вот, возьмите, пожалуйста. — В дверях за спиной Бетани появилась Мэри.

— Ах, спасибо... — Бетани надела шляпу и завязала под подбородком тесемки, затем дрожащими от волнения пальцами натянула перчатки и стала спускаться по лестнице к экипажу.

— Вы позволите? — Коннел протянул ей руку.

Минуту спустя они уже сидели рядом. Коннел хлестнул лошадь, и та помчалась по дороге, петлявшей среди бескрайних гленмидских пастбищ. Хотя они сидели рядом, Бетани тщательно следила за тем, чтобы не прикасаться к своему спутнику. И старалась не думать о том, что случилось минувшей ночью. Все, больше никаких воспоминаний!

Ей удалось поспать всего несколько часов, и сон не принес ей облегчения, скорее, наоборот: всю ночь ее преследовали картины их встречи с Коннелом, воспоминания о проведенных с ним часах. Подобного восхитительного опыта — когда все тело твое словно тает и ты замираешь от прикосновения мужского тела — Бетани в жизни своей не знала. Несомненно, никакое другое ощущение в мире не могло сравниться с этим восторгом. Теперь она могла с уверенностью сказать, что вся ее прошлая жизнь с Финном была чем угодно, но уж точно не союзом любивших друг друга мужчины и женщины.

Перевалив наконец через живописный гребень очередного холма, после почти двухчасового пути, проведенного в гробовом молчании, они подъехали к поместью Джеймса. А неподалеку от извилистой реки, на самом живописном ее изгибе, стоял на невысоком холме величественный особняк, выстроенный в стиле георгианской эпохи и очень похожий на дома богатых табачных плантаторов в северной Калифорнии.

Лихо подкатив к парадному входу, Коннел остановил лошадь прямо перед массивными дубовыми дверями. Выбравшись из экипажа, он обошел его, чтобы предложить помощь своей спутнице. От пристального взгляда его темных глаз сердце Бетани гулко забилось. Стараясь унять сердцебиение, она протянула Коннелу руку, и в эти мгновения ей показалось, что время остановилось.

Принимая ее руку, Коннел другой рукой осторожно обнял ее за талию и помог ей спуститься. И Бетани почудилось, что от прикосновений Коннела все в ней как будто перевернулось и весь мир вокруг чудесным образом изменился. Из груди ее вырвался вздох, и сердце на мгновение замерло, опять вспомнились объятия Коннела и его ласки, вспомнилось все, что они с ним пережили накануне.

Собравшись с духом, Бетани внимательно посмотрела в глаза Коннела и тотчас же поняла, что происходило сейчас в его душе. Было совершенно очевидно, что он хотел поцеловать ее. И конечно же, она этого хотела. Но нет, никакого продолжения — она твердо это решила и не собиралась менять свое решение, пусть даже ей очень хотелось забыть о нем.

— Добро пожаловать в Оук-Бенд! — раздался веселый голос Вивиан Браун. — А мы уже стали опасаться, что вы совсем забыли про нас.

Бетани и Коннел тут же отпрянули друг от друга. Затем Коннел повернулся к спускавшейся по ступенькам хозяйке.

— Рад видеть вас, миссис Браун. — Он склонился к ее руке для поцелуя. На кузине Джеймса было великолепное синее платье, скорее подходящее для роскошных балов, чем для скромных домашних приемов. — Да-да, очень рад видеть вас.

— Ах, мистер Делейни... — Вивиан ослепительно улыбнулась. — Поскольку мы с вами добрые соседи, я настаиваю, чтобы мы обращались друг к другу запросто, то есть называли друг друга по имени. Джеймс и Бетани зовут вас Коннелом, и если только я буду обращаться к вам официально, то буду чувствовать себя как-то неловко...

Солнечный свет играл на ее блестящих волосах, уложенных в гладкую прическу, — таких черных, что отдельные локоны казались чернее самой темной ночи. В глазах же сверкали веселые огоньки. Вивиан была чудо как хороша, и даже Бетани не смогла бы найти изъяны в ее внешности.

— Мне доставит удовольствие все, что будет удобно для вас, Вивиан, — любезно ответил Коннел.

Бетани с досадой поморщилась и мельком взглянула на своего спутника. Вивиан же весело рассмеялась.

— Вы ведь помните вдову моего кузена? — Вспомнив наконец о Бетани, Коннел посмотрел на нее с улыбкой.

Вивиан изобразила искреннее удивление — словно только что поняла, что они с Коннелом не одни.

— Да, разумеется. Конечно, я помню дорогую малышку Бет. — Вивиан широко улыбнулась, демонстрируя великолепные белые зубы. — Прекрасно сегодня выглядишь, моя милая. Совершенно очаровательно. А что, шляпы такого фасона все еще носят в Северной Каролине? Помнится, у меня была очень похожая сезона три, может быть, четыре назад. Мне она никогда не шла, но на тебе смотрится неплохо.

Вивиан то и дело улыбалась и говорила почти без пауз. Было ясно, что красноречием Господь эту женщину не обделил. Бетани же рядом с ней чувствовала себя очень неловко и уже жалела о том, что приняла приглашение и приехала сюда.

— Моррисон!.. — позвала Вивиан, взглянув на стоявшего у порога дворецкого, — Моррисон, пожалуйста, посмотрите, где там застрял мистер Кэри. Я уверена, что не настолько он занят, чтобы не заметить, что гости наши уже приехали. Последние несколько дней Джеймс был страшно занят неотложными делами. — Вивиан снова повернулась к гостям. — У него множество всяких дел, и я стараюсь не слишком ему докучать. Возможно, поэтому и не знаю, что это за дела.

— Мои дела — это мои дела, и мне не хочется забивать твою головку излишними подробностями... — Навстречу им спускался по ступеням Джеймс. — Не сомневаюсь, что Вивиан удалось занять вас на время. Приношу извинения, что не смог своевременно встретить вас.

— Есть новости? — Задавая вопрос, Коннел пытался говорить как можно спокойнее, но Бетани уловила в его голосе тревогу.

— Дела обсудим позже. — Джеймс протянул другу руку.

— Ах, как замечательно, что вы приехали! — воскликнула Вивиан. — Нам здесь так не хватает общества. Я только что говорила Джеймсу, что мы должны почаще выезжать и навещать всех наших соседей. Говорила, Джеймс?

— И я уверен, что очень скоро мы сможем устроить в этом смысле... нечто грандиозное. — Джеймс многозначительно посмотрел на свою кузину, потом, взглянув на Бетани, подмигнул ей — словно делился каким-то секретом. — Вивиан еще не знает, каким отшельником стал Коннел за долгие годы.

— Жить затворником — это ужасно! Мы должны спасти Коннела, вытащить его из темницы, в которую он себя заточил. — Вивиан громко рассмеялась и тут же спросила: — А что думаешь на этот счет ты, а, Коннел? Сможем ли мы вытащить тебя из Гленмида и заманить в наш замечательный мир — в мир веселья и удовольствий?

— У меня есть чем занять время в Гленмиде, — миролюбиво отшутился Коннел.

— Бет, дорогая, позволь Джеймсу проводить тебя в дом, а я пока займусь твоим очаровательным шурином.

Коннел с удивлением покосился на Вивиан, когда та вцепилась в его руку. А Джеймс тотчас же взял под руку Бетани и, взглянув на «кузину», проговорил:

— Вивиан, дорогая, наши гости проделали долгий путь и, наверное, устали. Пригласим же их сначала в дом и предложим чего-нибудь выпить, а уж потом ты поговоришь с Коннелом о своих любимых лошадях.

Следуя за Вивиан и Коннелом, Джеймс провел Бетани в гостиную, где их ждал поднос с чайным сервизом, стоявший на очаровательном столике вишневого дерева.

— Бет, садись же. Ах, дорогая, ты выглядишь усталой! — Вивиан едва заметно нахмурилась, как бы изображая одновременно заботу и легкое раздражение.

Бетани села и молча взглянула на Коннела, усевшегося напротив нее. Вивиан же снова посмотрела на гостью:

— Ты ведь предпочитаешь чай, Бет?

По-прежнему улыбаясь, Вивиан налила всем чаю. Миссис Браун была довольно милой хозяйкой, судя по всему, при жизни мужа она часто принимала гостей. И все же Бетани в ее присутствии испытывала неловкость и даже некоторое раздражение — ей казалось, что Вивиан слишком уж выразительно поглядывает на Коннела и слишком уж часто улыбается именно ему.

А Коннелу, похоже, очень нравилось обхождение хозяйки. Принимая у нее чашку с чаем, он с широкой улыбкой произнес:

— Благодарю вас...

— Ах, нет, дорогой! — Вивиан громко рассмеялась. — Это я должна благодарить тебя. — Усевшись рядом с Коннелом, она продолжала: — Как я поняла из рассказов Джеймса, ты его ближайший сосед и друг. А Джеймс, несмотря на разделяющий нас океан, — мой любимейший кузен. Поэтому я должна поблагодарить тебя за то, что ты не оставлял Джеймса одного в этом глухом уголке. — Вивиан наклонилась к Коннелу так близко, что почти коснулась грудью его руки.

Ошеломленная происходящим, Бетани сделала такой большой глоток чая, что обожгла себе горло. На глазах у нее выступили слезы, но все же ей удалось удержаться от кашля.

Устроившись на диванчике рядом с Бетани, Джеймс проговорил:

— Вивиан обожает общество почти так же, как Коннел стремится избегать его. Они могли бы неплохо дополнять друг друга, вы не находите?

«Похоже, Джеймс подыскивает своей кузине нового мужа, — подумала Бетани. — В таком случае в ближайшее время ситуация в Гленмиде еще более запутается и осложнится».

— Да, наверное, — пробормотала она, не глядя на хозяина. — Возможно, вы правы.

«Если целью сегодняшнего приглашения было сватовство, то день окажется гораздо длиннее, — говорила себе Бетани. — Теперь ясно, что я неверно истолковала слова Коннела, когда он заявил, что визит наш будет жизненно важен для будущего Гленмида».

— Джеймс, расскажи им о «Каррэ», — сказала Вивиан. — Коннел, конечно же, найдет подробности очаровательными.

— Сию минуту, дорогая.

Он послал «кузине» взгляд, полный снисхождения, и опять обратил все свое внимание на Бетани.

— «Каррэ» — одни из самых замечательных торгов в Ирландии... и вообще где бы то ни было, — пояснил Джеймс. — Учреждены они были Ирландским скаковым клубом, который, помимо многих других замечательных мероприятий, проводит в первый понедельник мая ежегодную лошадиную ярмарку и бал-маскарад в ее честь. Посетителей всегда очень много, потому что выставляемые на продажу лошади очень высокого класса.

— Кроме того, это значительное общественное событие. — Глаза Вивиан заблестели от возбуждения. — Днем — лошади, вечером — танцы. Кто устоит?

— Только не я, — сказал Коннел. — Сколько себя помню, всегда хотел, чтобы Гленмид принял участие в этом мероприятии.

— Считай, что тебе повезло. — Джеймс сделал широкий жест в направлении приятеля. — Я добился приглашения на участие в этом году для тебя и для всех нас.

— Ты серьезно? — Коннел смотрел на хозяина с радостной улыбкой.

— Да, конечно, — кивнул Джеймс.

— Опять я твой должник. — Коннел еще шире улыбнулся. — Но как тебе это удалось?

— Видишь ли, я...

— Ах, какая разница?! — воскликнула Вивиан. — Зачем нам скучные подробности? В этом году Гленмидские конюшни будут участвовать в каррэских торгах, и это — самое главное. — Вивиан одарила Коннела обворожительной улыбкой. — И в качестве благодарности ты должен пообещать, что станешь моим партнером на балу. Джеймс, к сожалению, никудышный танцор.

— Для Гленмида все это очень хорошо, — со вздохом пробормотала Бетани.

— О да, разумеется, прекрасно! — Джеймс пожал Бетани руку и накрыл ее пальцы своей ладонью. — А теперь пойдемте... Я должен показать вам дом. Коннел, можно сказать, жил здесь, когда... одно время. Уверен, что наше путешествие не вызовет у него интереса, потому что он все здесь знает. Мы спокойно можем оставить его в обществе Вивиан. Пусть обсудят все важные детали будущего участия Гленмида в торгах.

Обсудить, какого цвета наряд следует надеть Вивиан? Или какая прическа более всего подойдет к случаю? Бетани понимала, что ей следует стыдиться «ревнивых» мыслей, но поделать с собой ничего не могла.

— Послушайся Джеймса, Бет. Посмотри с ним дом Учти, твой отказ убьет его. — Делая вид, что оправляет юбки, Вивиан еще ближе придвинулась к Коннелу. — Иди же, Джеймс, покажи Бетани особняк. — Вивиан ласково улыбнулась «кузену». — А я пока выясню, что знает Коннел о «Каррэ». Признаюсь, что нахожу все это мероприятие очаровательным. Причем не только бал.

Тихонько вздохнув, Бетани поднялась на ноги. Сейчас ей меньше всего хотелось оставлять Коннела наедине с Вивиан Браун. Да и Коннел не производил впечатления человека, которому были бы неприятны знаки внимания этой чувственной женщины.

Направление мыслей Бетани привело ее к неутешительному выводу: возможно, очень скоро между Коннелом и Вивиан произойдет то же самое, что произошло с ним у нее, когда она пришла к нему ночью в конюшню. В очередной раз вздохнув, Бетани последовала за Джеймсом.

После того как дверь за Джеймсом и Бетани закрылась, Коннел молча уставился в пол. Ну почему его другу понадобилось показывать Бетани свой дом именно сейчас?

— Так-то лучше. Теперь мы сможем поболтать без помех. — Вивиан легонько тронула плечо Коннела и с улыбкой заглянула ему в лицо: — Что же ты молчишь, дорогой?

«Неужели Джеймс решил, что я сейчас сделаю предложение его кузине? — думал Коннел. — Неужели он именно на это рассчитывает?»

— Коннел, ты слышишь?

— Прошу прощения, я немного задумался. Что ты сказала?

— Я очень рада, что они ушли, — громко и внятно, словно говорила с глухим, сказала Вивиан. — Джеймс, конечно, милый, но порой он бывает ужасно скучным собеседником.

Вивиан потянулась через руку Коннела, чтобы поставить свою чашку на стол, и на мгновение прижалась грудью к его плечу. Кружева на ее блузке разошлись, и взору Коннела открылись роскошные пышные формы. Можно было не сомневаться, что прекрасная вдова необыкновенно хороша в постели. Но Коннелу казалось, что соблазнять ее под носом Джеймса не очень-то удобно.

— Дорогой, надеюсь, ты не сочтешь, что я слишком забегаю вперед. Но не могу ли я задать тебе несколько вопросов личного характера?

Коннел не сразу отреагировал; в эти мгновения он думал о том, чем сейчас могли заниматься Джеймс и Бетани. Наконец, взглянув на хозяйку, он молча кивнул.

— Видишь ли, я хотела... Относительно Розалин и ее трагического ухода. Я прекрасно понимаю, почему ты не женился. Но прошло столько времени, и тебе, несомненно, пора подумать о создании семьи. Наверное, многие женщины в округе пытались привлечь твое внимание. Ты такой красивый мужчина. Такой сильный, такой мужественный...

Коннел по-прежнему молчал, хотя кое-что его удивило. Пусть даже Вивиан была кузиной Джеймса, но он никак не ожидал услышать от нее имя Рози. Розалин являлась запретной темой, и ни он, ни Джеймс никогда о ней не упоминали.

Джеймс вернулся из Шотландии месяц спустя после трагедии и прискакал прямо в Гленмид. Он вовсе не жаждал мести, а, напротив, предложил во всем свою помощь, которую продолжал оказывать все последующие годы. Так же, как и сегодня — с приглашением на участие в каррэских торгах. Замечательно, что у него есть такой друг, как Джеймс, — друг, прекрасно понимающий его, друг, на которого всегда можно положиться.

— Я не раз думал о женитьбе, — ответил наконец Коннел. — В последнее время думаю все чаще.

— Правда? — Вивиан в очередной раз проделала трюк с чашкой, чтобы опять коснуться грудью Коннела. — Должна признаться, что положение замужней женщины кажется мне чрезвычайно привлекательным. Если честно, то после смерти моего дорогого мужа я только об этом и думаю.

Вивиан отхлебнула из своей чашки и пристально посмотрела на Коннела пытливым взглядом широко открытых глаз.

— Я очень тебе сочувствую, — ответил Коннел, не решаясь отодвинуться от собеседницы.

Вивиан же вздохнула и воскликнула:

— О, для меня это был кошмарный период!

Она вновь наклонилась к Коннелу. «Когда же наконец закончится этот танец с чашкой?» — подумал он в раздражении.

— Временами мне хочется, чтобы меня обняли, — продолжала миссис Браун. — Чтобы просто обняли — и все. А иногда бывают моменты... когда хочется чего-то большего, чем объятия.

Вивиан смотрела ему в глаза. Она была так очаровательна и так откровенна в своих желаниях... Коннел чувствовал, что может овладеть ею прямо здесь. Чувствовал, что она с готовностью откликнется на его порыв.

На мгновение отвернувшись, он пробормотал:

— Да-да, я очень... сожалею, очень сочувствую.

Коннел ничего не мог с собой поделать: мысленно он продолжал следовать за Джеймсом и Бетани. Хотя Коннел уже много лет не был в Оук-Бенде, он довольно хорошо помнил этот дом и знал, сколько времени может занять экскурсия по нему.

Ему не хотелось обидеть Вивиан Браун, но что он мог сказать этой женщине? Ведь она предлагала себя в самой вульгарной форме. И вообще, потворство желаниям друга не может быть безграничным. Даже если Вивиан действительно намеревалась вложить деньги в Гленмид, то из этого вовсе не следовало, что он, Коннел, обязан был жениться на ней.

А может, отправиться на поиски Джеймса и Бетани? Нет-нет, не стоит беспокоиться. Ведь Джеймса Кэри он знал всю жизнь, и если уж не доверять Джеймсу...

— Так как же, а, Коннел?

Он вдруг понял, что Вивиан что-то ему говорит и при этом в очередной раз прижимается к нему грудью.

— Да-да, конечно, — кивнул Коннел.

Вивиан надула губы, изображая обиду, а щеки ее покрылись легким румянцем.

— Мне кажется, ты меня совершенно не слушаешь!

— Ты права. Я ужасно невежливый. — Коннел криво усмехнулся. — Видишь ли, Вивиан, когда человек с головой погружен в какое-либо предприятие, он, к сожалению, теряет способность вести себя в обществе прилично. Приношу свои извинения.

Окинув взглядом комнату, Коннел тяжело вздохнул «Когда же наконец они вернутся? Когда вернется Бетани?» — спрашивал он себя снова и снова.

— Если тебе улыбнулась удача, ты не должен от нее отворачиваться. — Джеймс тихо засмеялся. — Кажется, твой дядя частенько это повторял, не так ли?

— Да, верно. — Коннел допил остатки виски. — Подтверждаю, что говорил. Спасибо тебе, Джеймс, что сумел все это устроить.

— Но я настаиваю, Бет. У меня и так слишком много нарядов, и если они еще не вышли из моды, то обязательно выйдут к тому времени, когда я захочу их надеть, — без умолку болтала Вивиан, шагая рядом с Бетани.

Они присоединились к мужчинам после небольшого перерыва, на который все отправлялись: женщины — привести в порядок наряды и прически, мужчины — выпить по стаканчику после обеда.

— Я подберу что-нибудь подходящее тебе по цвету и по стилю, — продолжала Вивиан. — А пришлю завтра или послезавтра, так что у твоей швеи будет не меньше недели на то, чтобы укоротить юбку и ушить блузку.

Бетани с мольбой в глазах взглянула на Коннела: было очевидно, что болтовня хозяйки ужасно ее утомила.

— К сожалению, нам пора, — сказал Коннел. — Ведь нам долго возвращаться...

— Так скоро? — Вивиан надула губы.

Джеймс весело рассмеялся:

— За многие годы это, должно быть, самый длительный выезд Коннела из Гленмида. Думаю, нам очень повезло, что удалось удержать его в гостях так надолго.

— А как насчет нашей поездки на «Каррэ»? — спросила Вивиан.

— Непременно поедем, — ответил Коннел. — Спасибо за гостеприимство.

Вскоре подали экипаж, и Коннел с Бетани отправились обратно в Гленмид. Бетани казалось, что она никогда так не уставала, как в этот день. В сравнении с несколькими минутами, проведенными в обществе Вивиан Браун, натирка полов в огромном зале могла считаться развлечением.

Коннел молча правил экипажем; он думал о предстоящей поездке на каррэские торги и о том, какие последствия она может иметь для его конюшен. О сластолюбивой вдовушке он старался не думать, но все же время от времени о ней вспоминал.

На сей раз затянувшееся молчание Коннела нисколько не раздражало Бетани. Теперь, после проведенных в обществе Вивиан нескольких часов, у нее было о чем подумать — ко всем старым заботам и проблемам добавились и новые...

Но на многочисленные вопросы, которые она себе задавала, удовлетворительных ответов не находилось. Сумеет ли она должным образом подготовиться к предстоящей поездке? И вообще, стоит ли к ней готовиться? И если приобрести для этого новые наряды, то какие именно? Ведь она уже несколько лет ничего подобного не покупала.

А Вивиан будет там, и уж она-то сумеет привлечь к себе всеобщее внимание. Но ведь и ей, Бетани, следует выглядеть достойно. Да-да, следует выглядеть достойно, потому что она — мать наследника и будущего совладельца Гленмидских конюшен.

Тем временем в небе снова стали собираться тучи, и не было ни малейших сомнений в том, что очень скоро разразится буря. Более того, можно было с полной уверенностью сказать, что на сей раз грянет нечто грандиозное. По мере удаления от Оук-Бенда усиливался и ветер. Бетани покосилась на своего спутника. Коннел по-прежнему молчал, и временами Бетани казалось, что он попросту забыл о ее существовании — пусть даже их плечи и бедра постоянно соприкасались, когда их подбрасывало на ухабах.

И снова Бетани вспомнились чудесные часы, проведенные с Коннелом в конюшне. И при этих воспоминаниях она невольно вздохнула, чем наконец-то привлекла внимание спутника. Покосившись на нее, Коннел произнес:

— Ужасно не хочется мокнуть.

— Что?.. Ты о чем?

— Погода. — Коннел указал на темные тучи над головой. — Ливень начнется раньше, чем мы доедем.

— Да, конечно... — Бетани поджала губы. Итак, теперь, после «чудесно» проведенного дня, ей предстояло вернуться домой насквозь мокрой и забрызганной грязью — такой же вернулась и тетушка Бриджет после первой поездки в деревню. Что ж, замечательное окончание такого замечательного дня...

Тут Коннел снова на нее взглянул:

— Впереди есть пещера.

— Пещера?.. — переспросил она с удивлением.

— Да. Сейчас начнется гроза, и до ее окончания мы ехать не сможем.

Пещера? Господи, пусть бы это была ферма, гостиница, таверна... Ведь сейчас ситуация, которой ей хотелось избежать больше всего. Неужели придется остаться где-то наедине с Коннелом Делейни? Ах, только не это! Уж лучше промокнуть насквозь.

Минуту спустя на землю упали первые капли дождя, и Коннел вновь взглянул на Бетани. Кривая усмешка тронула его губы, однако он промолчал.

Прошло еще несколько минут, и дождь припустил вовсю, накрыв их сплошным потоком. Ни слова не говоря. Коннел свернул с дороги и съехал с небольшого холма. У его подножия натянул поводья и остановил экипаж.

— Бежим быстрее! — крикнул он, спрыгивая на землю и забегая на ту сторону экипажа, где сидела Бетани.

Без особых церемоний он стащил ее на землю и, схватив за руку, быстро зашагал по тропинке. Бетани покорно следовала за Коннелом, поеживаясь от холода. Сейчас она была безмерно благодарна тетушке Бриджет за накидку — та заставила племянницу взять ее с собой. Вскоре они добрались до входа в пещеру, и Коннел проговорил:

— Стой здесь, а мне надо позаботиться об Астрид.

— Что?.. — Шум дождя заглушил последние слова Коннела. — Позаботиться... о ком?

— Лошадь! — крикнул Коннел и снова выскочил под потоки воды.

Бетани обернулась, осматриваясь. Действительно похоже на пещеру. Толстые каменные стены и неровный пол. А у стены напротив виднелось что-то вроде очага. Бетани содрогнулась, но на сей раз не от холода. Неужели кто-то здесь живет?

— Теперь все в порядке. — Вернувшись в пещеру, Коннел снял мокрый плащ, и вода потоком хлынула к его ногам. — Что же ты стоишь?! — Он взглянул на Бетани. — Снимай все мокрое. Если повезет и удастся развести огонь, то мы сможем высушить одежду.

— «Если повезет»? — Сняв шляпу и плащ, Бетани последовала за Коннелом к небольшому очагу.

— Видишь ли, я пересидел здесь немало дождей. Правда, это было очень давно. Не раз мы находили здесь надежную защиту.

Бетани наблюдала, как Коннел собирает щепки и складывает их в кучку. Несколько минут спустя вспыхнул огонь, который тотчас же стал разгораться.

— Принеси сюда свои вещи, — распорядился Коннел. — И мои тоже, если не трудно.

Бетани сгребла в охапку плащи и шляпы и понесла их Коннелу. Тот разложил все на камнях вокруг очага. Снова осмотревшись, Бетани спросила:

— А с кем ты прятался здесь от дождя? — Взглянув на лицо своего спутника, она тотчас же пожалела о том, что задала этот вопрос.

Коннел довольно долго молчал, наконец пробормотал

— С Финном, разумеется. И с Рози.

Финн и Рози — эти двое принесли им с Коннелом слишком много горя, сделали их жизнь почти невыносимой. Эти двое — призраки из прошлого, которым нет места в настоящем.

— Ах, прости...

— За что? — Коннел смотрел на нее с некоторым удивлением. — То, что случилось между Финном, Рози и мной, — все это было очень давно.

«Да, но прошлое не оставляет тебя в покое, — мысленно ответила Бетани. — И меня тоже».

В пещере становилось все темнее. Коннел пристально смотрел на нее в мерцающем свете костра, и было в его взгляде что-то очень интимное и многозначительное — словно они сейчас существовали вне времени и все, что случилось здесь когда-то, не могло повлиять на жизнь вне этих стен.

«Что же здесь происходило? — думала Бетани. — Может, именно здесь Финн соблазнил Рози? А может, Рози и Коннел полюбили друг друга, когда прятались в этой пещере?» Но она не находила в себе мужества спросить об этом.

— Есть вещи, которые нам не следует обсуждать. — В голосе Коннела прозвучало предостережение.

Он находился сейчас так близко, что можно было до него дотронуться. И в то же время — недостаточно близко. На какое-то мгновение Бетани испугалась Коннела, испугалась своих мыслей, испугалась всего происходящего. Но в душе ее тотчас же закипел гнев, вытеснивший страх.

— Почему? — спросила она.

— Потому. — Он привлек ее к себе и поцеловал в губы. И Бетани тотчас же забыла обо всем на свете. Забыла о поездке к Джеймсу, о ливне, о прошлом. Сейчас, в эти мгновения, для нее не существовало ничего, кроме рук Коннела, обнимавших ее, ничего, кроме его жарких губ...

Глава 14

Стоя у окна, Джеймс еще долго задумчиво смотрел на убегавшую вдаль дорогу, хотя кабриолет отбывших гостей уже давно исчез из виду. А гулявший ветер между тем усиливался, и вскоре крупные капли дождя уже вовсю барабанили в стекла. Не было ни малейших сомнений в том, что его отъехавшие гости получат изрядную головомойку на обратном пути в Гленмид.

Джеймс принял из рук Вивиан стакан виски и, осушив его одним глотком, потребовал:

— Еще...

— Но, дорогой...

Протест «кузины» был отклонен резким движением руки — Джеймс решил, что на сегодня с него хватит пререканий. Схватив очередную порцию «успокоительного», он сделал на сей раз лишь небольшой глоток, после чего снова уставился в окно.

Стоя рядом с Джеймсом, Вивиан то и дело поглядывала на него вопросительно, но он, казалось, не замечал ее. Спустя несколько минут она тяжело вздохнула, пытаясь привлечь его внимание, но он по-прежнему смотрел в окно в глубокой задумчивости. Вивиан не выдержала и проговорила:

— Ах, опять дождь... Как думаешь, когда он кончится? Делейни, наверное, насквозь промокнут. А шляпе Бетани сырость строго противопоказана...

— Бетани? Почему так официально? Весь день ты называла ее Бет.

В ледяных глазах Вивиан вспыхнули злобные огоньки.

— Я звала ее Бет, чтобы позлить. Я заметила, что ей это ужасно не нравится.

Заявление Вивиан не удивило Джеймса, однако развеселило. Он наконец-то взглянул на нее и с усмешкой проговорил:

— Вот и хорошо. Умная девочка.

Вивиан просияла:

— Видишь ли, мне хотелось, чтобы у малышки было о чем поразмыслить, кроме того, что я собираюсь увести у нее из-под носа кавалера.

Джеймс поморщился и заявил:

— Дорогая, не люблю делать такого рода замечания, но, похоже, ты не очень-то продвинулась...

Вивиан надула губы, но ничего не сказала. Пожалуй, Джеймс был прав — она действительно не добилась успеха, и такое с ней случилось впервые.

— А я-то не сомневался, что к нашему возвращению ты со своими «маленькими хитростями» создашь однозначно компрометирующую ситуацию, — продолжал Джеймс.

— Поверь мне, это не от недостатка усилий. — Последнее замечание любовника задело самолюбие Вивиан. — Я делала все, что могла, но Коннел не проявил ко мне ни малейшего интереса.

— Все, что могла? — Джеймс снова усмехнулся и внимательно посмотрел на Вивиан. Потом медленно провел указательным пальцем по ее подбородку и добавил: — А может, ты разучилась соблазнять? Если так, то я мог бы преподать тебе весьма полезный урок.

Вивиан сделала глубокий вдох и, чуть потупившись, проговорила томным голосом:

— Ах, я всегда наслаждалась твоими... уроками.

— Чуть позже, дорогая. — Джеймс убрал руку и сделал глоток из стакана с виски. Заметив на лице Вивиан разочарование, он рассмеялся и добавил: — Очевидно, я должен тебе кое-что напомнить, дорогая моя кузина. Неужели ты забыла, что вначале следует пообещать мужчине бездну наслаждений, а затем тянуть как можно дольше?

Вивиан нахмурилась, но тут же расплылась в улыбке:

— Ах, дорогой, ты прав, как всегда. Но поверь, я действительно..

— Не принимай сегодняшнее поражение слишком близко к сердцу, — перебил Джеймс. — Уверен, что еще вручу тебе приз за твое искусство и за проницательность.

— Ты сказал... приз за проницательность?

Джеймс утвердительно кивнул:

— Совершенно верно, дорогая. Наблюдение, которое ты сделала во время нашей поездки в Гленмид, оказалось верным. Вдовушка Делейни действительно хочет закрепиться в семье, если можно так выразиться.

— Да, конечно. — Вивиан просияла. — Я сразу же это поняла. Наверное, именно поэтому у меня ничего не получилось. Коннел не обращал на меня внимания только потому, что в настоящий момент все его мысли заняты этой серенькой мышкой, женщиной, которая приехала к нему в поисках защиты.

Джеймс помрачнел и проворчал сквозь зубы:

— Очевидно, использование в своих интересах близких родственников — родовая черта семейства Делейни Что ж, надо позаботиться о том, чтобы Коннел Делейни раскаялся в своих грехах.

И тотчас же перед Джеймсом, поднимая волну душевной боли, возникло лицо Розалин. Но он тут же отогнал воспоминания. Нет, хватит, нельзя сейчас о ней вспоминать. Сейчас он должен как следует все обдумать. Джеймс улыбнулся и погладил ее по плечу.

— Ты говорил что-то о вознаграждении, — напомнила Вивиан.

— Ах да, конечно. Я был уверен: стоит мне об этом упомянуть, и ты уже не дашь мне забыть. Будь добра, открой верхний ящик стола и достань оттуда коробочку.

Минуту спустя он услышал возглас восхищения — Вивиан открыла небольшую кожаную коробочку, которую держала в руках. С сияющими глазами она приблизилась к Джеймсу.

— О, дорогой, они великолепны! — Вивиан расцеловала любовника. — Какой шикарный подарок! Я всегда мечтала о сапфировых сережках. Шерман обещал мне подарить их на следующий день рождения, но... но это было еще перед...

— Можешь надеть их попозже, — перебил Джеймс; в этот момент ему ужасно не хотелось слушать рассказы о «дорогом Шермане».

— Так как же насчет урока? — Вивиан снова поцеловала Джеймса.

— У нас впереди вся ночь...

Тут послышался осторожный стук в дверь, и они тотчас отпрянули друг от друга. Вивиан спрятала коробочку за спину как раз в тот момент, когда служанка приоткрыла дверь.

— Мистер Кэри...

— Да, Эмили. Можешь войти.

— Прошу прощения, сэр, но миссис Малруни... — Эмили сделала реверанс. — Миссис Малруни попросила меня узнать, не следует ли затопить камин и не зажечь ли светильники в этой комнате.

— Не сегодня. Можешь сделать это в моем кабинете Миссис Браун как раз говорила мне о том, что ее очень утомил визит наших гостей. Боюсь, что у нее вот-вот снова начнется мигрень. Передай, пожалуйста, миссис Малруни, чтобы приготовила ванну в комнате миссис Браун, а также принесла туда поднос с холодной говядиной и сыром — на всякий случай. А потом позаботься о том, чтобы остаток вечера никто не беспокоил миссис Браун. Поднос с закуской пусть подадут и в мой кабинет.

— Хорошо, сэр. — Сделав реверанс, служанка удалилась.

— Значит, мигрень? Я, должно быть, очень нежная дама, — с лукавой улыбкой заметила Вивиан.

— Именно это я и люблю в тебе больше всего, дорогая кузина

Раздался громкий раскат грома, и Джеймс тут же закрыл ставни.

— Если Делейни еще в дороге, ливень должен охладить их пыл, — со смехом проговорила Вивиан.

Больше всего на свете Бетани желала Коннела Делейни, желала его любви — в этом она была абсолютно уверена. И все же в глубинах ее души таился страх. Она отчаянно пыталась справиться с собой, пыталась преодолеть сомнения, однако ей никак это не удавалось.

— Коннел, — прошептала она. — Коннел, ты слышишь?..

Он взглянул на нее с улыбкой:

— Я привез тебя сюда, чтобы укрыть от непогоды, но тебе, кажется, потребуется защита от меня.

— Возможно, что это тебе потребуется защита от меня, Коннел Делейни. — Она умолкла, прислушиваясь к гулким ударам своего сердца. А может, ей сейчас не следует ломать голову над тем, правильно ли это будет или нет? Их влечет друг к другу, и это — главное, а все остальное осталось там, за стеной дождя. Прошлые ошибки и сожаления, приносившие обычно боль и страх, будут ждать их за стенами пещеры, а здесь существует только одно — потребность быть вместе, уйти от одиночества и печали хотя бы ненадолго.

Коннел молчал, и она прошептала:

— Боже, помоги нам обоим.

Он снова привлек ее к себе и поцеловал, от чего голова у нее пошла кругом. Сейчас ничто не имело значения — только его губы, слившиеся с ее губами. Этот мужчина и эти мгновения — они принадлежали только ей, и она от них не откажется.

Как Коннел сказал тогда?.. Что-то о том, что целовать ее, Бетани, надо всегда — даже тогда, когда этого делать не следует.

Бетани никогда не чувствовала себя так чудесно, никогда не испытывала такую полноту желания. Разумеется, Финн никогда не смог бы...

Она заставила себя не думать о муже, забыть о нем хотя бы на время. Сейчас она в объятиях Коннела, и Финна здесь быть не должно. И все же не так-то просто сбросить тяжелые воспоминания...

— Я не могу... Мне нужно... — Она умолкла, пытаясь подобрать слова, чтобы выразить свою душевную боль, боль, которую она так успешно и так долго скрывала.

— Бетани, что с тобой? — Теперь он смотрел на нее с беспокойством. — Что случилось?

— Я... я... — Она резко отстранилась от него, внезапно почувствовав себя ужасно глупой, никчемной и униженной.

— Что случилось? Я обидел тебя? — Коннел пытался заглянуть ей в лицо.

Бетани же в эти мгновения вдруг представилось, что это Финн ее преследует и мучает. Слезы струились по ее щекам, и она никак не могла их сдержать, лишь утирала ладонью время от времени.

— Что-то не так? Скажи мне, что именно. — Коннел обнял ее за плечи, но из глаз по-прежнему лились потоки слез. — Дорогая, чем я обидел тебя?

И тут Бетани поняла: Коннел действительно считал, что чем-то ее обидел, и теперь винил себя. Всхлипнув, она пробормотала:

— Нет-нет, Коннел, это не ты, не ты...

Во взгляде его темных глаз она увидела недоверие. И еще — беспокойство и неуверенность.

— Тогда кто же? — спросил он наконец.

— Финн.

Это имя словно возвело между ними каменную стену. Коннел помрачнел, черты его заострились.

— Я... Финн... — Бетани снова всхлипнула и тут же утерла слезы. — Понимаешь, Финн... он не был нежным... Он... — Сделав глубокий вдох, Бетани немного успокоилась. — Видишь ли, с мужем я никогда не переживала таких чудесных минут, как с тобой... До вчерашней ночи я никогда не знала... Даже представить не могла, что женщина может испытывать такие чувства.

— «Чудесных минут»? — переспросил Коннел; казалось, ее признание очень его удивило.

— Да, чудесных, — кивнула Бетани. — Финн не был нежным, он был ужасно грубым и невнимательным. А мое замужество — это была постоянная боль и унижения.

Напряженный взгляд Коннела напомнил Бетани их первую встречу; тогда он тоже смотрел на нее так, словно хотел проникнуть в самые тайные уголки ее души.

— Он издевался над тобой?

— Да.

Коннел стиснул зубы и провел ладонью по волосам.

— Он говорил, что я недостаточно приветливая... недостаточно общительная... недостаточно ответственная... Ни в чем я не могла быть «достаточной». И еще он не хотел... Не хотел, чтобы родился Росс, хотя я очень этого хотела. Финн совершенно меня не понимал. Но ему очень нравилось всякий раз давать мне понять, что я — никудышная жена. — Бетани вспомнила, что решила сейчас не вспоминать про Финна, — сейчас ей хотелось хоть немного счастья. Взглянув на Коннела, она прошептала: — Быть с тобой... Прошлая ночь... А теперь здесь...

— Мне так жаль... — сказал он со вздохом. — Я понятия не имел. Поверь, я никогда не причиню тебе боли.

— Ах, Коннел, ты не понимаешь!

— Я все прекрасно понимаю, Бетани. Я не должен быть причиной твоих слез. — Он наклонился и поцеловал ее в лоб. — Бетани, я ужасный эгоист. Я желал тебя, совершенно не заботясь о том, хочешь ли этого ты.

Слезы снова полились из ее глаз, но теперь это были слезы облегчения и радости.

— Коннел Делейни, ты никогда не причинишь мне боль. — Прильнув к нему, Бетани поцеловала его. — Я люблю тебя, Коннел.

— Но, дорогая, если ты боишься... если ты не... Лучше скажи мне сейчас. Пожалуйста, скажи...

— Да, Коннел, да.

— Но Финн...

— Послушай, что я скажу тебе. Ты должен знать: прошлое ушло без возврата.

— А настоящее?

— А в настоящем... Ты будешь любить меня, как обещал.

— Но я ничего такого не обещал.

— Нет, обещал. — Бетани улыбнулась и, передразнивая ирландский акцент Джека и Бриджет, проговорила: — Ты обищал любить всем жарам сваева тела, прикаснавением тваих рук и тваих губ.

— А, типерь я панимаю! — включился в игру Коннел и поцеловал Бетани в губы. — Ох, дорогая, ты с ума меня сведешь! — добавил он несколько секунд спустя. И вдруг сказал что-то на староирландском.

— Хотела бы я знать, что ты сейчас произнес.

— Нет слов, чтобы выразить... как я желаю тебя.

Губы их снова слились в поцелуе, а затем слились и тела.

Через какое-то время тишину пещеры нарушало лишь прерывистое дыхание влюбленных, и еще где-то в отдалении слышался шум дождя. Они долго лежали без движения, не выпуская друг друга из объятий. Коннел был оглушен и потрясен глубиной новых ощущений. Никогда в своих скитаниях и попытках забыть о горе, что причинил ему Финн, не испытывал он таких чувств, как сейчас с Бетани.

«Финн... он не был нежным...» — то и дело вспоминались ему ее слова.

И эти слова, тон, которыми они были произнесены, окончательно убедили его в том, что Бетани — очень сильная женщина. Однако сама она даже не подозревала о своей силе — считала себя слабой и нерешительной. И вот теперь эта мужественная женщина, пристально глядя на него своими небесно-голубыми глазами, говорит, что желает его, Коннела Делейни...

— Бетани... -- Он провел ладонью по ее спине. — Прошу у тебя прощения... за то горе, что причинил тебе Финн.

— Финна больше нет.

Чуть приподняв ее подбородок, Коннел заглянул ей в глаза и тихо проговорил:

— Скажи, чем я мог бы искупить вину Финна? Можно ли ее искупить?

Глаза Бетани снова наполнились слезами, но она заставила себя улыбнуться.

— Мне кажется, Финн уже за все заплатил. Но все-таки... спасибо за предложение.

Коннел нежно поцеловал ее в губы и крепко прижал к груди. Целовать Бетани, ласкать ее, даже просто прикасаться к ней — все это доставляло неизъяснимое наслаждение, прежде совершенно ему неведомое. И он даже представить себе не мог, что подобное возможно.

Умиротворенные, они вскоре уснули в объятиях друг друга.

Проснувшись, Коннел сразу же сообразил, что дождь прекратился. Однако он понятия не имел, сколько времени прошло с тех пор, как они укрылись в пещере. Может быть, часы. А может — дни. Коннел улыбнулся своим мыслям. Какая разница, как долго они пробыли в пещере? Сейчас это не имело ни малейшего значения, и нужно было подумать совсем о другом...

— О-о-о... — Бетани шевельнулась, затем потянулась. Щеки ее порозовели, и она, открыв глаза, с улыбкой сказала: — Здравствуй, Коннел!

— Здравствуй, милая. — Он поцеловал ее в губы.

— А я... мы... — Бетани окинула взглядом пещеру. — Кажется, совсем стемнело, и Росс...

— Да, ты права, — сказал Коннел. — Пора возвращаться в Гленмид.

Бетани кивнула, но не двинулась с места.

Коннел вновь ощутил груз ответственности — ему предстояло так много сделать в последующие недели. Дело, которому Коннел посвятил всю свою жизнь, сейчас всецело зависело от случайных обстоятельств. И еще у него была Бетани, приехавшая в Ирландию в надежде найти новый дом для себя и для своего сына. Она мечтала начать здесь новую жизнь, после того как ее жизнь в Америке искалечил Финн.

И теперь... Теперь она могла снова все потерять. Мысль об этом сейчас беспокоила Коннела больше всех других забот.

Коннел встал и помог подняться Бетани. Не в силах удержаться, он еще раз ее поцеловал, и она ответила на его поцелуй.

Сиденье кабриолета было еще влажным, но лошадь не пострадала — Коннел нашел ей надежное убежище недалеко от пещеры. Небо почти очистилось от туч, но уже темнело — за дальними холмами догорали последние лучи заходящего солнца. «Домашние, конечно же, будут волноваться», — подумал Коннел и вдруг рассмеялся при этой мысли. Возможно, Бетани и впрямь приехала в Ирландию в поисках семьи, но оказалось, что обрел семью именно он, Коннел Делейни. Джек, Бриджет, Бетани и даже маленький Росс — все они являлись его семьей.

Прикрыв сидевшую рядом Бетани своим плащом, Коннел хлестнул лошадь и направил ее в сторону Гленмида. И теперь мысли, которые он гнал прочь, пока они с Бетани находились в пещере, снова вернулись. Он вспомнил о «Каррэ», куда им вскоре предстояло отправиться.

Украдкой поглядывая на свою спутницу, Коннел любовался ею. Когда же она обратила на него взор своих чудесных голубых глаз, он ласково ей улыбнулся. Бетани нуждалась в защите, именно за ней она сюда приехала. И он сделает все возможное, чтобы предоставить ей защиту. Ей и ее маленькому сыну. Своей семье. Он будет защищать свою семью всеми силами.

— У тебя все хорошо? — Бетани прижалась к его плечу.

Он кивнул и вдруг почувствовал, что ему ужасно хочется развернуть экипаж и вернуться в пещеру, хочется еще немного времени побыть наедине с Бетани, побыть там, где им никто не смог бы помешать.

— Я просто подумал, что еще никогда не получал столько удовольствия от грозы и дождя, — сказал Коннел с улыбкой.

Щеки Бетани окрасились румянцем, и она улыбнулась ему в ответ.

— Я тебе верю, и я согласна с тобой. Но ты... Отчего-то ты нахмурился.

— Думал о делах. Нам надо будет очень многое сделать, чтобы добиться успеха в «Каррэ».

Глава 15

Осторожно высвободив руку из-под головы Вивиан, Джеймс выскользнул из постели. Прежде чем подойти к окну, он прикрыл плечи любовницы одеялом, после чего открыл ставню и, закурив, с наслаждением затянулся манильской сигарой.

Он очень надеялся, что в комнаты не потянет сигарным дымом и запахом — это непременно вызвало бы подозрения у прислуги. А ведь он представил Вивиан как свою кузину, поэтому должен был делать все от него зависящее, чтобы поддержать эту версию.

Конечно, для курения, чтобы не привлекать внимания прислуги, ему следовало бы спуститься в кабинет или по крайней мере перейти на свою половину. Но очень уж он любил смотреть на спящую Вивиан. Созерцание этой прекрасной сцены стало одним из его любимейших занятий.

Гроза утихла перед самым заходом солнца. Вечернее небо прояснилось, и на нем ослепительно сияли, точно отшлифованные, чистые и ясные звезды. И ветер тоже почти утих — теперь слышалось уже не громкое завывание, а тихий шепот.

Стоя у окна, Джеймс наблюдал, как улетают в сгущавшиеся сумерки пущенные им колечки дыма. В последнее время им часто владела грусть, чего прежде никогда не случалось. Ни в тот год, когда малярия унесла их с сестрой родителей, ни даже тогда, когда он, получив страшное известие о смерти Розалин, вернулся домой. С тех пор Джеймс был одинок в своем горе и гневе.

Однако теперь, в эти последние дни, ему следовало бы радоваться, даже ликовать.

Ведь он был близок к реализации своего плана, на осуществление которого ушло десять лет. Да, его труды подходили к завершению — и разве не к этому он стремился долгие годы? Разве не в этом состояла месть — месть за Розалин?

Джеймс сокрушенно покачал головой и снова затянулся сигарой. Увы, вместо радости и восторга он чувствовал пустоту в душе. Пожалуй, лишь присутствие Вивиан хоть немного отвлекало от грустных мыслей.

Да-да, здесь, в этой комнате, в ее постели, он находил... покой и умиротворение, которых прежде не знал, и временами это даже отчасти тревожило. Но почему? На этот вопрос он пока не мог ответить.

Выпустив последнее облачко дыма, Джеймс швырнул окурок сигары в темноту и, отвернувшись от окна, в задумчивости прошелся по комнате.

Несомненно, он не был готов отпустить Вивиан, по крайней мере сейчас. Стоило ей появиться в какой-либо комнате, и она словно заполняла ее всю своим присутствием. Вела же себя вызывающе — была кокетлива и чувственна, даже в одежде. Без одежды же становилась самой отзывчивой и изобретательной из всех женщин, которых он когда-либо знал.

За последние несколько лет они с Вивиан виделись не раз — во время его визитов в Америку. И каждый раз он получал огромное удовольствие от общения с этой замечательной женщиной — причем не только в тех случаях, когда ложился с ней в постель. Да, было совершенно очевидно, что его влечение к Вивиан нисколько не уменьшилось — напротив, даже возрастало с каждой встречей, с каждым днем...

Но вот чего Джеймс никак не ожидал, чего никак не мог предвидеть, так это вот таких вот чувств, как сейчас, когда вид Вивиан, спящей и беззащитной, бередил душу и вызывал странные мысли и желания. Ему хотелось защитить эту женщину, хотелось оградить ее от всех неприятностей, от всех жизненных тягот и испытаний. Вот только как совместить эти его чувства и желания с теми заданиями, которые он собирался дать Вивиан? Джеймс не мог ответить на подобный вопрос, и очень может быть, что именно это его и беспокоило.

Впрочем, он все же надеялся, что сумеет справиться со своими чувствами и с любым препятствием ради реализации своего плана. Да, когда потребуется, он непременно справится, а пока что он будет наслаждаться обществом красавицы Вивиан. Потом, когда все это закончится, он, возможно, женится на ней — лишь бы только и впредь переживать ночи, подобные этой.

Снова повернувшись к постели, Джеймс обнаружил, что она пуста. И тотчас же руки Вивиан скользнули по его плечам и дальше — к груди. Прижавшись к нему всем телом, она весело засмеялась:

— Я надеялась застать тебя врасплох, любимый.

Тоже рассмеявшись, Джеймс закрыл глаза, наслаждаясь теплом, исходившим от любовницы. Ему не хватало решимости признаться самому себе в том, что Вивиан получила над ним почти неограниченную власть. Не исключено даже, что он чуть-чуть влюбился в нее, но не говорить же ей об этом...

Высвободившись из объятий Вивиан, Джеймс сказал:

— Возвращайся в постель, дорогая.

— Только с тобой, милый. — Она пристально посмотрела на него. — Каждую ночь ты тайком ускользаешь от меня, покидаешь меня. Останься хотя бы сегодня.

Итак, Вивиан знала. По крайней мере знала о том, что он любит смотреть, как она спит. Хотя, конечно же, она не догадывалась, о чем он в такие минуты думает. У него не было ни малейшего желания делиться с ней своими мыслями. Если бы Вивиан узнала, о чем он думает, она получила бы над ним еще большую власть и это могло бы помешать реализации его планов.

Джеймс привлек любовницу к себе и поцеловал в губы. Затем отстранился и заглянул ей в глаза.

— Дорогая, ты прекрасно знаешь, что я не могу остаться. — Джеймс пересек спальню и, выйдя в небольшую гостиную, стал одеваться, чтобы потом удалиться в собственную комнату. Снова взглянув на Вивиан, громко проговорил: — Иди в постель, иначе замерзнешь.

— Но, Джеймс... — Вивиан стояла в дверях в алом сатиновом халате; ее черные волосы в беспорядке разметались по плечам. — Дорогой, мне нужно больше.

— Больше... чего? — Джеймс едва заметно нахмурился и, взяв любовницу за подбородок, заглянул ей в глаза. — Чего больше, Вивиан?

Она судорожно сглотнула.

— Раз уж Шерман... умер... раз уж так... Я ведь приехала к тебе, дорогой.

— И я принял тебя. Без всяких колебаний. Принял в свой дом, в свою постель. Разве не так?

Вивиан кивнула:

— Да, конечно. И я всегда выполняла все, о чем ты просил. — Она не спускала с Джеймса глаз. — Я стала любовницей Финна Делейни и передавала все, что ты хотел. А моя роль в его... уходе... О, это разрушило мою жизнь! — В глазах Вивиан блеснули слезы.

— Я все это знаю, дорогая. — Джеймс вдруг почувствовал себя виноватым. — Но что же еще ты от меня хочешь?

— Я хочу знать, какова моя выгода.

— Выгода? Деньги? — Джеймс ушам своим не верил. Слушать такие речи среди ночи?.. Выслушивать такое от Вивиан? Джеймс едва сдержался, чтобы не схватить ее за горло и не придушить на месте. — Дорогая, ты желаешь поговорить о том, сколько стоит твоя помощь?

Вивиан чуть отступила; в ее темных глазах пылал гнев.

— Не смей больше никогда так говорить, — тихо сказала она. — За твою месть я заплатила высокую цену, Джеймс. И ничего не просила у тебя взамен. Я проделала столь долгий путь не для того, чтобы получить от тебя деньги. Я приехала сюда за тобой.

Если бы Вивиан прокричала эти слова, эффект был бы тот же. Только Розалин когда-то могла так кратко и ясно донести до Джеймса свою мысль. Но, кроме сестры, никто еще не осмеливался так говорить с ним, и Джеймс сейчас был весьма озадачен.

Сделав глубокий вдох, Вивиан на мгновение прикрыла глаза, потом вновь заговорила:

— Шерман всегда учил меня искать выгоду. Учил, что надо выяснить, чего другая сторона хочет от сделки. — Она снова смотрела в глаза Джеймсу. — Поэтому я хотела бы знать, что ты получаешь, разорив Делейни. Тут дело.. слишком уж личное, понимаешь?

— Удовлетворение. Я получу удовлетворение. — Джеймс отвернулся и, сняв со спинки стула сюртук, надел его.

— Удовлетворение от чего? — Вивиан откинула за спину волосы. — И кто его получит?

— Моя покойная сестра. За то, что они ее соблазнили За их предательство. Я поклялся, что Делейни познают всю горечь одиночества, бездну отчаяния от рухнувших надежд, поклялся разрушить все то, чем они дорожат в жизни. Я поклялся, что они испытают то же самое, что испытала Розалин. Моя дорогая маленькая сестренка.

Закрыв глаза, Джеймс вспомнил, как смеялась Рози, когда они еще детьми бегали по полям и холмам Килдэра, и представил, как выглядела она в тот день, когда согласилась выйти замуж за Коннела, — тогда глаза ее светились от счастья. Но вдруг картины эти разом исчезли, и их сменила другая, та, которая уже десять лет преследовала Джеймса, картина, являвшаяся ему в ночных кошмарах; теперь он видел извлеченную из реки Рози и воду, стекавшую с ее мокрого платья и с волос...

— Она была более впечатлительной, чем мы полагали. Рози постоянно требовались внимание и забота, а меня, увы, с ней не было. Моя замечательная сестренка заслуживала счастья, а Делейни вместо этого довели Рози до самоубийства. Они оба. И Финн, и Коннел.

Джеймс пытался говорить как можно спокойнее, но голос его дрогнул и в груди все закипело от ярости, так что он с трудом сдерживался.

— Моя выгода — это месть, Вивиан. Только месть имеет значение. Я должен отомстить ради Розалин.

Ошеломленная словами Джеймса, Вивиан смотрела на него во все глаза; казалось, она не могла произнести ни слова.

— Оденься, — сказал он ей. — Я расскажу тебе обо всем подробно, но только не раньше, чем доберусь до графина с виски.

Прежде чем Вивиан успела ответить, Джеймс вышел из комнаты и вскоре вернулся с графином виски и двумя хрустальными бокалами. Ему вовсе не хотелось вспоминать трагическую историю Розалин, но сейчас, как и много раз до этого, Джеймс заставлял себя это делать — так раздувают пламя угасающего костра, чтобы он не потух окончательно. Джеймс постоянно чувствовал, что ненависть, которую он испытывал к Коннелу, ослабевала, а этого ни в коем случае нельзя было допускать.

Когда вошел Джеймс, Вивиан расхаживала босиком по гостиной и на ней был все тот же алый халат. Взглянув на любовника, она пробормотала:

— Но, дорогой, почему же ты раньше...

— Помолчи, Вивиан. — Джеймс со стуком захлопнул за собой дверь. — Я действительно не рассказывал тебе об этом раньше. Я заставил тебя думать, что преследую Финна из-за каких-то проблем в наших деловых отношениях. Мне казалось, так тебе будет понятнее. На самом же деле я хотел отомстить за сестру. Но с тех пор наши с тобой отношения... С тех пор наши отношения совершенно изменились, и теперь ты заслуживаешь права знать всю правду.

Поставив графин и бокалы на ореховый столик у камина, Джеймс налил в них виски ровно на два пальца.

Вивиан выслушала признание Джеймса, не проронив ни слова, и он нисколько этому не удивился. Конечно же, она тоже понимала, что их отношения зашли слишком далеко. Понимала также и то, что теперь стала играть в его жизни гораздо более значительную роль, чем та, что он отводил ей прежде.

Джеймс подал один из бокалов Вивиан и, молча отсалютовав своим, одним глотком осушил его. Знакомое приятное тепло тут же растеклось по всему телу. Вивиан же выпила свое виски медленно, в несколько глоточков.

— Расскажи о своей сестре, — попросила она.

Джеймс налил себе еще на палец и закрыл графин хрустальной пробкой.

— Она была очаровательна, моя сестра. Очень доверчивая и мечтавшая о счастье и о семье. У нее были длинные светлые волосы и большие темные глаза. Рози была любимицей наших родителей. Впрочем, сестру любили все, кто ее знал. Если бы родители были живы, смерть Розалин убила бы их. Для меня это — единственное слабое утешение во всей этой печальной истории. Родители не перенесли бы ее трагедии, а если бы узнали, что Розалин...

Вивиан коснулась плеча Джеймса. Взглянув на нее, Джеймс прочел в ее взгляде сочувствие и понимание. Он отвел взгляд и продолжал:

— Мы были прекрасно знакомы с семейством Делейни. Я вырос вместе с Финном и Коннелом. Они были неразлучны, и оба очень хорошо ко мне относились. Одно время мы трое были лучшими друзьями. Я очень часто бывал в Гленмиде, а они — в нашем поместье. И кто мог знать, что все вдруг таким образом изменится?.. — Джеймс невесело рассмеялся и провел рукой по волосам. — Я уехал учиться, а Рози влюбилась в Коннела где-то зимой, в первый год моей учебы в Эдинбурге. Сначала мы подумали, что это самое обычное увлечение, первая любовь. Но через год Коннел попросил руки Розалин. Я же с облегчением узнал, что Рози выбрала именно Коннела, а не Финна. Мне казалось, что это будет очень удачная партия. Я полагал, что Коннел будет заботиться о ней, как Рози того заслуживала. Коннелу я доверял полностью. — Джеймс вздохнул и сделал глоток виски. — Уезжая на последний семестр в Эдинбург, я оставил Розалин на попечение Коннела. Вернувшись, я уже не застал сестру в живых.

— Что же случилось? — шепотом спросила Вивиан — так тихо, что Джеймс едва расслышал вопрос.

Сделав очередной глоток, он вновь заговорил:

— Случилось так, что Финн соблазнил Рози. Видишь ли, братья всегда и во всем соперничали, и женщины... они тоже не стали исключением. Розалин стала всего лишь очередным призом в их состязании. Финн соблазнил Рози, воспользовавшись ее неопытностью и беззащитностью, соблазнил, совершенно не думая о том, что разрушит Рози жизн Этот негодяй думал лишь о победе, которую он одержит над своим кузеном.

— Ах, Джеймс...

Резким движением руки Джеймс заставил любовницу замолчать — сейчас он не нуждался в ее сочувствии.

— Вивиан, дай мне закончить. Ты должна узнать все до конца. Узнав, что беременна, Рози первым делом бросилась к Финну. Но тот и пальцем не шевельнул, чтобы как-то помочь сестре или ребенку, которого сам же и зачал. Финн пожелал Рози удачи в ее объяснениях с Коннелом. Это все, что написала Розалин в своей предсмертной записке.

Вивиан молча слушала. Слушала, затаив дыхание и пристально глядя на Джеймса.

— Хотя в своей записке Рози не упоминает Коннела, я предполагаю, что после Финна сестра пошла к своему жениху и во всем ему призналась. Рассказала о том, как Финн ее соблазнил и как отказался от нее. От нее и от ребенка. Я представляю, как Розалин умоляла Коннела простить ее. Умоляла принять и понять... А Коннел, насколько я знаю, прогнал Рози — точно она никогда и ничего в его жизни не значила. Больше сестре пойти было некуда. Некому было ей помочь. А я все еще находился в Шотландии, так что Рози осталась одна со своим позором. И она лишила себя жизни.

Джеймс умолк, и в комнате воцарилось напряженное молчание; казалось, между Джеймсом и Вивиан витает дух несчастной Розалин. Тяжело вздохнув, Джеймс осушил свой стакан.

— Мне так жаль. — Вивиан обняла его за шею.

— Боль давно уже прошла, — пробормотал Джеймс. Взяв Вивиан за подбородок, он заглянул ей в лицо. По ее бледным щекам струились слезы. — Дорогая, ты представить себе не можешь, как трудно мне было сдерживать свою ярость. Но я должен был назначить им наказание и степень страданий. И Финн, и Коннел, оба они должны были в полной мере получить свое. Негодяя Бреннана, вырастившего их, мне удалось опутать долгами почти до разорения, что и послужило причиной постигшего его удара. И сейчас Гленмид находится в долговой ловушке. А Финн... Ты знаешь, что Финну удалось удрать.

Смертельно побледневшая, Вивиан молча кивнула. По вине Финна ей тоже пришлось пострадать.

— Но Коннел здесь, в Гленмиде, он должен получить все сполна. Не только за то, что бросил мою сестру, отказался от нее, но еще и за то, что мне пришлось выслушивать все его жалкие извинения и годами изображать дружбу, искреннее к нему расположение. — Джеймс положил руки на плечи Вивиан, но та никак на это не отреагировала. — Теперь ты понимаешь, что я должен закончить начатое?

— Я... — После некоторого колебания Вивиан кивнула: — Да, понимаю. Ты должен отомстить за смерть своей сестры.

— И ты поможешь мне в этом, — решительно заявил Джеймс.

— Да, конечно. — Вивиан снова кивнула. — Всем, чем могу, я помогу тебе обрести покой. Помогу отомстить за смерть Розалин.

— Спасибо. — Джеймс привлек любовницу к себе и поцеловал. Он был ей искренне благодарен. Вивиан была для него подарком судьбы, бальзамом, изливавшимся на раны, которые он разбередил рассказом о судьбе своей сестры.

— Дорогой, идем в постель, — тихо проговорила Вивиан. — Пойдем быстрее. Оставь на время заботы. Позволь мне утешить тебя, хотя бы ненадолго.

— Не возражаю. — Заключив Вивиан в объятия, Джеймс направился с ней обратно в спальню. Ему хотелось еще рассказать ей о своих планах окончательного унижения Делейни, рассказать о том, как он намерен присвоить Гленмидские конюшни, но с этим можно было подождать и до утра.

А до рассвета оставалось еще несколько часов.

— Что ж, если ты так хочешь... — в раздражении проговорила Вивиан. — Дорогой, но как ты можешь требовать, чтобы я вышла за него замуж? Как ты можешь...

— Вивиан, я же не говорю, что это будет настоящее замужество. — И как она только смеет задавать вопросы после того, как он выложил все свои планы?!

— А какое же тогда? — Вивиан, шурша бархатным халатом, отошла к окну. — Ты имеешь в виду... видимость брака? И ты серьезно полагаешь, что такой человек, как Коннел Делейни, согласится на подобное? Лично я так не считаю. — Повернувшись к Джеймсу, Вивиан с беспокойством посмотрела на него: — Кроме того, следует принять во внимание его невестку. Я из кожи вон лезла, преподнося себя Коннелу на золотой тарелочке, но у меня ничего не вышло. Он, может быть, еще сам этого не понимает, но, похоже, парень по уши влюблен в Бет.

— Влюблен? — переспросил Джеймс. Это обстоятельство, возможно, было ему даже на руку. — Ты уверена?

— Разумеется, — с улыбкой ответила Вивиан. — Я очень даже неплохо знаю мужчин, поэтому сразу вижу, что у них на уме. Пока ты там совершал свою прогулку с Бет, Коннел провел время со мной в приятной светской беседе. Ему и в голову не приходило, что можно заняться чем-нибудь поинтереснее.

— Ах, дорогая, не стоит огорчаться из-за этого досадного эпизода. Желания Коннела мало что значат. — Джеймс подошел к Вивиан. — На самом деле тебе не надо выходить замуж за Коннела. Ты только сделаешь вид, что заинтересована в этом браке. А я прослежу, чтобы предложение было сделано. Ты согласишься, а дальше — уж моя забота.

— А как же Бетани?

— А что Бетани?

— Как ты собираешься нейтрализовать ее?

Заглянув в глаза Вивиан, Джеймс понял, что не стоит посвящать ее в эту часть плана. При всей ее готовности помогать ему, Вивиан не согласилась бы продолжать игру, узнай она о его планах относительно вдовы Финна.

— Дорогая, предоставь хорошенькую малышку Бетани мне. Уж я позабочусь, чтобы она не стала препятствием между Коннелом и тобой.

Джеймс погладил Вивиан по щеке, с удовольствием наблюдая, как та прикрыла глаза, подставляя губы для поцелуя.

— Доверь мне дело с вдовой Делейни. В конце концов, она ведь тоже должна получить свою порцию наказания. Бетани вышла замуж за Финна по собственной воле. Она родила ему сына. Если Бетани Дойл придется немного за это пострадать, что ж, так тому и быть.

— Как хочешь, Джеймс. — Это были именно те слова, которые он хотел сейчас услышать. — Я во всем полагаюсь на тебя.

Он ласково улыбнулся любовнице.

— Благодарю, моя дорогая. — Джеймс старался подавить терзавшее его чувство вины. После стольких лет подготовки он не собирался отказываться от своих планов мести за смерть Розалин.

Да, не собирался.

Даже ради Вивиан.

Даже ради самого себя.

— Милая, когда-нибудь будет конец? — Джек смотрел на лежавшую у нижних ступеней гору саквояжей, дорожных сумок и коробок с таким откровенным беспокойством, что Бетани едва удерживалась от смеха.

— Послушай, Джек Брениген, даже и не пытайся указывать нам, что мы должны брать с собой, а чего не должны, — ворчала спускавшаяся по лестнице тетушка Бриджет. — Сам прекрасно знаешь, что по нашим персонам люди будут судить о благосостоянии Гленмида. И если мы предстанем перед людьми нищими, то они подумают, что у нас нет достаточно денег на покупку лошадей. Кроме того, тебе самому понравится, когда мы во все это нарядимся.

— Мне бы очень понравилось, если бы коробок было немного поменьше. Ума не приложу, как все это толкать в экипаж, — проговорил Джек.

— Ах, что с тобой, любимый? — Спустившись с последней ступеньки, Бриджет обняла Джека за плечи. —

Тебе не терпится рассказать мне о том, как ты восхищен нашими усилиями, нашими трудами?

Джек расплылся в улыбке:

— Да, милая, ты права.

— Вы ведь не собираетесь снова ее целовать, мистер Блэк Джек? — подал голос Росс.

Сколько Бетани ни убеждала сына, что Блэк Джек — это не настоящее имя Джека, все было напрасно. Мальчик твердо стоял на своем. К тому же он был абсолютно уверен в том, что старая тетушка Бриджет влюблена в пирата, и в этом случае он нисколько не ошибался.

— Да, паренек, боюсь, что это именно то, что я собираюсь сейчас сделать. Причем с этого момента собираюсь делать это каждый день. — Джек подмигнул Россу и, подтверждая серьезность своего намерения, запечатлел на щеке Бриджет жаркий, но вполне целомудренный поцелуй.

— Ловлю тебя на слове, дорогой. Росс, ты будешь моим свидетелем, — с улыбкой заявила Бриджет, щеки ее зарделись.

— С какой стати я должен быть свидетелем каждый день? Одного раза достаточно, — проговорил Росс с серьезнейшим видом. Все вокруг дружно расхохотались, а мальчик в досаде нахмурился.

— Ладно, парень, не сердись. — Джек протянул Россу руку, и они обменялись рукопожатиями.

Джек и Бриджет выглядели по-настоящему счастливыми. Бетани то и дело поглядывала на тетушку, она улыбалась Бриджет и даже немного завидовала ей. После возвращения из Оук-Бенда они с Коннелом с головой погрузились в подготовку предстоящей поездки, и Коннел целыми днями пропадал на конюшнях. Но если Джеку удавалось вырваться на короткое время в поместье под предлогом обеденного перерыва, то Коннел в доме почти не появлялся.

Бетани старалась успокоить себя мыслью о том, что Коннелу необходимо должным образом приготовиться к поездке в «Каррэ». В конце концов, они намеревались принять участие в лошадиных торгах.

Но на сердце у Бетани лежал камушек сомнения, становившийся с каждым днем все тяжелее. Ей становилось все яснее: Коннел избегает встреч с ней. Бетани мучили сомнения и многочисленные вопросы, и на главный из них она никак не находила ответа. Действительно, почему Коннел уклонялся от встреч с ней, особенно от встреч наедине?

За прошедшие несколько дней они обменялись лишь несколькими фразами относительно приготовлений к сегодняшнему отъезду. И даже в этих разговорах Коннел, казалось, выдерживал дистанцию, словно между ними возникла какая-то невидимая стена. В чем же причина? В том, что она, Бетани, — вдова Финна? Или в том, что сама рассказала о своем замужестве? А может, Коннел счел ее слишком назойливой?

— Я хотела бы взять что-нибудь из этого тоже. — Бетани предложила свою помощь в переноске багажа. Ей хотелось хоть чем-то отвлечь себя от тревожных мыслей, не покидавших ее ни днем, ни даже в долгие бессонные ночи.

Через несколько минут все приготовления были закончены, и Джек принялся загружать багаж в карету. Бриджет же, взглянув на племянницу, сказала:

— Пока джентльмены занимаются с поклажей, айшон, нам следует наведаться на кухню и посмотреть, как там поживает Дженна О'Тул. Она должна приготовить для нас дорожную корзину с продуктами.

Бетани кивнула:

— Да, конечно. Похоже, погрузка действительно займет некоторое время.

— Надеюсь, они не забудут оставить местечко и для нас, — хохотнула Бриджет. Они пересекли дворик, вошли в холл и тотчас же наткнулись на небольшую холщовую сумку. — Ах, забыли! — воскликнула тетушка Бриджет. — Сюда я сложила нашу обувь.

Бетани взялась за сумку:

— Я отнесу ее к карете и через минуту буду на кухне.

— А я пока посмотрю, не забыла ли Дженна положить несколько запасных чайных чашек, договорились?

Женщины разошлись в разные стороны. Открыв парадную дверь, Бетани увидела, что ее сын что-то обсуждает с Джеком.

— Вы ведь не будете слишком заняты, мистер Блэк Джек? — спросил мальчик. — Помните наш договор?

— Буду смотреть во все глаза, парень. Обещаю.

— Что именно? — спросила Бетани.

Собеседники вздрогнули и повернулись к Бетани. Причем вид у обоих был виноватый.

— Ну, дело в том... — пробормотал Джек.

— Нет-нет, — перебил Росс. — Лучше я сам ей скажу, мистер Блэк Джек. Мама считает, что я еще маленький мальчик, а я вовсе не маленький. Мужчина берет ответ... ответственность, вот так-то.

— Ты прав, парень, — кивнул Джек. — Мужчина всегда берет на себя ответственность, что бы ни случилось.

Бетани внимательно посмотрела на сына:

— Росс, скажи мне, в чем дело?

— Я попросил мистера Блэк Джека, чтобы он присмотрел там для меня пони. Только не делай такое лицо, мама! Я не просил купить мне пони, а только найти хорошего, чтобы ты могла увидеть, какие они замечательные. Не очень большого и не очень быстрого. — Росс перевел дух. — Я подумал, что если мистер Блэк Джек или дядя Коннел покажут тебе, то ты наконец-то серьезно об этом задумаешься. Ты должна понять, что я уже не маленький и мне совершенно необходим пони.

Глядя на сына, Бетани вдруг подумала о том, что он и впрямь повзрослел в последнее время. Возможно, Росс стал уже вполне взрослым для пони. Но что случится, если Росс, получив долгожданное сокровище, будет вынужден тут же с ним расстаться? Ведь не исключено, что им с сыном придется уехать отсюда, когда вопрос с наследством будет решен. И такая перспектива выглядела более чем реальной, если учесть сложившееся положение дел. Бетани не могла оставаться в Гленмиде с Коннелом, не став его женой.

— Если мистер Брениген покажет мне подходящего пони, обещаю тебе подумать очень серьезно, — ответила Бетани. — Но из этой поездки мы, разумеется, не привезем никакого пони. Надеюсь, это тебе понятно.

— Да, мама, — кивнул Росс. Расправив плечи, он потянулся к руке матери за сумкой: — Давай сумку. Мы почти закончили.

— Спасибо, Росс.

В этот момент прямо за спиной Бетани послышался голос Коннела — должно быть, он пришел с конюшен. Впервые за несколько дней они оказались так близко друг от друга, и сердце Бетани сжалось от жалости, когда она взглянула на него. Он выглядел так, словно не спал уже несколько дней. Бетани подавила в себе жгучее желание протянуть руку и поправить прядь волос, упавших ему на лоб. Коннел же обвел всех взглядом и проговорил:

— Я хочу еще раз проверить, все ли бумаги у нас в порядке, а потом мы можем выезжать. — Посмотрев на Бетани, он добавил: — Мы не могли бы пройти на минуту ко мне в кабинет?

— Да, конечно. — Бетани покосилась на сына: — Не уходи далеко, Росс, чтобы мы могли попрощаться.

— Хорошо, мама.

Бетани прошла следом за Коннелом в дом, а затем в его кабинет. Не успела она переступить порог, как Коннел заключил ее в объятия. Несколько мгновений он с жадностью всматривался в ее лицо. Бетани же была настолько ошеломлена, что не сразу сообразила, что происходит. Она понимала только одно: Коннел держит ее в объятиях и смотрит ей прямо в глаза.

«Ах, наконец-то он наступил, этот миг, наконец-то...» — подумала она. И в тот же момент Коннел поцеловал ее с такой страстью, что вмиг разлетелись все преграды, возникшие за эти дни отчуждения. Бетани прильнула к Коннелу столь порывисто, что они оба едва устояли на ногах.

— Дорогая... — пробормотал он в смятении. — Господи, Бетани, как же я по тебе соскучился!

— Но я была здесь все это время.

— Да, конечно, но мне в жизни не приходилось терпеть такие муки, какие я испытал, избегая тебя. Но видишь ли, мне надо было готовиться, и если бы не это, то я не думаю, что смог бы... Я... Просто мне нужна была ты, понимаешь? Я хочу, чтобы ты запомнила: все, что я делаю... я делаю... чтобы защитить тебя... защитить Росса... Гленмид... будущее, которого ты заслуживаешь. — Коннел по-прежнему смотрел ей прямо в глаза, и Бетани казалось, что он заглядывает в ее душу. — Обещай мне, что ты поймешь. Обещай, что будешь помнить об этом, когда по дороге начнешь думать о нашем будущем. И не важно, что там может случиться. Главное — обещай, что всегда будешь знать о том, что для меня только это имеет значение.

Бетани не знала, что ответить. Мысли ее спутались, и ей казалось, что в словах Коннела не было ни малейшего смысла. Внезапно вспомнились все те вопросы, что мучили ее в последнее время, но она чувствовала, что не в состоянии задать их, по крайней мере сейчас. Да и сейчас было не до этого — ведь на его плечах лежал непомерный груз забот.

Что ж, пока ей хватит и объятий Коннела, хватит его чудесного поцелуя. Не вполне понимая, о чем, собственно, идет речь, Бетани ответила:

— Обещаю, Коннел. Я буду помнить.

Он с облегчением вздохнул.

— Вот и хорошо. — Снова ее поцеловав, добавил: — А теперь приготовь свои наряды и шляпки. Мы должны поразить наших покупателей.

Глава 16

— Ваша комната — вверх по лестнице, мистер Делейни. Вторая дверь направо. Все ваши спутники устроены на ночь. Все необходимое вы найдете внизу, у задней лестницы.

Престарелая дама, сопровождавшая Коннела и благоухавшая запахами жимолости и увядших цветов, указала куда-то в сторону, и пламя свечи в ее руке затрепетало, создавая игру теней на высоких оконных створках.

Перехватив в левую руку сумку, в которой лежали его бритвенные принадлежности и свежая рубашка на утро, Коннел правой рукой взялся за перила. От его прикосновения перила, словно протестуя, заскрипели. Час был поздний, и сил на разговоры совсем не осталось. Коннел вздохнул и начал подъем по ступенькам, казавшимся бесконечной тропинкой на вершину узкой и высокой горы. В Гленмиде таких крутых лестниц не было, и к тому же он слишком устал...

Остановившись на несколько секунд, Коннел изобразил вежливую улыбку и сказал своей древней проводнице:

— Благодарю вас, миссис Дуглас.

— Вам нужна свеча, чтобы добраться? — Старушка посмотрела на Коннела сквозь роговые очки, стекла которых были такими толстыми, что глаза за ними казались огромными. — Хотя я не люблю давать свечи постояльцам, если сама могу проводить их до комнаты. Тем более что два года назад какой-то пьяный болван поджег дом О'Нилов на Милк-стрит. Но вам, если хотите, я дам свечку. Если вы считаете, что она вам нужна.

— Нет, уверен, что и так прекрасно доберусь. Вторая дверь налево?

— Поскольку вам с утра пораньше надо быть на ярмарке, на рассвете моя сестра приготовит вам кофе и бисквиты, — сказала старушка, после чего направилась в сторону кухни, унося с собой крошечный источник света.

Оставшись в полной темноте, Коннел пробурчал:

— Значит, вторая дверь налево... — Он очень надеялся, что ему удастся поспать хотя бы несколько часов, чтобы завтра, когда потребуется, он смог бы действовать решительно и принимать верные решения. Бетани же спала по соседству, и ей, конечно же, тоже следовало хорошенько выспаться

Коннел предполагал, что их с Джеком поселят в одном номере, и очень удивился, когда встретившая их по прибытии сухощавая дама сообщила, что в связи со «сложившимися обстоятельствами» они будут жить в отдельных комнатах. Им продемонстрировали «апартаменты», в которых предстояло остановиться на время ярмарки. Комнатушки эти были немного шире лестницы, по которой ему сейчас предстояло подняться. И очень трудно было повернуться в такой комнатке, не ударившись обо что-либо локтем или коленом.

Особенно сейчас, когда вокруг кромешная тьма.

Верный, как всегда, своему слову, Джеймс обеспечил не только их приезд и демонстрационную площадку на ярмарке, но и условия проживания. К сожалению, в это время спрос на комнаты в «Каррэ» резко возрастал, а поэтому условия проживания были далеко не блестящими Но с этим, вероятно, следовало смириться; главное — чтобы можно было преклонить голову и переодеться.

Поднявшись по лестнице, Коннел начал потихоньку продвигаться в темноте на ощупь. Через минуту-другую ему наконец-то удалось нащупать дверь, и, открыв ее, он шагнул внутрь. Остановившись, он немного постоял, чтобы глаза привыкли к темноте, и вскоре заметил что-то похожее на свет, проникавший через единственное окно в комнате. Прошло еще немного времени, и глаза его стали различать смутные контуры некоторых предметов. Самым большим из них был скорее всего контур кровати Коннел вытянул руку в сторону и наткнулся на спинку стула, стоявшего у стены, рядом с дверью. А рядом находился умывальник. Что ж, очень хорошо.

Быстро сняв куртку и жилет, Коннел бросил их на стул и, шагнув к умывальнику, смыл с себя дорожную пыль. Затем прошел по комнате и присел на край кровати, чтобы снять ботинки. Кровать громко скрипнула, и тотчас же раздался громкий шепот:

— Кто здесь? Здесь есть кто-то?

Женский голос с хрипотцой был сонным, и в нем звучала тревога. Удивительно знакомый и бесконечно дорогой голос, а запах, исходивший от этой женщины, казалось, проникал в самое сердце Коннела.

— Бетани, ты?

— Да.

— Это я, Коннел.

Может, он ошибся дверью? Или сестры Дуглас догадались воплотить в жизнь его желание? А может, Бетани пришла сюда, желая видеть его?

— Дорогая, что ты здесь делаешь?

Коннел почувствовал, как под ним зашевелились простыни и одеяло, а пружины матраца жалобно скрипнули, когда Бетани села в постели. В темноте Коннел смог различить лишь расплывчатые контуры ее фигуры.

— Миссис Дуглас прислала меня сюда. Она сказала: вторая дверь налево.

Она сказала ей «налево»? Значит, он ошибся? Да, вероятно, ошибся.

— Все правильно, дорогая. Выходит, я просто ошибся.

— А-а-а... понятно.

Ее улыбка овеяла теплом душу Коннела. Ему следует немедленно встать и убраться за дверь. Быстро, пока еще кто-нибудь не обнаружил его ошибку. Но Коннел чувствовал, что ему ужасно не хочется уходить. Хотелось остаться... хотя бы на несколько минут. А еще лучше — забраться под одеяло и оставаться в постели Бетани всю ночь.

— Дорогая, мне следует извиниться за ошибку. И за то, что побеспокоил тебя.

— Не надо.

— Мне следует уйти...

— Останься.

Потянувшись к Бетани, он заключил ее в объятия — такую теплую и такую восхитительную.

— Коннел...

Бетани произнесла его имя с легким придыханием, от чего он окончательно потерял голову. В следующее мгновение Коннел крепко прижал ее к себе и губы их слились в страстном поцелуе. В эти мгновения Коннел чувствовал, что ему хочется одного: оставаться с этой женщиной как можно дольше — оставаться всю жизнь.

— О Коннел, — прошептала Бетани, когда поцелуй их прервался.

Он обнял ее еще крепче, губы их снова слились в поцелуе.

В течение последних двух недель Коннел пытался серьезно поговорить с Бетани. Рассказать о том, что поместье находится под угрозой краха, а ему, возможно, придется принять в создавшихся обстоятельствах очень важное решение. Но всякий раз, оказываясь с ней в одной комнате, или просто при мимолетной встрече, он удерживался от разговора, потому что надеялся: все как-нибудь устроится и ему удастся справиться с трудностями.

Если только завтра день будет удачным, если завтра ему удастся заполучить достаточное количество заказов для расчета с кредиторами и для спасения Гленмидских конюшен, он, Коннел, непременно попросит руки Бетани. Ох, слишком уж много этих «если», слишком уж много...

«Я знаю, что ты за человек...» Кажется, так сказала Бетани во время их встречи в новых конюшнях. И еще она сказала, что он человек, достойный уважения. Коннел был сражен прямотой и откровенностью этой женщины. Оказывается, нечестивец в глазах Бетани был человеком, достойным уважения!

И Коннелу отчаянно хотелось быть именно таким, каким его считала Бетани. Хотелось быть мужчиной, способным дать ей счастье. Но что, если он не сможет обеспечить ей достойную жизнь, а жить им придется тем не менее вместе? Что, если завтра он потерпит поражение и не сможет заключить столько сделок, сколько требуется для того, чтобы успокоить кредиторов?

Увы, действительность грубо ставила его на место именно здесь и сейчас, когда он сидел на постели Бетани, держа ее в объятиях, целуя ее... Господи, неужели он действительно потерпит поражение? Если так, то его едва ли можно назвать достойным уважения человеком.

«Вивиан может стать ключом к твоему спасению... Все могло быть гораздо хуже...» — прозвучали у него в ушах слова Джеймса, и Коннел невольно содрогнулся.

Что ж, если завтра он действительно потерпит поражение, если будет вынужден последовать плану Джеймса и жениться не на Бетани, а на Вивиан Браун, жениться ради спасения Гленмидских конюшен, то это только лишний раз докажет, что Бетани в нем ошиблась и он, Делейни, именно такой, каким его считают, то есть совершенно недостойный уважения. В глазах Бетани он станет лжецом и предателем.

Но нельзя говорить сейчас о возможном поражении, нельзя говорить Бетани такие вещи, сжимая ее в объятиях. Уж лучше подождать до завтра, а потом... Коннел невольно вздохнул, подумав о том, что рано или поздно рассказать придется.

Вероятно, ему следовало давно уже рассказать все Бетани, рассказать всю историю своей многолетней задолженности. Бетани и Росс заслуживают лучшего положения, чем то, в котором оказались, приехав сюда. Годами он жил в долг, урезал свои расходы и экономил на всем с единственной целью — накопить денег и выкупить любимые конюшни с условием, что дальнейшее их развитие сможет давать прибыль, чтобы компенсировать начальные издержки. Но приезд Бетани с Россом подстегнул инвесторов, и они потребовали возврата займа раньше времени. Сможет ли он сказать... хотя бы часть правды, сказать так, чтобы Бетани не возложила всю вину на себя? Будет ли она смотреть на него теми же глазами, что сейчас, когда поймет, что он вполне может разрушить ее жизнь так же, как в свое время Финн?

Вопросы эти ледяным душем охладили страсть Коннела и тяжелой глыбой легли на душу.

Он не мог допустить, чтобы Бетани винила себя за его, Коннела, ошибки. Вначале финансовый крах конюшни потерпели из-за пристрастия дяди Бреннана к азартным играм. А теперь его собственная опасная игра могла привести к тому, что они опять потеряют конюшни, на этот раз уже навсегда. Приезд Бетани с сыном, возможно, и осложнил ситуацию, но Бетани была здесь ни при чем, она вела себя безупречно и заслуживала лучшей участи.

— Знаешь, милая, мне сегодня ночью надо как следует отдохнуть. Завтра очень важный день. Тебе тоже не мешает отдохнуть. Прости за вторжение, за то, что напугал тебя.

Коннел сгреб со стула свою одежду и открыл дверь, чтобы направиться в свободную комнату напротив.

— Спокойной ночи, Коннел. — В голосе Бетани было столько грусти, что он едва не вернулся к ней.

— Спи спокойно, дорогая.

— Тетушка Бриджет, я действительно не могу привыкнуть к такой ширине, — проговорила Бетани, осматривая свое бледно-желтое кашемировое платье. — Не уверена, что смогу благополучно спуститься с лестницы теми мелкими шажками, которых требует такой покрой.

Бриджет еще раз придирчиво осмотрела трехслойную юбку.

— Да, действительно... Вот эти складки, если бы я не пощупала их собственными руками, я вряд ли приняла бы за настоящие. Но не беспокойся, ты выглядишь замечательно, айшон. Приятно видеть тебя в достойном наряде Давненько такого не было.

Коннел настоял на том, чтобы они потратили часть средств, выделенных на поездку, на покупку тканей. С их помощью Бетси и Бриджет отреставрировали дорожные платья и кое-что другое, необходимое для поездки. Как ни странно, но Вивиан сдержала свое слово и прислала очаровательное бальное платье.

— Тетушка Бриджет, ты сегодня тоже выглядишь необыкновенно привлекательной. Тебе очень идет этот синий оттенок. Правда, мне кажется, что особый блеск придает тебе сияющее в твоих глазах счастье.

Бриджет покраснела. По пути в «Каррэ» Джек ехал верхом рядом с их экипажем и развлекал всевозможными историями о привидениях. Коннел же в основном проводил время в обстоятельных беседах со своим старшим конюхом Лаки Тависом. Он тщательно избегал общения с Бетани — и тогда, когда они останавливались, чтобы расправиться с содержимым продуктовой корзины, приготовленной для них Дженной, и даже тогда, когда она пристально смотрела на него. Такое поведение Коннела ужасно расстраивало Бетани, расстраивало и приводило в отчаяние.

Тихо постучавшись, в комнату вошла одна из сестер Дуглас с запиской. Престарелые сестры были очень похожи, и Бетани ни за что не могла отличить одну от другой. Пожилая дама откашлялась.

— Записку только что доставили для мисс Делейни. Девочка, которая принесла записку, уже ушла, — сообщила миссис Дуглас, передавая листок Бетани. — Кроме того, вам оставил сообщение ваш муж, — добавила она.

— Мой муж? — переспросила Бетани, разворачивая письмо от Вивиан.

— Да, с рассветом он отправился на ярмарочную площадку. Он просил передать вам, что вы увидитесь на ярмарке.

Разумеется, миссис Дуглас имела в виду Коннела.

— Мистер Делейни мой шурин, — сказала Бетани. — Двоюродный брат моего мужа.

— Что ж, тогда понятно, почему вы заняли разные комнаты. — Высохшее личико миссис Дуглас просияло. — А моя сестра посчитала, что вы в интересном положении, поэтому мистер Делейни вынужден входить в ваши деликатные обстоятельства. Но я решила, что у вас очередная размолвка и вы выгнали его из своей постели.

Бетани не знала, что на это ответить. Вежливо улыбнувшись, она сказала:

— Выходит, и вы, и ваша сестра ошиблись, миссис Дуглас. Видите ли, мы с мистером Делейни просто родственники, не более того.

Ах, если бы миссис Дуглас только знала, как ей хотелось, чтобы Коннел остался в ее комнате прошедшей ночью! Впрочем, ей ужасно этого хотелось постоянно, каждый вечер.

— Очень жаль. — Миссис Дуглас покачала седой головой. — Увы, правда, как правило, гораздо скучнее того, что говорят люди. А мы так разволновались, когда узнали, что в нашем доме остановится нечестивец. Мы были уверены, что узнаем несколько очень интересных историй... Но оказалось, что кузен вашего мужа думает только о своих лошадях. Ни малейшего намека на скандальное поведение за всю прошедшую ночь. Тем не менее моя сестра не теряет надежду и делает ставку на сегодняшний бал.

И тут вдруг Бетани увидела на полу, рядом с умывальником, какую-то... деталь одежды. В следующее мгновение она сообразила, что это не что иное, как жилет Коннела, который он, очевидно, уронил, когда уходил накануне ночью. «Наверное, скандала все-таки не избежать», — подумала Бетани. Стараясь не смотреть на жилет, она принялась читать записку.

— О Господи, тетушка Бриджет! Оказывается, миссис Браун хочет встретиться с нами через четверть часа. Ты готова?

— Мне надо лишь надеть шляпу и перчатки.

— Одевайся быстрее, а я пока еще раз проверю, все ли взяла. Встретимся внизу. — Бетани постаралась задвинуть ногой злополучный жилет чуть дальше под умывальник и принялась выпроваживать старушку из комнаты. — Вы уж нас простите, миссис Дуглас.

— Да, конечно. Я приду прибрать в вашей комнате сразу после того, как мы с сестрой выпьем утренний чай. Сестра просто жить не может без чашки утреннего чая, и ей не важно, какая в это время погода — дождь или светит солнце. К счастью, сегодня солнечный денек, как раз для торгов.

Бетани бросилась к жилету. Конечно же, Коннел не мог отыскать его в темноте во время своего поспешного ухода. От жилета пахло лошадьми и свежескошенной травой. Плотно свернув жилет, Бетани затолкала его в свою дорожную сумку. Затем, подхватив шляпу и перчатки, поспешила к Бриджет.

Менее всего Бетани хотелось провести этот день в обществе Вивиан Браун, прогуливаясь по улицам или по ярмарке. Но их поездку финансировал Джеймс Кэри, поэтому Бетани никак не могла отказаться от приглашения его кузины.

Облаченная в синее мексиканское платье из гренадина и пепельного цвета жакет, с черной бархатной лентой поперек груди, по лестнице спускалась Вивиан, протомившая Бетани и Бриджет почти часовым ожиданием. Все это время Бриджет ворчала по поводу шикарной обстановки жилища Вивиан, гораздо более богатого и комфортабельного, чем их с Бетани приют.

— Бет, дорогая, как же я рада вновь видеть тебя и твою тетю! — воскликнула Вивиан. — Но могу поклясться, я назначала встречу на одиннадцать.

— Вивиан, сейчас половина двенадцатого.

Миссис Браун изобразила удивление.

— Что ж, в таком случае мы опаздываем. И нам следует поторопиться, а то наши мужчины начнут о нас беспокоиться.

Бетани весьма сомневалась в том, что хоть кто-то заметит их отсутствие.

— Прежде всего, я надеюсь, они слишком заняты, чтобы обращать на нас внимание.

— Ну и ладно, — надула губки Вивиан. — Морин, гости устали ждать. Подай, пожалуйста, мою шляпу и сумочку.

— Слушаюсь, мэм. — Девушка сделала глубокий реверанс.

— Морин превосходно укладывает волосы. — Вивиан с улыбкой тронула свою прическу; ее великолепные волосы, аккуратно уложенные от висков, были немного завиты на концах, свободно падавших на плечи. — Если хочешь, смогу упросить ее сделать что-нибудь и с твоей прической перед сегодняшними празднествами.

— Ты очень добра. Но может быть, мы решим это после посещения ярмарки?

Вивиан взяла у служанки широкополую шляпу, украшенную такими же, как и платье, лентами, и пару черных перчаток. Промурлыкав слова благодарности, она водрузила шляпу на голову и завязала тесемки кокетливыми бантами. Бросив последний взгляд в висевшее в холле зеркало, она покосилась на Бетани:

— Что ж, пойдем. Джеймс оставил нам брошюрку, по которой мы сможем ориентироваться на ярмарке.

Они стали пробираться по улицам городка, ведущим к месту, где были расставлены ярмарочные палатки. Бриджет взяла на себя роль проводника, но шла так быстро, что ее спутницам пришлось не спускать с нее глаз, чтобы не потерять в многоликой толпе.

Вивиан оказалась весьма забавной спутницей: она ни на минуту не умолкала, говорила же главным образом о модах и о магазинах модной одежды, которых в городе в период проведения ярмарки появилось великое множество.

— И о чем только она думала, когда покупала эту шляпу? — Вивиан перевела взгляд на проходившую мимо даму. — Я имею в виду, что наряжалась она, как пить дать, у модистки в каком-нибудь провинциальном городишке. Но даже если она думала, что три павлиньих пера и розовые рюши — это все, чего ей недоставало, то они могли бы по крайней мере предложить ей посмотреться в зеркало.

— Ты слишком категорична, Вивиан.

— Ну спасибо, Бет. — Миссис Браун посмотрела на собеседницу, и Бетани показалось, что в глазах ее вспыхнули какие-то зловещие огоньки — точно так же она смотрела на Росса, когда приезжала с Джеймсом в Гленмид.

К величайшему удивлению Бетани, поиски ярмарки доставляли ей немало удовольствия, особенно забавляли комментарии Вивиан относительно встречавшихся им дам. Бетани указала глазами на проходившую мимо них женщину в шляпе из пурпурного вельвета и с фиолетовыми розочками.

Вивиан усмехнулась и, понизив голос, изрекла:

— Фиолетовый котелок.

Бетани пришлось прикрыть рот ладошкой, чтобы не расхохотаться. Когда речь шла о безвкусице в одежде, в остроумии Вивиан не было равных.

Зайдя за угол, они были ошеломлены открывшимся перед ними многоцветием палаток, знамен, повозок, вагончиков и прочего. И все это оглушительно шумело и грохотало, а из котлов, где варились сосиски и картофельный суп, поднимался густой пар. Тут же тушилась рыба и готовились многие другие блюда.

— Удивительно! — воскликнула Бетани.

— Да, действительно... — подтвердила тетушка Бриджет.

Вивиан окинула взглядом ярмарку, потом сказала:

— Давайте подумаем, как нам лучше добраться до нашей площадки. Похоже, наших мужчин поблизости нет. Действительно, где же они?

— Кажется, Джеймс написал номер в верхнем углу карты, — вызвалась помочь Бетани. — Надпись должна быть в районе, где находится палатка Гленмида, — продолжала она, указывая пальцем на примечание — «Номер 17-8».

Бриджет тоже осмотрелась, потом взглянула на карту и досадливо сморщилась. Бетани с Вивиан также уставились на карту, но так и не поняли, в какую сторону им надо идти.

— Нам нужно просто у кого-нибудь спросить, — сказала наконец Вивиан. — Мы не собираемся торчать здесь весь день. Полагаю, тут можно найти человека, который покажет нам верную дорогу.

— Прошу прощения, леди. Надеюсь, вы не сочтете мое вмешательство чрезмерной дерзостью. Вы разрешите предложить вам помощь?

Низенький пожилой джентльмен в старомодном, но безукоризненно сшитом сюртуке снял шляпу и поклонился. Рядом с ним стояли еще два джентльмена; один из них, судя по всему, являлся сыном старика, второй же был совсем юнец. Эти двое также поклонились.

— Меня зовут Клемент Сойер, это мой сын Таддиус, а это — внук Андерсон. — Акцент выдавал в мистере Сойере американца. — Леди, осмелюсь спросить... Скажите, вы пытаетесь определить местонахождение какой-то определенной группы? Или же просто осматриваете ярмарку?

— Нет-нет, нам нужны вполне определенные палатки. — Бетани, стоявшая ближе всех к мистеру Сойеру, вручила ему карту. — Гленмидские конюшни. Кажется, они находятся под этим номером, но мы не можем найти его ни в одном из списков.

— Так вот, дорогая, в чем ваша проблема... Дело в том, что печатники все напутали. В результате многие палатки оказались на карте совсем не на своих местах. Но к счастью, мы как раз знаем, в каком месте находятся Гленмидские конюшни. Не так ли, парни?

— Но, отец... — В голосе Таддиуса Сойера звучала тревога.

— Не суетись, Тэд. Я всего лишь предлагаю помощь этим очаровательным леди. Я же не пытаюсь навязать им свой товар, верно? Мы просто разговариваем.

Таддиус с сомнением посмотрел на родителя, однако промолчал.

— Ах, господа, нам не хотелось бы вас стеснять, — проговорила Вивиан томным голосом, — но любая помощь с вашей стороны была бы оценена по достоинству. К тому же следует учесть то обстоятельство, что все мы здесь соотечественники.

— Мы недавно очень внимательно ознакомились с подробной информацией именно об этих конюшнях, — продолжал мистер Сойер. — На ярмарке только и разговоров, что о Гленмидских конюшнях, по крайней мере среди тех, кто покупает лошадей. Такие замечательные и прекрасно составленные родословные... Поверьте, мы будем счастливы проводить вас туда.

Клемент Сойер одарил сына и внука выразительным взглядом, исключавшим какие-либо возражения с их стороны.

— Но доктор... — нерешительно пробормотал внук.

— Доктор сказал, что в поездке я не должен волноваться, вот и все. Но со мной все будет в порядке, молодой человек.

И сына, и внука Клемент Сойер укротил своей железной аргументацией, и скорее всего точно так же он мог убедить в своей правоте всякого, кто встречался на его пути. Бетани имела возможность удостовериться в этом уже через несколько минут.

— И ничто не принесет мне большего спокойствия, чем возможность прогуляться в обществе трех очаровательных леди, — продолжал старик. — Не окажете ли мне честь, мисс... — Он предложил Бетани руку.

Оглянувшись, Бетани обнаружила, что Вивиан уже успела взять под руку Таддиуса Сойера, а тетушка Бриджет приняла предложенную ей руку внука.

— Миссис... миссис Делейни. Благодарю вас, мы согласны.

— А-а-а, понятно. — Лицо мистера Сойера просияло. — А у владельца Гленмидских конюшен, случайно, не такая же фамилия? Он что, ваш муж?

Медленно пробираясь к цели своего путешествия, они очень приятно проводили время, разглядывая представленные на продажу образцы повозок и всевозможных экипажей, как новых, так и уже повидавших виды. Посетителей было очень много, и они при всем желании не могли бы идти быстрее.

К радости коннозаводчиков, каждому из них была выделена огороженная канатами площадка с тентом, где могли укрыться от зноя и непогоды лошади. Площадки эти служили также прекрасной защитой от напора толпы.

Тетушке Бриджет потребовалось совсем немного времени, чтобы расшевелить Сойера-внука; она принялась играть в ту же игру, в которую играют с детьми все женщины на свете, — стала рассказывать Андерсону страшные истории о привидениях.

Верная своей натуре, Вивиан в мгновение ока очаровала Таддиуса Сойера. Вне всяких сомнений, миссис Браун принадлежала к типу женщин, расцветающих пышным цветом, стоит им оказаться в обществе мужчин. Как ни странно, Бетани тоже держалась непринужденно. Беседуя со своим спутником, она узнала, что он коннозаводчик из Мэриленда, приехавший в Ирландию в надежде приобрести нескольких жеребцов для улучшения породы своих лошадей. И больше всего мистер Сойер хотел приобрести принадлежавшего мистеру Делейни белого жеребца Тигана.

— Не думаю, что вам удастся уговорить мистера Делейни продать именно этого жеребца, мистер Сойер. Предлагаемая вами сумма значения не имеет. Тиган нужен мистеру Делейни для улучшения породы. Возможно, он сможет отправить вам одного из жеребят, когда те появятся.

Мистер Сойер ухмыльнулся и пожал Бетани руку.

— Вы мне нравитесь, миссис Делейни. Может, для вас это и новость, но у вас душа настоящего торговца лошадьми. Да-да, мадам, настоящего торговца лошадьми. — Тут мистер Сойер остановился. — С искренним сожалением должен сообщить вам, что наш путь окончен.

Бетани настолько была поглощена разговором, что не сразу сообразила, о чем речь. Осмотревшись, она увидела Коннела и Лаки Тависа, беседовавших с каким-то незнакомым мужчиной. Коннел был сдержан и очень спокоен. Заметив Бетани, он молча кивнул ей, затем снова повернулся к собеседникам. Судя по всему, речь шла о кобыле, которую Лаки держал под уздцы.

Закончив разговор, Коннел обратился к Бетани:

— А мы уже потеряли всякую надежду вас увидеть. — Он радостно улыбнулся, и у Бетани от этой улыбки потеплело на сердце.

Обратив свое внимание на Клемента Сойера, Коннел проговорил:

— Рад вас видеть, сэр. — Он обменялся с почтенным джентльменом рукопожатием. — Позвольте спросить вас, о каком торговце лошадьми шла речь в разговоре, конец которого мне удалось подслушать?

Мистер Сойер весело рассмеялся:

— Я говорил с этой молодой леди. С миссис Делейни. Она пытается заинтересовать меня жеребятами, которых еще только планируется получить от белого красавца, пленившего мое сердце. Вам следует взять ее в компаньоны, поскольку она знает толк в бизнесе.

— Пока рано...

Правильно ли она его расслышала?

— Я уже сказал вам, мистер Сойер, что Тиган не продается. Ни за какие деньги.

Клемент Сойер посмотрел на сына, поглощенного беседой с Вивиан Браун.

— Все продается, если цена правильная. Весь фокус в том, чтобы отыскать доверчивого чудака, согласного на эту цену.

— Что ж, спасибо, что доставили нам наших дам. Полагаю, они тоже стали жертвами известной опечатки на карте. Я вообще поражаюсь, как кто-то смог найти к нам дорогу.

— На ярмарке только и разговоров, что о вас, мистер Делейни. Все знают, что ваши племенные лошади — одни из лучших в Ирландии.

Бетани высвободила руку из руки своего проводника.

— Еще раз благодарю вас, мистер Сойер. Ума не приложу, чем бы отплатить за вашу услугу.

— А будете ли вы сегодня вечером на балу? — поинтересовался коннозаводчик из Америки.

Бетани кивнула, и мистер Сойер одарил ее обворожительной улыбкой; было совершенно очевидно, что в дни своей молодости он пользовался у женщин немалым успехом.

— Не могли бы вы обещать мне один танец? — Старик бросил выразительный взгляд на сына и добавил: — Или хотя бы посидите со мной немного и выпейте лимонада.

Бетани улыбнулась:

— С удовольствием, сэр. Какой танец вы предпочитаете?

— Дорогая, а ты не забыла, что первый танец ты обещала мне?

Коннел взял Бетани за руку, и сердце ее подпрыгнуло в груди.

Глава 17

«Дорогая, а ты не забыла, что первый танец ты обещала мне?»

Бетани достала из сумки маленькое зеркальце — одно из тех, что сумели найти для нее сестры Дуглас. Горит ли ее лицо так же, как пылает все в груди? Лицо, смотревшее на Бетани из крохотного осколка, было совсем не похоже на то, которое она привыкла видеть за годы своего замужества. Счастье светилось в глубине глаз этой новой женщины, и такой же счастливой казалась улыбка на ее губах.

Бетани провела чудесный день на лошадиной ярмарке. Она и предположить не могла, что все сложится настолько замечательно. Во всяком случае, ей показалось, что Коннел был очень доволен, и, следовательно, все вышло именно так, как он задумал.

А теперь ей предстояло ехать на бал.

И танцевать.

Вот уже более шести лет Бетани нигде не танцевала. И такого чудесного платья, как это, у нее никогда не было. Она чувствовала себя принцессой, нет... королевой. Поглаживая атлас лимонно-желтого платья, что прислала ей Вивиан, она думала о том, что Коннел должен оценить ее по достоинству в этом новом наряде. Нет, он должен гордиться тем, что у него на балу такая роскошная дама...

И она также будет гордиться, что у нее такой кавалер, как Коннел. Может, это случится не сегодня вечером, может, даже не через год, но однажды весь мир непременно увидит Коннела Делейни ее глазами. Люди забудут о его скверной репутации и увидят, какой он на самом деле.

Бетани снова осмотрела свое новое платье. Юбка была выполнена из той же ткани светло-желтого цвета с полосами фисташкового оттенка. Фисташкового же цвета шнурок находился в нижней части юбки и в рукавах с отворотами.

Поскольку лиф имел корсаж из китового уса, потребность в корсете отпадала. Низкий лиф платья шел от плеча, так что она никак не могла надеть под этот наряд нижнюю сорочку. Подобного платья Бетани никогда носить не приходилось, и это вызвало даже некоторое беспокойство. Во всяком случае, она явно нервничала, а ее обнаженные плечи покрылись мурашками.

Они довольно поздно вернулись с ярмарки, и потому у служанки Вивиан хватило времени лишь на то, чтобы дать Бетани несколько советов. Девушка сказала, что волосы лучше бы гладко зачесать, а затем закрепить маленькими букетиками светло-кремовых цветочков боронии.

Кто-то тихо постучал в дверь, и Бетани невольно вздрогнула. Кто это? Может, Коннел?

— Птенчик, карета уже подана, но прежде чем мы пойдем, мне нужна твоя помощь, — раздался голос тетушки.

Бетани открыла дверь.

— Мне надо, чтобы ты приколола эту брошь вот сюда. — Бриджет указала на свою грудь. Между второй и третьей пуговицами красовалось довольно большое жирное пятно. — Проблему это, конечно, решит, хотя и будет слишком заметно.

— Зайди на минутку, тетя. Кажется, у меня найдется чем тут можно украсить.

Бетани принялась рыться в своей дорожной сумке, выбрасывая вещь за вещью на кровать. Наконец ей удалось отыскать довольно длинную шелковую ленту. Повязав ее через плечо Бриджет, она очень удачно прикрепила лентой пятно и скрепила концы ленты брошью.

Посмотрев в небольшое дорожное зеркальце, Бриджет улыбнулась и сказала:

— Это именно то, что надо. Теперь все в порядке. Смотрится, будто все так и было задумано, когда шилось платье. Спасибо, дорогая.

— Пожалуйста, тетя, я очень рада, что догадалась захватить эту ленту. За долгие годы я привыкла ко всякого рода неожиданностям, поэтому всегда беру с собой вещи, которые могут пригодиться.

— В самом деле? — Бриджет посмотрела на вещи, которые Бетани выбрасывала из сумки.

Бетани тоже посмотрела на постель и густо покраснела, увидев среди своих вещей жилет Коннела. Она, конечно же, спала одна прошлой ночью, а Коннел попал к ней в комнату по ошибке, но ведь тетушка об этом не знала.

С улыбкой взглянув на племянницу, тетушка сказала:

— Я очень рада, что вы с Коннелом, кажется, нашли... свежий взгляд... Не сомневаюсь, что сегодня вечером вы будете видеть все в верном свете. Желаю вам обоим счастья.

— Карета подана! — прокричал снизу Джек.

Бетани с тетей переглянулись и вышли из комнаты.

Закрытый экипаж, поданный Джеком, оказался тесноват даже для дам — ведь те были в бальных нарядах, — поэтому мужчины поехали верхом. Беседа в экипаже не очень-то клеилась из-за скрипа колес и ужасной тряски в колеях разбитой дороги. К тому же женщинам, чтобы не удариться, постоянно приходилось держаться за стенки экипажа. Бетани, страдавшая от головной боли, вздохнула с облегчением, когда они наконец добрались до цели. Вивиан, покосившись на нее, с улыбкой сказала:

— Ты выглядишь... очень хорошенькой в этом платье, дорогая Бет.

Бетани нахмурилась. Вивиан над ней насмехается? Или ей просто показалось?

Дамы отдали свои шали служанке и отправились в дамскую комнату, чтобы привести в порядок слегка помявшиеся в дороге наряды.

— Думаю, вышло замечательно. — Бриджет окинула взглядом свое платье. — Ведь у нас было предостаточно времени, чтобы сделать все наилучшим образом. А наша Бетани — просто красавица. Да и Бетси прекрасно поработала, убрав все лишнее и подогнав платье под ее стройную фигурку.

Улыбнувшись тете, Бетани предложила:

— Тетушка Бриджет, не поискать ли нам наших мужчин? А потом мы все можем встретиться вон у той вазы с лилиями.

— Разумеется, айшон. Встретимся в зале.

Звуки оркестра и гул голосов на минуту ворвались в комнату и тут же стихли, когда дверь за Бриджет затворилась. На какое-то время Вивиан и Бетани остались наедине.

— Ай-шон? — переспросила Вивиан.

— Да, тетя зовет меня так с детства.

— Что ж, тебе идет... — Вивиан взглянула на юбку Бетани. — Так же, как и это платье. Замечательный материал, но мне, к сожалению, этот цвет не идет. По крайней мере он не идет мне так, как в те времена, когда я помогала своему мужу... в подобных обстоятельствах. Уверена, что Коннелу придется по душе тот эффект, который ты произведешь сегодня вечером.

— Спасибо, Вивиан, и за комплимент, и за платье. Сегодня и ты выглядишь замечательно, независимо от того, какие оттенки тебе идут.

Сказав это, Бетани нисколько не покривила душой. Сегодняшний небесно-голубой наряд Вивиан с открытыми плечами позволял подчеркнуть белизну ее безупречной кожи, а черные волосы и украшавшая платье черная лента подчеркивали контраст.

— Я знаю, что Коннел очень благодарен тебе и Джеймсу за все то, что вы сделали, чтобы обеспечить успех нашей поездки. В жизни редко встречаются настоящие друзья. Надеюсь, сегодня вечером мне выпадет случай присоединить мои слова благодарности к словам Коннела.

Тут дверь открылась, и в комнату вошли женщины, желавшие привести в порядок свои платья и прически, а также поправить кое-какие детали туалета.

— Довольно девичьих разговоров, — проговорила Вивиан, смутившись. — Не присоединиться ли нам к нашим мужчинам?

Коннел, Джек, Бриджет и Джеймс уже собрались около огромной фарфоровой вазы с лилиями. Как только Бетани увидела Коннела, сердце ее гулко забилось. Он казался самым высоким, самым стройным, самым красивым мужчиной в зале.

Беседуя с Джеймсом, Коннел поглядывал по сторонам. «Ах, мистер Кэри — замечательный друг», — подумала Бетани. Конечно же, ей следовало отбросить все подозрения и недобрые предчувствия, однако... Слишком уж странно вела себя иногда Вивиан Браун... Действительно, почему она проявляла такой интерес к делам Коннела? Да и сам Джеймс давал некоторые основания для подозрений. Разумеется, он очень помог Коннелу и поддерживал его в трудные времена, но почему-то казалось, что Джеймс преследует какие-то свои интересы, известные только ему.

— Ты выглядишь... выглядишь... поразительно, — пролепетал Коннел, увидев наконец Бетани.

Джеймс же улыбнулся и сказал:

— Полностью с тобой согласен. — Он внимательно посмотрел на Вивиан Браун, затем обратился к Бетани: — Миссис Делейни, вы просто фея.

— Прошу прощения, джентльмены. — Перед ними появился Клемент Сойер в сопровождении сына. — Джентльмены, эти две леди обещали нам по танцу, а оркестр как раз сейчас собирается заиграть кадриль.

Вивиан вопросительно взглянула на Джеймса, но тут же, приветливо улыбнувшись Таддиусу Сойеру, протянула ему руку.

— Как мило, что вы, едва успев прийти, уже отыскали нас! — проворковала она. — Вы знакомы с моим кузеном мистером Кэри?

— Да, мы встречались раньше. Сегодня днем. Еще раз здравствуйте, сэр, и вы, мистер Делейни. — Таддиус пожал руку Джеймсу, затем кивнул Коннелу.

— Умоляю, не спускайте глаз с миссис Браун. Она — самая большая моя ценность, — сказал Джеймс Таддиусу, потом обратился к Вивиан: — Дорогая, после танцев я найду тебя. Приятного времяпрепровождения.

Несколько секунд спустя Таддиус и Вивиан скрылись в толпе.

— Рад снова вас видеть, миссис Делейни. Выглядите замечательно. — Клемент Сойер склонился к руке Бетани, и та заметно покраснела.

— Вы абсолютно правы, — согласился Коннел. — Она настоящая красавица. А как вы, сэр, чувствуете себя этим вечером?

— Ваш замечательный жеребец по-прежнему не идет у меня из головы, — честно признался Клемент.

— Увы, Тиган по-прежнему не продается. Ни за какие деньги.

Мужчины весело рассмеялись. Взглянув на Джеймса, мистер Сойер сказал:

— Все имеет свою цену. Не так ли, мистер Кэри?

Джеймс хмурился, поглядывая в сторону танцевального зала, где исчезли Вивиан с Таддиусом; было видно, что ему очень хочется устремиться следом за ними и он едва себя сдерживает.

— Что? Цену? Да, разумеется. С уверенностью могу сказать, что сделку можно считать удачной, когда вы находите компромисс и цену, при которой продавец несет допустимые потери.

Бетани украдкой поглядывала на Джеймса. «Неужели он действительно чем-то озабочен? — думала она. — Или это только кажется?»

— Дорогая, могу я тоже потребовать свой танец?

Сообразив, что Клемент Сойер обращается к ней, Бетани вопросительно посмотрела на Коннела, и тот проговорил:

— Дело в том, что миссис Делейни первый танец обещала мне, сэр. Обещаю, что верну ее вам сразу же после окончания танца.

— Буду ждать с нетерпением, — ответил Клемент со смехом. — Кроме того, мистер Делейни, я горю желанием продолжить наш разговор о разведении племенных лошадей. Ваши результаты чрезвычайно схожи с теми, которых я сам добиваюсь.

— Думаю, вам повезло, сэр. Мистер Кэри очень хорошо знаком с моими планами. Ведь так же, Джеймс?

— Да, конечно. — Джеймс изобразил улыбку. — Возможно, сэр, я смогу быть вам полезен, пока Коннел будет предаваться наслаждениям.

— Но я сейчас могу... — пробормотал Коннел.

— Не надо! — в один голос воскликнули Джеймс и Клемент, и Джеймс тут же добавил:

— Конечно же, я с удовольствием побеседую с мистером Сойером.

— Да-да, — закивал Клемент, — я уверен, что будет гораздо больше пользы, если сначала обсудить кое-какие вопросы с мистером Кэри, а потом уже продолжить нашу с вами беседу, мистер Делейни.

— Я очень рада, что все устроилось, — с улыбкой сказала Бетани и обвела взглядом мужчин.

Все трое с некоторым удивлением посмотрели на нее, однако промолчали. Бетани же, повернувшись к Коннелу, проговорила:

— Мистер Делейни, я, пожалуй, приму ваше любезное приглашение потанцевать.

Коннел кивнул и предложил Бетани руку:

— Миссис Делейни, не откажете ли мне в танце?

— Да, благодарю вас. — Улыбнувшись Клементу и Джеймсу, Бетани пошла вместе с Коннелом по дорожке, ведущей к залу.

Когда они подходили к двери, раздался громкий голос дирижера — тот предупреждал о скором начале бала.

— Ах, мы сейчас пропустим начало! — воскликнула Бетани.

Коннел потащил ее к двери, ведущей во двор.

— Дорогая, не возражаешь, если мы потанцуем здесь?

Бетани посмотрела на него с удивлением, но ничего не сказала. Коннел же привлек ее к себе и добавил:

— Если только ты не против. Ты ведь хочешь остаться со мной наедине? Или предпочитаешь вернуться?

Бетани сделала глубокий вдох и тотчас же ощутила хорошо знакомый запах свежескошенной травы — запах Коннела, мгновенно заполнивший все ее существо. Глядя в его глаза, она подумала о том, что нет большего счастья, чем находиться сейчас именно здесь, вместе с Коннелом. Улыбнувшись ему, она сказала:

— Нет-нет, не надо возвращаться. Давай танцевать здесь. — «Давай танцевать как можно дольше», — добавила она мысленно.

Они осмотрелись и заметили неподалеку нескольких джентльменов с сигарами и трубками — те с любопытством поглядывали на Коннела и Бетани.

— Лучше не здесь. — Коннел продолжал осматриваться. — Уверен, что нам требуется более укромное место.

— Да, — кивнула Бетани. Она очень надеялась, что им с Коннелом удастся поцеловаться, если они сумеют найти укромное местечко.

От террасы в глубину сада вело несколько дорожек, освещенных светильниками. Кивнув в ту сторону, Бетани спросила:

— Может быть, сюда?

Заметив, какими глазами Коннел смотрит на ее губы, Бетани решила, что он намерен поцеловать ее прямо здесь, на глазах у всех, всего в нескольких шагах от танцевального зала и оркестра. Но вряд ли это улучшило бы репутацию Коннела. Заставив себя отступить на шаг, Бетани проговорила:

— Мистер Делейни, мне хотелось бы подойти поближе вон к тому прудику и полюбоваться на отражающиеся в воде огни. Если хотите, можете проводить меня.

Коннел усмехнулся и с легким поклоном ответил:

— С удовольствием провожу вас, миссис Делейни.

Они зашагали по ярко освещенной дорожке, ведущей к прудику. Снова взяв Бетани под руку, Коннел пробормотал:

— Благодарю, дорогая. Оказывается, ты ориентируешься гораздо лучше меня. Мне и в голову прийти не могло, как это может выглядеть со стороны. Нечестивец, целующий женщину в темном уголке парка...

Слова Коннела согрели сердце Бетани. Ах, как долго ждала она этого момента! Так долго, что время казалось ей вечностью! Наконец этот момент настал: Коннел здесь, с ней, и ее рука — в его руке. «Наслаждение» — слишком слабое слово для того, чтобы выразить ее чувства. Нет, не наслаждение, а нечто гораздо большее...

Они миновали поворот, ограда скрыла их от взглядов любопытных. Коннел тут же обнял Бетани и запечатлел на ее губах долгий страстный поцелуй. Но она почти тотчас же почувствовала, что ей уже мало одного лишь поцелуя. Теперь она хотела большего.

Она желала Коннела.

Тут на дорожке послышались шаги, заставившие их отпрянуть друг от друга. Бетани перевела дыхание и попыталась заговорить; ей казалось, что она должна хоть что-то сказать.

— Как у тебя сегодня... шли дела?

Коннел посмотрел на нее с удивлением:

— Неплохо. Пожалуй, даже очень хорошо. — Бетани молчала, и он продолжал: — Видишь ли, сразу несколько человек заинтересовались Гленмидом, так что в следующем месяце жди первых гостей. У меня большие надежды на будущее. На наше будущее.

Мимо них прошла парочка, поднимавшаяся от пруда. Дама, не скрывая своих чувств, крепко держалась за руку кавалера — казалось, она ничего вокруг не замечала. Когда же они поравнялись с Коннелом, мужчина кивнул и пробормотал:

— Добрый вечер.

Но Бетани тут же забыла об этих людях. «Неужели я не ослышалась? — спрашивала она себя. — Коннел действительно сказал «наше будущее»? Он имел в виду только Гленмид? Или что-то... более конкретное?»

Они ускорили шаги и наконец подошли к пруду. По всему берегу были расставлены стулья, но внимание Бетани привлек бельведер.

— Подозреваю, что ближе к ночи местечко это будет становиться все более людным, — пробормотал Коннел. — Но пока что оно в нашем распоряжении. — Шагнув к бельведеру, он добавил: — Мне нужно с тобой поговорить.

— Только поговорить? — Бетани склонила голову к нему и взглянула на Коннела с лукавой улыбкой.

— Для начала — поговорить. Пойдем же.

Они вошли в бельведер и осмотрелись. Ставни здесь были опущены, и Коннел к тому же плотно притворил за собой массивную дубовую дверь, так что им никто не мог помешать. Небольшая комнатка слабо освещалась висевшими на противоположных стенах двумя светильниками на крючьях, а вдоль стен были поставлены скамьи. Это все, что успела разглядеть Бетани, так как Коннел, потерявший над собой контроль, крепко обнял ее и впился в ее губы поцелуем.

Спустя несколько минут, тяжело дыша, они чуть отступили друг от друга. Отдышавшись, Коннел пристально посмотрел ей в глаза. Бетани же мысленно воскликнула: «Ну почему он так смотрит на меня? Ах, если бы он опять, хоть на мгновение, обнял меня, поцеловал, а потом... Нет-нет, только не здесь. Ведь сюда, наверное, могут войти».

— Да, нам действительно нужно поговорить, — сказал наконец Коннел. — Я надеялся, что смогу дождаться нашего возвращения домой, но оказалось, что это выше моих сил.

— Хорошо, я слушаю, — кивнула Бетани. Хотя сейчас ей хотелось совсем другого. — Говори же, — добавила она.

— Ты не хотела бы присесть? — Он указал в сторону скамеек.

— Нет. Говори.

«Только говори самое главное!» — хотелось ей прокричать.

Коннел сделал глубокий вдох и на мгновение отвел глаза.

— Видишь ли, я не был до конца откровенен с тобой. Не в отношении Гленмида. А в том, что я делал.

Бетани насторожилась и затаила дыхание. При этих словах Коннела у нее зародилось дурное предчувствие, но она твердо решила, что выслушает все до конца.

— О Господи, ты так прекрасна!.. — вырвалось у Коннела.

Этот комплимент только усилил чувство тревоги, но Бетани старалась держать себя в руках.

— Много лет назад, когда Финн уехал, а я тоже покинул Гленмид, дядя Бреннан залез в очень крупные долги. Азартные игры, неверные капиталовложения. Размер долга был столь велик, что он, как я подозреваю, и стал причиной дядиной смерти. В это время меня и разыскал Джек.

В то время я жил в Дублине и вел не очень-то праведный образ жизни.

Бетани сохраняла спокойствие, хотя тревога ее с каждым мгновением росла.

— Так вот, Джеймс нашел группу инвесторов, выкупивших долги и согласившихся дать отсрочку по их погашению до тех пор, пока я не восстановлю конюшни и не сделаю их снова доходными. Работа заняла годы, но в конце концов я заработал практически всю сумму плюс проценты.

Коннел умолк и, закрыв глаза, сокрушенно вздохнул. Когда же он снова посмотрел на Бетани, лицо его стало мрачнее тучи. Она с трудом подавила желание броситься к нему и обнять, поцеловать, как-то утешить...

— А потом я получил известие о смерти Финна, — продолжал Коннел. — Правда, ни о тебе, ни о Россе ничего не сообщалось, и я полагал, что Гленмид полностью принадлежит мне. Джеймс наткнулся на заметку о продаже кливлендских гнедых. Он знал о моей заветной мечте приобрести лошадей именно этой породы, чтобы путем скрещивания улучшить качества выводимых мной лошадей для охоты. Продавался целый родовой куст — жеребец с кобылами, и упускать подобную возможность было бы непростительной глупостью. Я опять пустился в рискованное предприятие, в котором видел свое будущее. Я снова занял деньги у моих кредиторов, убедив их в необходимости приобретения лошадей, для которых, конечно же, требовались новые конюшни и загоны. Кредиторы, разумеется, понимали, что я очень рискую их деньгами, затевая столь масштабное предприятие. Но кажется, они согласились, что дело стоящее. — Коннел шагнул к Бетани и взял ее за локоть. — Ты следишь за моим рассказом? Я знаю, что трудно ухватить все сразу, но...

— Да, я слежу, — ответила Бетани. Она постаралась говорить как можно спокойнее. — А потом приехали мы, и твоя ситуация изменилась. Ты поэтому так беспокоился?

Коннел кивнул.

— Покупая лошадей, я, конечно, рисковал. Но в то время я являлся единственным владельцем Гленмида, и кредиторам было с кого спросить. С появлением же совладельца кредиторы решили, что риск увеличился, и решили забрать свои деньги.

Тихо вздохнув, Бетани спросила:

— А разве совладелец, разве Росс не может принять на себя часть риска?

— Нет. — Коннел решительно покачал головой. — Пока он не вступит в права наследства, пока его официально не объявят совладельцем. А задержка сильно повышает риск, понимаешь?

Бетани снова вздохнула. Коннел, наверное, ненавидел ее. Конечно, он не проявлял этого открыто, но в глубине души... Ведь именно из-за них с Россом все его неприятности.

— Мне очень жаль, — прошептала она.

— Нет, никогда так не говори. Я никогда не пожалею о том, что ты приехала в Ирландию в поисках родственников. Одного ты нашла. Ты нашла меня. — Коннел крепче сжал локоть Бетани. — Вот почему мне надо было поговорить с тобой наедине. Я должен поблагодарить тебя. Думаю, что мы... что конюшни... Полагаю, эта поездка определила судьбу конюшен — так же, как ты определила все в моей жизни.

— Определила? — удивилась Бетани. — Что именно?

— Несмотря на путаницу в карте, это была очень успешная поездка. Контакты, которые я здесь наладил, и сделки, которые вскоре будут заключены, — все это позволит мне расплатиться с долгами и спасти будущее Гленмида. Это произошло благодаря тебе.

— Но Джеймс...

— Джеймс проложил маршрут, но причина, по которой я здесь, — ты. Ты заставила меня страстно пожелать успеха, заставила поверить в себя и в свою мечту. Да-да, своим успехом я обязан тебе. Спасибо тебе огромное.

Бетани в недоумении уставилась на Коннела. Она была виновницей всех его проблем и тревог, стала причиной финансовых неурядиц, и за все это — «спасибо»?

— Скажи, что ты прощаешь меня, дорогая, и сделай меня счастливейшим из людей.

— Почему я должна прощать тебя за твои успехи?

Бетани решила, что напряженная работа последних дней вконец измотала Коннела. Он немного путался в мыслях. Может быть, выпил? Но запаха алкоголя не чувствовалось.

— Нет, любимая. Ты должна простить меня за то, что я не был с тобой до конца честным. Я скрывал от тебя правду. Мне не хотелось, чтобы ты беспокоилась за свое будущее. А если бы сегодняшний успех не состоялся, то у нас с Джеймсом существовал другой план...

— Какой еще план? — не удержалась от вопроса Бетани.

Тень, пробежавшая по лицу Коннела, заставила Бетани пожалеть о своей несдержанности.

— Женитьба на Вивиан Браун, — прошептал Коннел.

Он по-прежнему держал Бетани за локоть — и очень кстати, потому что у нее тут же подкосились ноги.

— Ради спасения Гленмида ты женился бы на Вивиан? — С такой красоткой, как Вивиан Браун, исполнение подобного плана было бы не такой уж трудной задачей.

— Не столько ради Гленмида, сколько ради твоего будущего и будущего Росса. Однажды ты уже потеряла все из-за ошибок, которые наделал Финн. Мне невыносимо было думать о том, что ты опять можешь стать беззащитной. Слава Богу, до этого не дошло.

Прозвучавшее признание должно было вызвать у Бетани прилив благодарности — ведь любимый мужчина собирался жениться на другой ради ее же, Бетани, благополучия, он желал обеспечить ее будущее. И все же ей казалось, что этот «план» Коннела был бы чересчур романтичным. На ее глаза навернулись слезы.

— Дорогая, выходи за меня замуж. Бетани, будь моей женой. Ты ведь согласна?

— Да, — кивнула она. И тут же поняла, что заветное ее желание исполнится — она проживет с Коннелом всю жизнь.

Он поцеловал ее в губы и прижал к себе.

— Обними меня еще крепче, — прошептала Бетани ему в ухо.

Коннел тотчас исполнил ее просьбу, и какое-то время они стояли молча, крепко прижавшись друг к другу. Бетани не знала, как долго они так простояли. Она знала лишь одно: это — счастливейшие минуты ее жизни.

— Бесподобно, — проговорил наконец Коннел. — Теперь и умереть не страшно, потому что я знаю: нет на земле человека более счастливого, чем я. — Он внимательно посмотрел в лицо Бетани, потом вдруг спросил: — Ты ведь сказала «да»? Я не ослышался? Ты будешь моей женой?

Радостно рассмеявшись, Бетани потянулась к Коннелу, чтобы поцеловать его. Ответить она смогла лишь через несколько минут.

— Да, Коннел Делейни. Я буду вашей женой. — Разгладив юбки, она добавила: — А теперь нам надо идти. Мы должны поскорее вернуться в танцевальный зал, пока нас не застали здесь и пока не разразился скандал. Кроме того, я уверена, что мистер Сойер все еще дожидается обещанного танца.

Коннел привлек Бетани к себе:

— Только несколько туров вальса, не более того. И ни с кем не выходи в сад без меня.

— Слушаюсь, любимый.

Глава 18

Джеймс вышагивал по периметру небольшой башни, которую он выбрал местом встреч на сегодняшний вечер Час наконец-то пробил — час окончательного воплощения всех его планов, — и осознание этого наполняло душу Джеймса волнением и страхом.

«Тут нужно нечто большее, Джеймс».

У него из головы не шло предупреждение Вивиан. Он никак не мог забыть выражение ее лица во время того разговора. С одной стороны, это была прежняя Вивиан, которую он знал всегда, но в то же время... В то же время он каким-то непонятным образом видел совсем другую женщину, совершенно незнакомую, но такую же желанную.

У Джеймса засосало под ложечкой. Руки невольно сжались в кулаки. Проклятие! Сейчас все его силы должны быть направлены на уничтожение семьи Делейни. И ничто не должно отвлекать его от завершения этой задачи — даже мысли о Вивиан.

«Тут нужно нечто большее». Слова Вивиан эхом звучали у него в ушах.

Тут ему снова вспомнился Таддиус Сойер, американский коневод, от которого он всего несколько минут назад чуть ли не силой оттащил Вивиан. А может, Вивиан уже подумывает о новом гнездышке, куда бы она смогла вскоре улететь? Нет-нет, не стоит об этом думать. С его стороны было бы глупо ревновать. Лучше подумать о предстоящем, подумать о мести, которая наконец-то свершится. Да, он отомстит и преодолеет любые препятствия. Жалость, раскаяние, сожаление... они тоже являлись препятствиями, которые он, Джеймс, благополучно преодолел. Справится и на сей раз.

Джеймс ударил кулаком в решетчатую стену башни. Жалюзи на окнах были опущены, и это создавало атмосферу уединенности, сейчас вполне уместную. Башня была расположена на дальнем конце озера, и мало кто в этот вечер мог бы побеспокоить Джеймса. Да и трудно было ожидать, что кто-то захочет покидать веселый бал.

«Главное сейчас — отбросить все сомнения, — размышлял Джеймс. — Сейчас, когда наступил самый решительный момент, ни малейшее колебание или сомнение не должно остановить меня. Я должен вколотить последний гвоздь в гроб Коннела».

В эти мгновения своенравный нечестивец, наверное, празднует победу? Что ж, тем лучше...

Тут на тропинке послышались шаги, и Вивиан открыла дверь для Бетани Делейни.

Джеймс невольно приосанился. Он должен сделать это ради Розалин, как и задумано. Конечно, изначально он планировал вовсе не это, но так будет гораздо лучше. Такая месть — еще приятнее.

Миниатюрная жена Финна, любовница Коннела. Его будущая жена. Да, все просто замечательно! Таким образом он раздавит врага и уничтожит его.

Но кто бы мог подумать, что Бетани станет ключевой фигурой в его игре? Кто бы мог подумать, что с ее с помощью он осуществит финальную часть своей мести?

Оставив Вивиан у двери, Бетани направилась к Джеймсу.

— В чем дело? — спросила она. — Что случилось? Может, что-нибудь с Коннелом?..

Бетани смотрела на него с беспокойством. Конечно же, она любила Коннела Делейни — в этом не могло быть ни малейших сомнений. Судя по всему, они с Коннелом совсем недавно расстались, и это была его последняя встреча с этой женщиной. Последняя их встреча наедине.

Взяв Бетани за руку, Джеймс отвел ее подальше от двери. Стоявшая у входа Вивиан тут же нахмурилась, но Джеймс не обратил на нее никакого внимания. Пусть сердится, если ей так нравится. Конечно, потом, когда будет время, он сумеет убедить Вивиан в том, что поступил правильно, но сейчас ему не до этого, сейчас главное — чтобы месть наконец-то свершилась.

— Прошу, Джеймс, скажите мне, что произошло?

— Ах, милая Бетани! Вы так правы в ваших опасениях! Коннел в беде.

— Но что с ним?

Вот она — кульминация! Теперь-то Делейни поплатится за все.

Джеймс подвел Бетани к дальней стене башни. Обернувшись, он заметил, что Вивиан еще больше помрачнела. Однако она по-прежнему молчала. Конечно, взрыв неизбежен; Вивиан, узнав о том, что он задумал, молчать не станет. Но со временем она все поймет и согласится, что у него не было другого выхода. Да, она должна его понять.

— Видите ли, Коннел в больших долгах, — продолжал Джеймс.

Бетани вскинула брови:

— Но он говорил мне...

— Он не мог сказать вам всю правду, моя дорогая.

— О чем вы?

— Даже Коннел не может знать истинное положение дел с его задолженностью. Он знает только то, что у него есть долги и что их нужно выплатить.

— Джеймс, прошу, говорите яснее. Я не понимаю, о чем вы...

— Я расскажу вам всю правду. — Джеймс обнял Бетани за обнаженные плечи и, обернувшись, взглянул на Вивиан. Та смотрела на него, стиснув зубы, но все еще помалкивала. — Так вот, Бреннан Делейни залез в долги, заложив Гленмидские конюшни. Коннел верит, что долгами его владеют некие... терпеливые... инвесторы То есть люди, пожелавшие когда-то сделать вложения и ждать от них прибыли, доходов. Люди, согласные на то, чтобы под их контролем Коннел расширял дело. Но на самом деле ничего этого нет, понимаете?

— О чем вы?..

— Нет никакой группы инвесторов. Коннел в долгу перед одним-единственным человеком. Именно он — его кредитор.

— Вы? Ты? — воскликнули Бетани и Вивиан в один голос.

Джеймс снова бросил взгляд на Вивиан, затем, повернувшись к Бетани, ответил:

— Да, я.

— Но... вы же друг Коннела... Вы ведь приняли на себя долг Бреннана не для того, чтобы...

— Долгие годы я был добрым другом Коннела, несмотря на все испытания, которые посылала нам жизнь. Но Коннел предал нашу дружбу, и предательство это превратило Коннела в моего врага. Он должен за многое ответить, за многое заплатить — по примеру вашего мужа. Мне очень долго пришлось идти к воплощению своего замысла. Но вот мы и у цели.

— Предательство?.. Замысел? — в страхе пробормотала Бетани. — Вы о Розалин?..

— Да, — кивнул Джеймс, довольный тем, что Бетани так быстро все поняла. Если даже возлюбленной Коннела ясна его вина, то какие могут быть вопросы о мере наказания?

— Но вы...

— Не беспокойтесь о деталях, моя дорогая. Достаточно сказать, что вы совершенно правы. У Коннела, как прежде у Финна, был долг перед моей сестрой. Перед всей нашей семьей. И если расплата по счету должна производиться, то я имею право потребовать все. Финн уже за все расплатился. Теперь настал час последнего искупления и для Коннела.

Джеймс почувствовал, как дрожит Бетани. Тем не менее она посмотрела прямо ему в глаза и спросила:

— Какое искупление?

— Это полностью зависит от вас, Бетани. Вы можете выбрать окончательный способ наказания Коннела Делейни.

— И из чего я должна выбирать?

— Я понять не могу, почему Финн почти не думал о вас. В вас гораздо больше огня и решимости, чем он мог себе вообразить. Вы приехали в Ирландию намного раньше, чем я рассчитывал, и вначале это обстоятельство несколько осложнило ситуацию. Но потом, со временем, все выправилось. Однако я отвлекаюсь. Вам предстоит выбрать: либо Коннел теряет Гленмидские конюшни, либо вас. Итак, выбор за вами.

— За мной? — Краска залила щеки Бетани, и она отрицательно покачала головой: — Но я...

— Я в курсе того, что между вами происходит. Несколько ранее этим вечером... почти в этом же месте... вы с Коннелом, очевидно, приняли какое-то важное для вас обоих решение. И это обстоятельство повышает вашу ценность, дорогая. — Щеки Бетани еще сильнее покраснели. — Так что выбирайте: или Коннел потеряет Гленмидские конюшни без права выкупа закладной, или же лишится вас. Если не желаете, чтобы Коннел лишился дома, конюшен и прочего имущества, вы должны отказаться от его защиты и поддержки и... выйти замуж за меня.

Из груди Вивиан вырвался громкий стон, наполненный болью, и она вперила в Джеймса горящий взгляд. В следующее мгновение она выскочила из комнаты и растворилась во тьме ночи.

— Замуж за вас?! — Бетани задохнулась от гнева. — Ни за что!

— В таком случае ваш Коннел Делейни лишится того, на что он потратил свою проклятую жизнь!.. — с ненавистью в голосе прокричал Джеймс.

— Гленмидских конюшен? — в ужасе прошептала смертельно побледневшая Бетани.

— Да, именно конюшен! Финн лишился их, сбежав в Америку. Коннел же потеряет конюшни, когда лишится права выкупа закладной, а это уже будет зависеть от моего желания! — Джеймс старался сдерживать свою ярость. Не следовало давать волю чувствам. По крайней мере сейчас. Надо довести дело до конца. — Возможно, Коннел проведет остаток жизни среди горячо любимых им лошадей, а по ночам будет грызть подушку, представляя вас в моей постели.

— Нет!

— Выбор за вами, моя дорогая. Коннел потеряет либо лошадей, либо вас. И в любом случае я в выигрыше. — Джеймс вздохнул и утер тыльной стороной ладони пот со лба; он с трудом представлял себе, каким образом Бетани сможет заменить ему Вивиан. «Так неужели и мне придется заплатить за всю эту игру?» — подумал он неожиданно.

Расхаживая по дому, Коннел все больше волновался. Он потерял из виду Бетани после того, как она танцевала со старым Клементом Сойером. Но сейчас этот почтенный джентльмен увлеченно беседовал со знакомыми, а Бетани поблизости не было. Где же она?

С другого конца зала Коннелу помахала Бриджет:

— Ты не видел Бетани? Сначала она отправилась освежиться бокалом пунша. А потом я видела, как она куда-то уходила с миссис Браун.

Было ясно, что Бетани не очень-то жаловала миссис Браун. Почему же она ушла с этой женщиной? К тому же ушла в тот самый момент, когда они решили поделиться своей радостной новостью с Бриджет и Джеком...

— Я разыщу ее, — ответил Коннел. — Никуда не уходи.

На всякий случай он еще раз обошел зал и на этот раз обнаружил Вивиан. Она была бледна и казалась чем-то ужасно расстроенной — такой Коннел ее еще не видел. Подойдя ближе, он почувствовал неладное.

— Вивиан, у тебя все в порядке?

— Джеймс... — Она вцепилась в руку Коннела; на щеках ее видны были следы слез.

— Что-то случилось с Джеймсом? Где ты оставила Бетани?

Вивиан, казалось, не слышала его.

— Ви-ви-ан, — по слогам произнес Коннел. — Скажи мне, что случилось.

Взгляд ее наконец-то прояснился, и она в упор посмотрела на Коннела:

— Он там. С ней.

Что-то в тоне Вивиан, ровном и бесстрастном, заставило Коннела встревожиться еще больше.

— Где они?

— Ничего хорошего из этого не выйдет. Джеймс слишком долго ждал и жаждет этого больше... больше всего на свете. Я думала...

— Вивиан, сейчас же отведи меня к ним.

Какое-то время она молча смотрела на Коннела, наконец сказала:

— Прекрасно. Пойдем.

Выйдя из зала, они пошли по тропинке, а далее — к небольшому домику с башенкой.

— Здесь. Приготовься. Тебе не понравится то, что ты увидишь.

Они поднялись по ступенькам, и Коннел взялся за ручку двери. Ручка с легкостью поддалась, и дверь открылась Но в комнате никого не было. Коннел взглянул на свою спутницу, и та еще больше побледнела.

— Никого нет.

— Где же они?

— Не знаю. Они были... Ах, Коннел...

Схватив Вивиан за плечи, Коннел встряхнул ее.

— Тебе лучше сейчас же рассказать мне честно, что здесь происходит. Побыстрее!

— Я... я не кузина Джеймса. А он... не твой друг, Коннел. Во всяком случае, не такой, каким ты его считаешь.

— О чем ты? Разумеется, Джеймс — мой друг.

— Он... Джеймс... Он считает, что ты виноват в смерти его сестры. И всегда так считал.

— Розалин?

Только не это. Он не собирался терять Бетани из-за того давнего несчастья, из-за Финна. Коннел не мог поверить, что Джеймс способен как-либо обидеть Бетани. Вивиан, должно быть, ошибается. Или просто выдумывает.

— Джеймс считал тебя виновным — как и Финна, — сказала Вивиан.

Коннел посмотрел на нее с изумлением:

— Ты знала Финна?

Она кивнула:

— Да. И очень хорошо знала. Внешне он был похож на тебя, хотя ты и выглядишь гораздо моложе. Полагаю, что Финна состарило пьянство. Но он... он был очень несчастен. Покинув Ирландию, Финн внутренне сломался, однако скрывал это как мог.

Слова Вивиан еще больше изумили Коннела, но сейчас у него не было времени ни на размышления, ни на угрызения совести.

— Вивиан, скажи, что задумал Джеймс? Зачем вымещать все это на Бетани через столько лет?

Вивиан стиснула зубы, ее душила ревность. Немного помолчав, она выпалила:

— Джеймс раньше не говорил мне всего, но он задумал любым способом погубить тебя, например, женившись на женщине, которую ты полюбишь...

— Ты сказала... «женившись»? Джеймс собирается жениться на Бетани?

Только не это!

По щекам Вивиан снова потекли слезы.

— Или за счет займа, который ты взял на свои конюшни. Займом этим распоряжается Джеймс. Он поставил Бетани перед выбором: либо Гленмид, либо ты. — Вивиан вздохнула и утерла слезы.

Неужели Джеймс поставил Бетани перед таким выбором? О Боже! На Коннела словно вылили ведро холодной воды. Ведь совсем недавно Бетани согласилась стать его женой, а теперь ее заставляют взять свои слова обратно и принести себя в жертву, чтобы доказать свою любовь.

Коннел выскочил из домика, увлекая за собой Вивиан. Надо было срочно что-то предпринять.

— Ты знаешь, где они сейчас?

Однажды Коннел уже потерял женщину из-за того, что недостаточно решительно и быстро действовал. Другую он не потеряет.

— Понятия не имею. Недавно, до того как ты меня нашел, они были еще здесь. Если они уже уехали...

— Идем! — Коннел крепко ухватил Вивиан за локоть и поспешил назад, к тропинке.

Итак, его банкиром был Джеймс Кэри. Следовательно, все документы, все бумаги проходили через руки Джеймса. Разумеется, он знал об этом, но никогда не задавался вопросом: а почему?

Какой же он идиот! Глупец, допустивший в погоне за прибылью самую ужасную ошибку. В результате его любимая женщина оказалась в опасности.

Возвращаться в дом не было смысла: Коннел был уверен, что ни Джеймса, ни Бетани там нет. Немного помедлив, он свернул на другую тропинку, ведущую к площадке, где стояли экипажи и лошади гостей; даже в этот поздний час не все еще уехали, и многие продолжали отмечать успешный исход сегодняшних торгов. Джеймс и Бетани не могли уйти далеко. Это было очевидно.

Ночное небо еще больше потемнело, и воздух казался душным и тяжелым. Увлекая за собой Вивиан, Коннел бросился к экипажам. Он должен во что бы то ни стало догнать Бетани. Он не позволит Джеймсу увести ее. Никому не позволит...

«В нем не было нежности». Коннелу вспомнилось грустное лицо Бетани, когда она рассказывала о жизни с Финном. Стиснув зубы, Коннел ускорил шаг; он твердо решил: за каждую обиду, нанесенную Бетани, Джеймсу придется дорого заплатить. То, что этот человек сделал с Финном и с ним, с Коннелом, не идет ни в какое сравнение с оскорблением, которое он нанес Бетани.

Подхватив подол юбки, Вивиан старалась не отставать. Вскоре они миновали ряд экипажей «Ирландского скакового клуба», затем внимание Коннела привлекло какое-то движение в самом конце этого ряда. Оставив Вивиан, Коннел стремительно бросился в ту сторону.

— Джеймс! Стой!

— Коннел! — В возгласе Бетани слышались страх и надежда.

— Джеймс, вернитесь!

— Нет, Коннел! Бетани останется со мной. Она сама так решила. Завтра утром Бетани станет моей женой!

— Нет, не станет, — заявила Вивиан, догнавшая наконец Коннела. — Подожди, Джеймс...

— Лучше помолчи, Вивиан! — в ярости прокричал Джеймс. — Ты почему привела его сюда?! Предательница!

— Дело касается только нас с тобой, Джеймс, — сказал Коннел. — Бетани не имеет к нему ни малейшего отношения. Не имеет отношения к Розалин.

Тут Джеймс сделал шаг к карете, и в свете бокового фонаря блеснул миниатюрный пистолет, который он держал в руке. У Коннела перехватило дыхание. У Джеймса пистолет! Он может застрелить Бетани! О небо!

— Ради всего святого, Джеймс, отпусти Бетани!

— Нет! — Джеймс втолкнул Бетани в карету и захлопнул дверь. — Я не собираюсь ее убивать, Коннел. Можешь не беспокоиться. Бетани выйдет за меня замуж, и я не намерен причинять вред будущей матери моих детей. Но если она будет несчастна из-за собственного неверного выбора, то можно считать это подходящей платой.

Смертельно бледная, Бетани молча смотрела на Коннела из окна кареты. «Может, угрозы Джеймса так напугали ее, что она не смеет сказать?» — подумал он.

— Что она тебе сделала? Что Бетани сделала Розалин?

— Она родила Финну сына. Дала ему то, на что Финн не имел права.

«Не имел права»? Коннел с удивлением посмотрел на Джеймса, потом проговорил:

— Неужели ты не знаешь, какие отношения были у нас с Финном? Неужели не знаешь, как я относился к тому, что он сделал с Рози, со всеми нами?

Джеймс взглянул на него с презрением:

— Я слишком хорошо знаю, какие чувства ты испытывал к своему дорогому братцу. Ведь именно мне приходилось все эти годы выслушивать твое нытье, глотать все твои излияния, которыми ты хотел облегчить душу. Но знай: я ненавижу тебя за все, что вы с Финном сделали с моей несчастной сестрой.

Наполненные болью и ядом слова Джеймса терзали душу Коннела. Все прошедшие годы он настолько был погружен в воспоминания и переживания о произошедшем между Рози и Финном, настолько был занят своими собственными тяжкими раздумьями, что даже не замечал, как выплескивал все свои горести на Джеймса. И он был благодарен Джеймсу, благодарен за дружеское участие. А тот, оказывается, все это время... Ох, какой же он, Коннел, болван!

Каким же он был олухом! Был и есть.

— Я любил Рози, ты ведь знаешь об этом. И она это знала. Финн также знал о моей любви.

— В таком случае моя женитьба на Бетани — способ спасти ее.

— Спасти?

— Любовь твоя ничего не дала Розалин. Когда она оказалась в отчаянном положении, когда ей нужна была твоя помощь и поддержка, ты оттолкнул Рози. — В словах Джеймса звучали боль и гнев. — Финн погубил ее тело, а ты убил душу. Я доверил сестру твоей заботе, а ты отбросил Рози как ненужную вещь. — Теперь слова Джеймса звучали подобно ударам молота.

— Но это не так.

— Именно так.

— Я любил ее, Джеймс. Я любил Розалин. И продолжал бы заботиться о ней, несмотря на ее связь с Финном. — Сказав это, Коннел расправил плечи, ибо в словах его заключалась чистая правда — правда, которую он таил все эти годы, но никогда не произносил вслух, ибо такие слова показались бы попыткой оправдаться. Но в данную минуту он сказал это, потому что у него не было выбора — он обязан был спасти Бетани. — Мы с Рози сначала повздорили, и я не мог рассуждать здраво. Но я бы принял ребенка и любил бы их обоих. Только сначала я должен был увидеть Финна и убедиться, что он оставит нас в покое и позволит во всем разобраться, решить, как жить дальше. Увы, случилось так, что Рози покончила с собой.

Губы Джеймса скривились в болезненной гримасе.

— И за это ты должен заплатить, дружище. В этом я поклялся на могиле Рози, и свою клятву я сдержу.

Рука с пистолетом потянулась в сторону Коннела.

— Джеймс, ты знаешь, я любил твою сестру. Все эти годы я нес в сердце ее боль.

— Вот и соединись с Розалин.

— Нет! — вскрикнула Бетани. Все это время она пыталась открыть дверцу кареты, но Джеймс держал ее, привалившись к ней плечом.

— Джеймс, не надо! — простонала Вивиан.

Тот поднял пистолет выше.

Коннел лихорадочно прикидывал свои возможности, пытался определить расстояние.

— Послушай, Джеймс...

— Прощай, Коннел! Возможно, мы и встретимся... по ту сторону.

— Не-ет! — одновременно вскричали обе женщины.

Внезапно Коннел почувствовал за спиной какое-то движение. В следующую секунду Вивиан, выскочив вперед, заслонила его. Коннел попытался отстранить ее, но Вивиан упиралась изо всех сил.

— Вивиан, отойди, — попросил Коннел.

— Джеймс, остановись! — По щекам Вивиан струились слезы. — Это совсем не то, чего от тебя хотела бы твоя сестра! Ни для него, ни для тебя.

— Отойди, Вивиан!

— Не уйду. Ты что, не понимаешь? Ведь Рози любила Коннела Делейни. И она не пожелала бы ему такого наказания. Убить Коннела — это только твое решение. Финн предал вас всех, и он уже сполна заплатил за свои злодейства.

— Финн умер слишком легко.

Вивиан содрогнулась.

— О нет, совсем не легко! Тебя там не было. Ты не видел, как все произошло. Ты не слышал, о чем говорил Финн, и не знаешь, о чем он сожалел. А я все это слышала.

Теперь Коннелу стало ясно, какое отношение имела Вивиан к его двоюродному брату: ей довелось присутствовать при смерти Финна. И какими же еще нитями были связаны эти две жизни?

— Покинув Ирландию, Финн потерял все, чем дорожил, — продолжала Вивиан задыхаясь. — Потерял отца, двоюродного брата, свои любимые конюшни. С собой Финн увез чувство стыда, которое сопровождало его всю оставшуюся жизнь. Я не знала, отчего так было, пока ты мне не сказал. Но я также узнала и о боли, которую испытывал Финн. Он умер, полный чувства раскаяния, умер с именем Рози на губах и с просьбой о прощении во взгляде.

— Уй-ди с до-ро-ги, — медленно и очень внятно произнес Джеймс, рука которого, державшая пистолет, все же дрогнула.

— Джеймс, я люблю тебя, а они... — Вивиан кивнула на Коннела и Бетани. — Они любят друг друга. Ты принесешь в жертву наше счастье только для того, чтобы утолить жажду мести, которую вряд ли испытывала бы твоя сестра. Розалин любили все, кто ее знал. Ты сам мне об этом говорил. И если ты и впрямь имел в виду, что...

— Любовь не вернет мне сестру. Коннел любит Гленмид. Он любит Бетани. Он не может иметь и то и другое. И Коннел не может иметь тебя, Вивиан. Ни в качестве щита, ни в качестве адвоката. Ты должна быть на моей стороне...

Джеймс сделал шаг вперед и споткнулся.

— Нет! — крикнула за спиной Джеймса Бетани, и в это время прозвучал выстрел.

Резкая боль пронзила Коннела и отбросила его назад. В тот же миг прозвучал громкий крик Вивиан. Коннел же, почувствовав удар о землю, погрузился во тьму, сознание его угасало.

— Коннел! — одновременно закричали Бетани, Вивиан и... Джеймс.

Все трое мгновенно окружили раненого. Бетани тихо всхлипнула, а Джеймс в растерянности пробормотал:

— Но я... я... Неужели промахнулся? Я не собирался промахиваться...

— Лучше помолчи. — Вивиан поцеловала Джеймса в щеку.

Тут Коннел вдруг приоткрыл глаза и попытался сесть. Бетани тотчас присела с ним рядом и обняла его за плечи. Коннел поморщился от нестерпимой головной боли, но в то же время он испытывал огромное облегчение — теперь он знал, что никто не отберет у него Бетани.

Взглянув на Джеймса, Коннел заговорил:

— Я никогда не собирался отказываться от Розалин, и ты это знаешь. Ты прекрасно знал об этом все прошедшие десять лет. Я никогда не лгал тебе, говоря о своих чувствах к Розалин, к Финну и о своем отношении к произошедшему. Ты — мой друг, Джеймс, и всегда им был. Если тебя все еще мучает жажда мести, пусть она останется только между тобой и мной. Оставь в покое Бетани, Росса и Вивиан — не надо им участвовать в этой печальной мессе. А если цена, на которой ты настаиваешь, — это конюшни, то пусть так и будет.

— Ах, Коннел! — Бетани еще крепче его обняла.

Ошеломленный произошедшим, Джеймс не мог вымолвить ни слова; его била дрожь, и он, запрокинув голову, судорожно глотал воздух, словно утопающий. Наконец, посмотрев на Коннела, с болью в голосе проговорил:

— Нет, Коннел, Вивиан права. Просто я не хотел слушать ее. Я так долго жил жаждой мести, что утратил способность думать о чем-либо еще. Мое стремление не принесло ничего, кроме... яда, отравляющего всю мою жизнь... и жизнь окружающих меня людей. Я всегда чувствовал, что Рози не хватает меня. Не хватает моего присутствия в ее жизни. Она так во мне нуждалась... Отдавшись без остатка чувству мести, я как бы вычеркнул себя из жизни. Я больше не могу так жить. Не могу жить только прошлым.

— О, Джеймс... — Голос Вивиан дрожал от душивших ее слез.

Джеймсу наконец-то удалось справиться со своим прошлым, которое символизировал лежавший между ним и Коннелом пистолет. Несмотря ни на что, Джеймс был Джеймсом, и они слишком долго были друзьями. Коннел потянулся к нему, и через мгновение его руки оказались в руках Джеймса.

— Я расплачусь с тобой по долгам Гленмида, когда потребуется. Я могу продать своих гнедых. И у меня потрясающее предложение от мистера Сойера. А то, что я начал строить, может и подождать. Время у нас есть.

— Впереди — вся жизнь, — пробормотала Бетани, и ее трогательная готовность к предстоящим испытаниям согрела сердце Коннела.

— Погоди, Коннел, — пробормотал Джеймс смутившись. — Тебе очень просто будет решить проблему долга за Гленмид, если установленные сегодня деловые связи окажутся надежными.

— Связи вполне надежные. У меня есть список будущих компаньонов и покупателей, так что дела мои в порядке. Впрочем, я еще раз все проверю.

— Проверишь, когда сможешь, Коннел. Долг и те цели, которым он должен был послужить, — осколки прошлого, а их я хотел бы там и оставить. Начнем все заново.

— Договорились. — Друзья снова обменялись рукопожатием.

Затем Джеймс обратил свое внимание на Вивиан и помог ей подняться на ноги. Спустя мгновение он запечатлел на ее устах поцелуй, не оставлявший никаких сомнений в том, что никогда никакой кузиной миссис Браун для мистера Кэри не являлась.

— Ты очень мудрая женщина, — заметил Джеймс. — И если ты не возражаешь, то я смиренно прошу тебя испытать меня в качестве супруга.

— Идет, — кивнула Вивиан и с робкой улыбкой взглянула на Бетани.

Коннел почувствовал, как напряглись сжимавшие его плечо пальцы. Конечно же, Бетани слышала все, что Вивиан раньше говорила Джеймсу. И конечно же, она все поняла.

— Бетани Делейни, — проговорила миссис Браун, — именно я была причиной неверности в вашем браке с Финном. И мое единственное оправдание в том, что тогда я не знала тебя. Я не знаю, чем загладить...

— Вивиан, не ты первая вписала страницу в историю нашей супружеской неверности, — перебила Бетани; она говорила твердо и уверенно. — И я... я благодарна тебе за правду, которую ты рассказала о смерти Финна, за правду, которую без тебя я ни за что бы не узнала.

Вивиан молча кивнула.

Джеймс повернулся к Коннелу и тоже кивнул — на прощание. После чего зашагал прочь в обнимку с Вивиан.

— Я знала... — проговорила Бетани с мягкой улыбкой. — Я чувствовала: что-то не так... в ее истории. Муж Вивиан. Человек, застреливший Финна в постели своей жены, — это муж Вивиан.

— Да, верно, — подтвердил Коннел.

— О!.. — воскликнула Бетани, взглянув на царапину от пули на виске Коннела.

Тот невольно рассмеялся:

— На самом деле ничего страшного, дорогая. Джеймс всегда был никудышным стрелком.

— Перестань дурачиться. — В прекрасных глазах Бетани сверкнули слезы. — Я испугалась, что потеряю тебя прежде... прежде чем...

— Но ведь не потеряла. — Коннел взял ее пальцами за подбородок. — И я не потерял тебя. Я люблю тебя, Бетани Дойл Делейни. Я и представить себе не мог, что буду в состоянии полюбить кого-либо так сильно. Я хочу сжимать тебя в объятиях всю оставшуюся жизнь, до конца дней моих.

— О да!.. — выдохнула Бетани, подставляя губы для поцелуя. В поцелуе этом она почувствовала все богатство любви Коннела, его страсть и нежность. — А Джеймс? — Достав носовой платочек, она принялась осторожно утирать кровь с виска Коннела.

— Джеймс еще долго будет зализывать свои раны. У него недостает той силы, которой обладаешь ты.

— Силы?

— Да, любимая. Ты гораздо сильнее, чем думаешь. Ты выдержала все, когда жила с Финном. И полюбила меня, несмотря на наше внешнее сходство. Ты уже простила Вивиан за все неприятности, которые она тебе доставила, и ты собираешься простить Джеймса. Я вижу это по твоим глазам.

Бетани улыбнулась:

— Они оба получили свою порцию боли. Уж кому, как не мне, знать, что такое встретить в своей жизни Финна Делейни. Он многим причинил боль — Рози, тебе, своему отцу, Вивиан, Джеймсу, Россу. Все мы стали жертвами человека, закончившего свою жизнь столь жалким образом. Но мы должны забыть об этой боли, забыть о прошлом и идти дальше...

Коннел снова ее поцеловал. «Неужели Бетани навсегда принадлежит мне?» — удивлялся он мысленно.

Чуть позже Джек и Бриджет отыскали их.

После кратких, но очень бурных объяснений Джек расхохотался и помог Коннелу сесть в двуколку.

— Выходит, нечестивец совершил свой первый выход в свет после десяти лет отсутствия! Из-за этого его и подстрелили!

— Ах, уж как приятно это будет сестрам Дуглас! — с улыбкой воскликнула Бетани.

— Что? — Коннел уставился на нее с удивлением.

— Кажется, они горели желанием услышать несколько скандальных историй, о которых могли бы посплетничать с подругами. Ведь они принимали у себя самого нечестивца!

— Мы должны помочь им всеми возможными способами. Чтобы не уронить в глазах общества их авторитет. Выходи как можно скорее за меня замуж, — добавил Коннел шепотом.

— До неприличия скоро? — засмеялась Бетани.

— Да, я так долго был нечестивцем, негодником, что это никого не удивит, напротив, только подтвердит мою репутацию.

— Я обвенчаюсь с тобой в любое время, дорогой. Я люблю тебя, Коннел Делейни.

Коннел крепко обнимал любимую, и ее слова еще долго звучали у него в ушах.

ЭПИЛОГ

Гленмид-Мэнор
Графство Килдэр, Ирландия
Весна 1860 года

— Она пишет, что они не вернутся, пока он не покажет ей весь Рим. — Бетани подняла на мужа искрившиеся весельем глаза.

Коннел наклонился над ней и нежно поцеловал в губы. Время от времени он все еще недоумевал и восторгался своим удивительным счастьем. Неужели он действительно обладал этой чудесной женщиной? Неужели она всегда будет с ним рядом?

Осторожно погладив округлившийся животик Бетани, он проговорил:

— Им следует поторопиться с возвращением.

— Да, конечно. — Бетани засмеялась и прильнула к его губам.

Коннел невольно улыбнулся. Если бы прежде ему сказали, что смех беременной женщины может быть эротичным, он предложил бы свихнувшемуся бедняге выпить еще стаканчик и завалиться в постель.

— И еще она пишет, что Джек уже сказал ей, что следует вернуться домой, прежде чем там раздастся рев очередного Делейни. — Бетани приложила ладонь к животу. — И почему это он думает, что «очередным» будет мальчик?

Со стороны главной конюшни послышался смех. Затем по двору пробежали четверо мальчишек, которые тут же скрылись за углом.

— А кем еще может быть наш ребенок? — спросил Коннел. — У Кэри, любовь моя, девчонки. А у нас с тобой... — Он опять поцеловал жену. — У нас с тобой — только мальчишки.

— Однажды, Коннел Делейни, эти девчонки Кэри могут устроить веселую охоту на наших парней.

— Верно, — кивнул Коннел. — Старшая дочь Вивиан и Джеймса уже положила глаз на Мэтью, а ведь они едва вышли из детской.

— Если у дочки такой же веселый характер, как у матери, и такая же холодная и расчетливая голова, как у отца, то Мэта следует предостеречь. Но я думаю, несколько лет у нас в запасе еще есть. — Бетани чмокнула Коннела в щеку. — Бриджет пишет, что они с Джеком вернутся в ближайшие недели. Свободного времени у них здесь будет в избытке.

— Очень хорошо... Знаешь, я никогда не думал, что у меня будет все это.

— Что именно?

— Дети, семья, женщина, о которой я никогда даже мечтать не смел.

Бетани крепко обняла мужа, затем в очередной раз поцеловала. С улыбкой заглянув ему в глаза, она заявила:

— Я же говорила тебе, что ты замечательный. Ты заслужил все это, и даже больше.

— М-м-м... возможно, ты могла бы лучше объяснить...

Бетани снова рассмеялась:

— Вы просите меня станцевать для вас, сэр? Мне казалось, я достаточно натрудила свои ноги в танцах с вами прошлой ночью.

— О, я уверен, мне нужен еще урок. Не уверен, что усвоил все па.

— Пойдемте со мной, сэр. Я покажу все па, которые вам, возможно, захочется освоить. Мы будем отрабатывать их до тех пор, пока не добьемся совершенства.

Сердце Коннела забилось чаще, и он покрепче обнял жену. Он давно уже решил, что проведет всю оставшуюся жизнь в любви и заботе о ней, отдавая все, что может.

— Я люблю тебя, Бетани Дойл Делейни!

Ее чудесные глаза сияли светом любви.

— Я знаю, милый, — ответила она.

Литературно-художественное издание

Кейз Элизабет

Негодник

Редактор С.Б. Плахтинский
Художественный редактор Н.И. Лазарева
Компьютерная верстка: Р.В. Рыдалин
Технический редактор Н.К. Белова
Младший редактор Н.В. Дмитриева

Подписано в печать 20.06.08.
Формат 84x108[1]/32. Усл. печ. л. 15,12.
С.: Очар.. Тираж 7 000 экз. Заказ № 8855.
С.: Очар.(м)84. Тираж 3 000 экз. Заказ № 8855

Общероссийский классификатор продукции
ОК-005-93, том 2; 953000 – книги, брошюры

Санитарно-эпидемиологическое заключение
№ 77.99.60.953.Д.007027.06.07 от 20.06.07 г

ООО «Издательство АСТ».
141100, Россия, Московская обл., г. Щелково, ул. Заречная, д. 96
Наши электронные адреса:
WWW.AST.RU E-mail: astpub@aha.ru

ООО Издательство «АСТ МОСКВА»
129085, г. Москва, Звездный б-р, 21, стр. 1

ОАО «Владимирская книжная типография»
600000, г. Владимир, Октябрьский проспект, д. 7
Качество печати соответствует качеству
предоставленных диапозитивов